KONFLIKT AF159184

Das Buch

Charly Engel versucht verzweifelt, seinem kranken Sohn Ron mit einer gesunden Niere das Leben zu retten. Da die Zeit drängt, sucht er Hilfe auf dem internationalen Organ-Markt. Doch dafür benötigt er sehr viel Geld, das er nicht hat.

Schauplatz der verhängnisvollen Geschichte ist Alt-Osdorf, ein friedlicher Stadtteil im Westen von Hamburg. Bis eines Morgen ein Geldtransporter von seiner sonst üblichen Route abbiegt, am Ende einer schmalen Sackgasse stoppt und von zwei maskierten Männern ausgeraubt wird.

Der Autor

Reinhard Jalowczarz wurde 1947 in Hamburg geboren. Als Junge wäre er gern Seemann geworden, was seine Eltern aber nicht erlaubten. Stattdessen absolvierte er eine Lehre als Elektriker, verdiente sich sein Geld auf dem Bau und war Beleuchter am Schauspielhaus in Hamburg. Später studierte er Elektrotechnik, arbeitete nebenher als Elektriker, fuhr einen Kies-Laster oder schob Schichten im Hamburger Hafen. Nach dem Studium schlossen sich längere berufsbedingte Auslandsaufenthalte – unter anderem mehrere Jahre im Iran – an. Mitte der Achtzigerjahre wurde er Mitarbeiter in einer Hamburger Firma, deren Geschäftsgebaren ihn schon damals auf die Idee brachte, einen Roman zu schreiben.

Reinhard Jalowczarz lebt heute mit seiner Frau in Hamburg. Bisher sind von ihm erschienen:

„KORRUPT auf Gedeih und Verderb", 2011 und

„Wo ist Uwe? Geschichten (nicht nur) aus Altona", 2013.

Reinhard Jalowczarz

Roman

Bibliografische Information der Deutschen Nationalbibliothek.
Die Deutsche Nationalbibliothek verzeichnet diese Publikation in der Deutschen Nationalbibliografie; detaillierte bibliografische Daten sind im Internet über http://dnb.d-nb.de abrufbar.

© 2016 Reinhard Jalowczarz
Umschlaggestaltung: Michael Jalowczarz
Herstellung und Verlag: BoD – Books on Demand, Norderstedt
ISBN 978-3-7431-3780-6

Meinen Eltern

1

Charly Engel war dreiundsechzig Jahre alt und ausgebrannt. Er saß am Schreibtisch und dennoch wirkte der kleine Raum verwaist. Auspuffgase strömten durch die offenen Fenster herein und vermischten sich mit Zigarettenrauch.

„Verdammte Sucht!" fluchte er und drückte die angerauchte Zigarette zu den anderen Kippen in den Aschenbecher. Ein Hustenanfall schüttelte ihn, seine Raucherlunge machte ihm wieder mal zu schaffen.

Nachdem sich die Bronchien beruhigt hatten, richtete er sich auf und streckte die Brust raus. Seine Hände, auf denen sich erste Alterssprenkel zeigten, lagen auf der Schreibunterlage. Notizenzettel und Kunden-Visitenkarten waren verschwunden. Sein Blick wanderte vom Ehering über den Besuchertisch, auf dem weder Ordner noch Bauzeichnungen lagen, und verweilte auf dem hellen Fleck an der Wand, wo bis gestern Abend ein abstrakter Druck hinter Glas hing, der den Titel „Die Reise ins Universum" trug.

Charly war von stattlicher Statur, einen Meter achtzig groß, mit den Schultern eines Schwergewichtlers. Seine rotblonden Haare waren nach hinten gekämmt, was ihn seriöser, aber um einige Jahre älter aussehen ließ. Er hatte sich in den letzten Monaten verändert, war nicht mehr das Energiebündel, das vor Kraft strotzte und die vielschichtigen Aufgaben im Vertrieb beherzt anging. Das vergrämte Gesicht, der müde Zug um die Augen, der traurige Blick, all das war nicht mehr der Charly, wie ihn die Kollegen kannten.

Seine Gedanken waren bei Amelie, seiner ersten Frau, die vor Jahren ohne Vorwarnung einem Hirnbluten erlegen war. Von da an zog er ihre gemeinsame Tochter Nora alleine auf. Nora war ein typischer Teenager: Sie traf sich mit Freundinnen, schlich sich mit ihnen in Diskotheken ein, stand auf Hip-Hop und Rap und begeisterte sich für Bands wie die *Beastie Boys*.

Mit fünfzig Jahren unverhofft zum Witwer geworden, lernte Charly allmählich mit der neuen Situation umzugehen. Er war ein nachsichtiger Vater, aber ein einsamer und vielleicht etwas verschrobener Mann, der für eine andere Frau noch keinen Platz in seinem Leben hatte.

Eines Sonntagmorgen – Nora ging mittlerweile in die neunte Klasse – las er im Wochenend-Journal des Abendblatts, dass der *Buena Vista Social Club* aus Havanna in der Laeisz-Halle gastierte. Er hatte im Fernsehen einen Dokumentarfilm über die in die Jahre gekommenen Musiker gesehen und mochte die lateinamerikanische Musik. Daher raffte er sich auf, fuhr mit dem HVV-Bus zum Johannes-Brahms-Platz und erwarb an der Abendkasse eine Eintrittskarte.

Der Zufall wollte es, dass er in der Konzertpause im Foyer der um sechzehn Jahre jüngeren Christina begegnete. Vom ersten Augenblick an hatte es ihm die fremdländisch anmutende Frau angetan, deren glänzenden, schwarzbraunen Augen ihn amüsiert von Kopf bis Fuß musterten.

Charly hatte sich in die junge Frau, deren kastanienbraune Haare in Wellen bis auf ihre Schultern fielen, verliebt und sie erwiderte seine Gefühle. Von dem Abend an trafen sie sich regelmäßig, was nicht ohne Folgen blieb. Sie heirateten und Christina brachte einen Jungen zur Welt: Ronaldo, der meist Ron gerufen wurde.

Seine Tochter Nora hatte kein Problem damit, dass er wieder verheiratet war. Im Gegenteil, sie konnte ihren Stiefbruder gut leiden und mit Christina verstand sie sich allemal, was vor allem ihren Vater glücklich machte.

Charly griff nach Zigaretten und Feuerzeug. Doch bevor er sich eine anzünden konnte – die meisten Kollegen tolerierten sein Raucherzimmer – klopfte jemand an die Bürotür, die im selben Moment aufgestoßen wurde. Durch den Luftzug löste sich ein Blatt vom Ficus, der nah am Fenster stand, und segelte zu Boden.

Der weißblonde Mann, der ins Zimmer trat, war Anfang fünfzig, sah teuer gekleidet aus und war alleiniger Gesellschafter des in Europa bekannten Bauunternehmens MBB. Seine braunen Augen blickten durch eine randlose Brille mit Goldbügeln. Ihm gehörten eine Villa an der Elbchaussee mit Swimmingpool, Sauna, Fitnessraum und Kellerbar, vier oder fünf Autos, eine Segelyacht, die im Hamburger Yachthafen lag, und Pferde im Forst Falkenstein. Max Buhr jr. hatte zwei Töchter und eine umtriebige Frau, die ihre Vormittage gern auf dem Tennisplatz verbrachte. Buhr jr., fast einen Kopf kleiner als Charly, stellte sich neben den Schreibtisch und wippte beim Sprechen auf und ab.

„Komm, wir warten auf dich!"

Charly wies auf die kahle Wand und sagte:

„Den Druck habe ich mit nach Hause genommen. Ist doch in Ordnung so?"

„Er gehört dir, war ein Geschenk meines Vaters an dich!", antwortete Buhr.

Charly stemmte sich aus dem Bürostuhl, hielt das Hüsteln zurück und sagte: „Es muss wohl sein!"

Seite an Seite gingen sie über den Flur. Die beiden kannten sich seit über zehn Jahren, hatten zusammen manch dicken Fisch an Land gezogen. Über die Zeit betrachtet, war Charly der erfolgreichste Vertriebsmann im Unternehmen gewesen. Je näher sie dem Besprechungszimmer kamen, desto lauter wurde das Stimmengewirr, das durch die offene Tür in das Entree drang.

„Bitte kommen Sie!", forderte Max Buhr die beiden Frauen hinter dem Empfangstresen auf. Woraufhin Blondie, die für Rod Stewart schwärmte, nach dem schnurlosen Telefon griff, während die Brünette, deren Bluse gut gefüllt war, einen Blumenstrauß packte und hinter ihrem Rücken versteckte.

Normalerweise erfüllte der Besprechungsraum voll und ganz seinen Zweck, heute jedoch platzte er aus den Nähten. Die Besuchertische waren zu einem Block zusammengestellt. Drumherum ein Dutzend Stühle, ein Wasserspender, eine Spüle, ein Sideboard mit Geschirr und Kaffemaschine, ein Kühlschrank mit Softdrinks und ein Whiteboard an der Stirnwand des Raums. Kalkulatoren, Planer, der Bote Hans, die Bräute aus der Personalabteilung und den Sekretariaten, ja sogar einige Bauleiter waren reingekommen, um sich von Charly zu verabschieden. Sie belagerten die Stühle, hockten auf den Tischkanten, standen einfach da oder hatten sich mit den Rücken an die Wände gelehnt.

„Komm!", sagte Buhr jr. und zog Charly am Ärmel. Sie drängten sich bis zum Whiteboard vor. Sektkorken knallten und Blondie kicherte, als der Schampus beim Einschenken überschäumte.

In seiner Laudatio lobte Buhr Charly über den grünen Klee. Er unterstrich, dass er es nie bereut hätte, Charly in den Vertrieb geholt zu haben. (Auf Charlys Wunsch hin, der den Junior nach Amelies Tod gebeten hatte, in den Innendienst wechseln zu dürfen). Er hob hervor, was Charly für das Unternehmen bewirkt hatte, zählte die Aufträge auf, die Charly im Laufe der Jahre akquiriert und hereingeholt hatte. Dann überreichte er Charly die obligatorische vergoldete Armbanduhr mit dem Firmenlogo MBB auf dem Zifferblatt. Charly steckte seine Automatik in die Hosentasche, legte das Abschiedsgeschenk an, schob Hemdmanschette samt Jackenärmel bis unter den Ellenbogen und streckte den Arm in die Runde. Die Kollegen applaudierten und stießen auf Charly an, schüttelten ihm die Hände, bis er Mühe hatte, den Husten zurückzuhalten. Sie freuten sich auf den feuchtfröhlichen Abend im „Ristorante Mamma Mia" in Altona, zu dem Buhr jr. samt Ehefrauen oder Lebenspartner eingeladen hatte.

Charly war heilfroh, als der Spuk im Besprechungszimmer allmählich zu Ende ging. Die guten Wünsche der Kollegen zum neuen – er dachte ‚zum letzten' – Lebensabschnitt und ihre Sticheleien, ob er sich langweilen oder was er mit seiner Freizeit anfangen würde, zerrten an seinen Nerven. Er war dünnhäutig geworden, was sollte er ihnen auf ihre Fragen antworten? Er wusste ja selbst nicht genau, wo die Reise hingehen sollte und blickte seinem vorgezogenen Ruhestand mit gemischten Gefühlen entgegen. Einerseits war er von nun an frei, brauchte seine Haut nicht mehr zu Markte tragen, um an die Aufträge heranzukommen. Er war sichtlich erleichtert, als er die Verantwortung dafür seinem Nachfolger Jan-Uwe Kruse übertragen hatte. Andererseits gab er, um zwei Jahre früher in den Ruhestand gehen zu können, einen gut dotierten Job auf, der mit Privilegien wie einem Dienstwagen, den er privat nutzen konnte, und einem Spesenkonto ausgestattet war, welches auch mal eine persönliche Restaurantrechnung verkraftete.

Wie dem auch sei, ein Zurück war für Charly ausgeschlossen!

2

Mittlerweile hatte die Brünette vom Empfang damit begonnen, die leeren Flaschen und Gläser von den Tischen zu räumen. Charly bedankte sich für ihre Mühe, schlürfte den Rest Sekt aus seinem Glas, stellte es zu den anderen in die Spüle, griff nach dem Blumenstraß und verabschiedete sich.

„Ich freu mich auf den Abend mit euch!"

Er zog los. Die Sucht trieb ihn in sein Büro, wo er noch eine rauchte, bevor er die Treppen hinunterstieg und das Bürogebäude durch die Hintertür verließ. Er hielt Ausschau nach seinem A4 und drückte im Gehen auf die Fernbedienung. Klack! Am Auto angekommen, öffnete er den Kofferraum. Er legte den Blumenstrauß und die schwarze Collegemappe hinein, schälte sich aus seinem Jackett und warf es darüber.

„Bis heute Abend!"

Charly drehte sich auf dem Absatz um. Es war Blondie, die ihn durch die heruntergelassene Seitenscheibe ihres VW-Polo anlachte, während sie an ihm vorbeirollte.

„Ja sicher, bis heute Abend, – und danke nochmal!"

Gedankenversunken blickte Charly dem silbergrauen Wagen hinterher. Dann stieg er in seinen Audi. Die Fahrertür fiel satt ins Schloss. Er mochte diesen dumpfen Schlag, der einiges über die hohe Qualität der sportlich-eleganten Limousine aussagte.

Am Montag, seinem letzten Arbeitstag, würde er „seinen" Audi samt Laptop und Mobiltelefon an Jan-Uwe Kruse übergeben.

Sich all diese Dinge neu anzuschaffen, würde eine Schneise in seine Ersparnisse brennen; ein fabrikneuer VW Golf stand bereits in seiner Tiefgarage.

Fast geräuschlos glitten hundertfünfundzwanzig Pferdestärken vom Parkplatz über die Gehwegüberfahrt auf die Kieler Straße. Er fädelte sich in den Feierabendverkehr ein. Hunderte Male war er die Strecke vom Büro nach Alt-Osdorf gefahren, wo Christina und er eine Dreizimmerwohnung gemietet hatten.

Es gab bei MBB Tage, an denen er euphorisiert nach Hause fuhr, Tage, an denen nach Monaten mühsamster Arbeit ein millionenschwerer Auftrag unterschrieben vor ihm auf dem Schreibtisch lag. Dann verfiel sogar der Junior in Sektlaune und der Schampus floss in Strömen. Charlys Stern leuchtete an so einem Tag hell, weil er es gewesen war, der dafür gesorgt hatte, dass MBB mit ausreichend Arbeit versorgt und die Arbeitsplätze gesichert waren. Das machte ihn stolz.

In letzter Zeit war Charly jedoch oft deprimiert und fühlte sich abgewirtschaftet. Die erwarteten Aufträge blieben aus und bei ihm zu Hause lief es auch nicht so, wie es laufen sollte: Rons Gesundheitszustand überschattete das Familienleben.

Zwanzig Minuten später war er zu Hause angekommen. Er stieg aus, schlüpfte in das Jackett, nahm den Blumenstrauß aus dem Kofferraum, klemmte die Collegemappe unter den Arm und stiefelte in den ersten Stock des Mehrfamilienhauses. Dort angelangt, mühte er sich, das Schlüsselbund aus dem Jackett zu fummeln. Er öffnete die Wohnungstür und trat in den Korridor.

„Jemand zu Hause?"

Er ging in die Küche und legte die Blumen auf den Küchentisch. Dort lag eine Nachricht für ihn:

„Hallo Papa, bin bei Nici!", las er.

Nicole war ein Mädchen aus der Nachbarschaft, das mit Ron am Gymnasium Knabeweg in dieselbe Klasse ging.

‚Dann geht's ihm gut', dachte Charly, ging ins Schlafzimmer und warf Jackett und Collegemappe aufs Bett. Er wechselte ins Wohnzimmer, hebelte die Balkontür auf und trat ins Freie.

Christina würde jeden Augenblick nach Hause kommen. Sie war Friseurin und arbeitete bei „Hair & Beauty", gleich um die Ecke am Rugenbarg.

Charly zog eine Zigarette aus der Schachtel, steckte sie an und inhalierte den Rauch in die Lungen. ‚Das war's also mit dem Berufsleben!', dachte er.

Etwas später stand Christina im Flur.

„Wie ist das so", sie musterte ihn und hauchte ihm einen Kuss auf die Lippen, „der letzte Arbeitstag?"

Charly rang sich ein müdes Lächeln ab, nahm ihre Jeansjacke und hängte sie an die Garderobe.

„Wir müssen um acht im „Mamma Mia" sein!"

„Das schaff ich leicht", strahlte Christina. Sie freute sich auf den Abend, der Abwechslung versprach. Charly kannte sie gut. Er wusste, was nun kam: Sie würde sich mehrere Male umziehen und ihn ständig fragen, wie sie denn aussehe. Er mochte es, wie sie sich kleidete, und nahm sich vor, cool zu bleiben.

„Ich hab mit Ron gesimst! Er ist um acht zu Hause!", sagte Christina, kam in den Flur und betrachtete sich im Spiegel. „Wie sieht das aus?", fragte sie, wartete seine Antwort nicht ab und verschwand wieder im Schlafzimmer.

„Wir kommen zu spät!", mahnte Charly nach weiteren fünf Minuten.

„Ich bin soweit", rief Christina: Schließlich hatte sie es geschafft.

„Du siehst perfekt aus", schmeichelte Charly, „wie immer! Und jetzt mach bitte, sonst sind wir wirklich die Letzten!"

3

Aus der Vogelperspektive gesehen glitzerte das Gebäude im Sonnenlicht wie ein großer Polizeistern. Einige Fußgänger stiegen die Freitreppe zum Haupteingang hoch. Andere hatten das Gebäude wieder verlassen und kamen ihnen entgegen.

Oberhalb der Eingangstür in der breiten Glasfront prangte wasserblau auf schwarzem Grund die Bestimmung des Gebäudes: Polizeipräsidium. Rechts vom Schriftzug trieb ein rotes Hamburger Tor auf einer Welle dahin.

Auf dem Besucherparkplatz unten an der Freitreppe wurde ein Motor angelassen. Breitwandreifen knirschten über den Asphalt. Gleichzeitig schoss ein Streifenwagen mit Blaulicht aus der Tiefgarage hervor. Das Auf und Ab der Polizeisirene malträtierte die Ohren.

Im Gebäude herrschte Geschäftigkeit, Schritte hasteten über die Flure, Stimmen quollen aus offenen Türen, Mobiltelefone stießen aberwitzige Klingeltöne aus.

Das Polizeipräsidium Hamburg blies seinen ureigenen Blues und seit einigen Tagen gehörte Nora Engel dazu.

Nora wollte seit ihrem zwölften Lebensjahr Polizistin werden, woran ihre Mutter Amelie, die damals im „Bücherwurm", einer Buchhandlung im Speckgürtel von Hamburg, arbeitete, nicht ganz unschuldig war. Amelie hatte Nora zum Geburtstag den ersten Band der Jugendbuchreihe „TKKG" mit dem Titel *Die Jagd nach den Millionendieben* geschenkt. Nora verschlang die Geschichten um Tim, Karl, Klößchen und Gaby Glockner. Besonders Gaby hatte es ihr angetan. Gaby war sehr tierlieb – wie Nora – und ließ sich von jedem Hund die Pfote geben. Außerdem war Gaby mit ihren goldblonden Haaren und den blauen Augen nicht nur hübsch anzusehen, sondern auch mutig und gerecht. In ihren Träumen tauchte Nora tief in die Abenteuer ihrer vier Helden ein, suchte an Gabys Seite nach Spuren und jagte mit den Jungs den Dieben hinterher.

Nach dem Abitur bewarb Nora sich bei der Schutzpolizei. Reden und sich auf Leute und Situationen einstellen, das konnte sie. Täglich hatte sie mit Einbrüchen und Verkehrsdelikten zu tun gehabt und erfahren, für wie viele Menschen Gewalt zum Alltag gehörte. Sie versuchte offen und optimistisch zu bleiben, blieb trotz all der beruflichen Erfahrungen motiviert. Polizistin zu sein war mehr als ein Job für sie, es war ihre Lebensaufgabe.

Gerade fünfundzwanzig Jahre alt geworden, strebte Nora eine Karriere bei der Kriminalpolizei an. Sie schrieb sich an der Polizei-Akademie in Hamburg ein und schloss drei Jahre später den Studienlehrgang für den gehobenen Dienst mit dem Grad Bachelor of Arts ab. Gleich darauf landete sie als Kriminalkommissarin bei der Mordkommission.

Nora war selbstbewusst, ohne arrogant zu sein. Sie sprühte vor Charme, hatte etwas Warmherziges, konnte aber auch garstig werden, wenn eine Angelegenheit ihrem Verständnis von Ordnung und Gerechtigkeit widersprach. Ihre gewellten, rotblonden Haare reichten bis auf die Schultern. Sie hatte ein glattes Gesicht mit ebenmäßigen Zügen. Die blauen, hellwachen Augen hatte sie von Charly geerbt, die Grübchen an Wangen und Kinn von Amelie, ihrer verstorbenen Mutter. Ihr hübscher Mund wirkte schwungvoll und weich, konnte aber auch energisch und hart aussehen, wenn sie mit Macht ihren Standpunkt durchsetzen wollte. Zur Bluejeans trug sie ein hellblaues Shirt mit langen Ärmeln und Schuhe mit Blockabsätzen. Eine beige, hüftlange Strickweste rundete ihr Outfit ab. Sie war sportlich und ließ weder die Jiu-Jitsu-Stunden noch das Schießtraining aus.

Noras Büro lag im zweiten Obergeschoss. Der große Raum war neu eingerichtet worden. Hellgraue Schreibtische, Regale und Aktenschränke rochen nach Leim und PVC. Sie waren zu fünft im Büro. Um an ihren Arbeitsplatz zu gelangen, musste sie an Rosa, der vierzig Jahre alten Teamsekretärin, vorbei.

Rosa, eine Mischung aus Miss Marple und Marilyn Monroe, hackte auf die Tasten ihres PCs ein. Ohne das Stakkato zu unterbrechen, schaute sie über den Rand ihrer Brille hinweg, lächelte Nora zu und griff zum Telefon, das in dieser Sekunde klingelte.

Im hinteren Teil des Büros waren jeweils zwei Schreibtische und ein Ablagetisch zu einem Block zusammengestellt. Das Ermittler-Duo, Paddy und Claus, wegen ihres immer gleichen Aussehens – weißes Hemd, Jeans und marineblauer Blazer – auch die „Zwillinge" genannt, versuchte sich zwischen Stapeln von Papier zurechtzufinden. Die Wand hinter ihnen war von Tatort-Fotos und Verdächtigen gepflastert. LED-Bildschirme leuchteten matt, Claus' Telefon klingelte, Paddy klappte einen Aktenordner zu. Frische Luft war Mangelware.

Hauptkommissar Oskar Lemmer leitete das Team. Er saß in einem Kabuff, das durch zwei Trennwände aus Holz und Glas vom Großraumbüro abgetrennt war. Lemmer war Witwer, vierundsechzig Jahre alt, und sah der näherrückenden Pensionierung mit geteilten Gefühlen entgegen. Seine Haare waren weiß, militärisch kurz geschnitten und an der Stirn zurückgewichen. Eine Falte in Verlängerung des Nasenrückens teilte seine Denkerstirn. Sein Gesicht war aschgrau, was durch den Dreitagebart noch unterstrichen wurde. Lemmer war klein, gerade einen Meter siebzig, und sehnig, ein in sich gekehrter Typ, dem das Schicksal einen herben Schlag verpasst hatte.

Seit dem Verkehrsunfall, in den er verwickelt worden war und bei dem seine Frau ums Leben kam, war das Polizeipräsidium vollends sein Zuhause geworden. Oskar fühlte sich schuldig am Tod seiner Frau, da er in der Konzertpause im Foyer der Hamburger Staatsoper eine Flasche Bier getrunken hatte. Sie waren Vertraute gewesen. Wenn er dem Druck, den seine Arbeit mit sich brachte, nicht mehr standhielt und den Laden hinschmeißen wollte, hatte sie ihm immer wieder Mut gemacht. Nun war er einsam. Die Biere spätabends vorm Fernseher halfen ihm auch nicht weiter. Das Zwischenmenschliche lag auf Eis. Er hatte Sehnsüchte, aber ins Hanseviertel an den Weinstand zu gehen, um zu schauen, ob sich da was für einen Kerl wie ihn tat, das konnte und wollte er nicht, dazu fehlte ihm einfach die Courage. Eine Asiatin vielleicht? War das eine Option für ihn? Einer seiner Freunde war mit einer Philippinerin verheiratet und glücklich. Oskar wollte das nicht! Womöglich müsste er bei einer Partner-Vermittlungs-Agentur Kataloge durchblättern oder sich Videos ansehen. Nein, das war nicht sein Ding! – Er hatte nur noch sechs Monate zu arbeiten und es passte ihm gar nicht, dass Kriminalrat Rudolf Olberding, sein Chef und Leiter der Mordkommission, ihm Nora zugeteilt hatte. Oskar ließ sich nur ungern in die Karten gucken, war in den letzten Jahren immer introvertierter geworden und wollte einfach nur, dass man ihn in Ruhe ließ.

Aber ihm blieb keine Wahl. Olberding bestand darauf, dass er aus der Neuen, dem „Küken", wie er sie insgeheim nannte, eine brauchbare Ermittlerin machte, und das, bevor er sich in den Ruhestand verdrückte.

Es war Usus, dass Neulinge einen ausgaben. Einige Wochen, nachdem sie bei der Mordkommission angefangen hatte und das Team an einem Morgen komplett anwesend war, schlug Nora ihren Kollegen vor, sich um neunzehn Uhr zum Einstand auf ein Bier im „Big Easy" am Heubergredder zu treffen. Sogar Oskar sagte zu; warum, dass wusste er wohl selber nicht. Eigentlich war ihm überhaupt nicht nach Geselligkeit. Er erhob sich damals aus dem Schreibtischstuhl, wollte wieder allein sein und schob Nora vor sich her aus dem Büro. Ihn quälte Durst, Nachdurst! Seine Zunge klebte am Gaumen. Oskar ließ Nora stehen und wandte sich dem Wasserspender zu, der im Flur in einer Ecke stand, zog einen Plastikbecher aus dem Halter, füllte ihn bis zum Rand mit Wasser und stürzte es in einem Zug runter.

4

Warum ausgerechnet das „Big Easy" – auf flinken Sohlen fünf Minuten vom Polizeipräsidium entfernt – zur Stammkneipe des Teams um Oskar Lemmer geworden war, lag auf der Hand: Es waren die langen Öffnungszeiten! Von montags bis sonntags, ab acht in der Früh bis vier Uhr in die Nacht hinein, servierte das Restaurant neben Soft- und Harddrinks das volle Programm an warmen und kalten Speisen. Außerdem bot das „Big Easy" neben Fingerfood, Frühstück, Pizza und Pasta einen wöchentlich wechselnden Mittagstisch mit fünf verschiedenen Gerichten zur Auswahl an, der auf die Geldbörsen der Kriminalbeamten zugeschnitten war.

Die Abendbrise griff bereits nach dem lauen Sommertag, als Nora in Begleitung von Rosa am „Big Easy" ankam. Sie zwängten sich an Blumenkübeln, Gartenstühlen und -tischen vorbei und enterten das Restaurant durch die weit offen stehenden Glastüren. Dem Typen im weißen Anzug, der neben dem Eingang auf einem Stuhl saß und döste, merkten sie erst auf den zweiten Blick an, dass er aus Kunststoff war. Stimmen und eine Mischung aus verbrauchter Luft und Essensgerüchen schlug ihnen entgegen. Obwohl das Restaurant in seinen Abmessungen einer Turnhalle in nichts nachstand, fühlten sie sich sofort wie zuhause und willkommen. Die Deckenleuchten hätten aus einem Südstaaten-Restaurant der fünfziger Jahre stammen können. Ihr goldgelb scheinendes Licht wurde von Decken und Wänden gedämpft, die ocker und rotbraun gestrichen waren, was den großen Raum in eine behagliche Atmosphäre tauchte. Weiße und schwarze Bodenfliesen, nach einem Schachbrettmuster verlegt, ließen das Restaurant nobel erscheinen. Schwarz gekleidete Kellnerinnen wieselten zwischen rustikalen Tischen und Stühlen hin und her, trugen Speisen und Getränke aus, räumten Teller und Gläser weg oder deckten die Tische neu ein, an denen meist Pärchen saßen, die in den Speisekarten blätterten. Ein dunkelhäutiger Barmann zapfte Bier aus dem Hahn und ließ Eiswürfel in Longdrink-Gläser klimpern. Musiker schleppten Lautsprecherboxen und Notenständer heran.

Die „Zwillinge" hockten am Bartresen und waren bereits beim dritten Bier angekommen.

„Oskar wird sicher auch bald hier sein!", vermutete Claus. Und Paddy machte sich wichtig, indem er auf Oskars Schwäche anspielte und zustimmte, was „der arme alte Schluckspecht" denn ansonsten abends tun solle, seitdem er alleine sei.

„Lass sein", fuhr Rosa ihm ins Wort, „du solltest nicht so abfällig über deinen Vorgesetzten reden!"

Und zu Nora sagte sie: „Du weißt doch, dass Oskars Frau ums Leben gekommen ist? – Nein?"

Mit einem Fragenzeichen zwischen den sichelförmig akkurat gezupften Augenbrauen schaute Nora auf Rosas Lippen, die noch hinzufügten:

„Tragisch, nicht!? Ein Verkehrsunfall!"

‚Ja, das ist tragisch', dachte Nora, hatte ihr Bierglas in die Hand genommen und hinein gestarrt. Ihr Blick ging nach innen, wo Amelie, ihre viel zu früh verstorbene Mutter, vor ihrem geistigen Auge erschien und sie anlächelte. Nora war damals diejenige gewesen, die nach Amelies Tod neben der Schule und Teenagerleben den Vater-Tochter-Haushalt schmiss und ihrem Vater, der bis zum Hals im Job steckte, den Rücken frei gehalten hatte. Doch das behielt sie für sich; stattdessen erzählte sie von ihrer Zeit bei der Schutzpolizei und ließ durchblicken, dass sie ihren Job als Lebensaufgabe betrachte.

Der Barmann brachte die nächste Runde. Sie sprachen über Lohngruppen, diskutierten Beförderungsmöglichkeiten und stellten fest, dass die Luft nach oben immer dünner wurde, was letztlich bedeutete, dass nicht jeder Kriminalhauptkommissar oder Dezernatsleiter werden konnte.

Die „Zwillinge" waren inzwischen beim fünften Pils angelangt und lösten – rein theoretisch – die kompliziertesten Fälle, und Rosa kicherte in ihr Glas: „Mir wird ganz duselig!"

Weinselig legte sie die freie Hand auf Noras Schulter und meinte kurz und passend: „Willkommen im Team!"

Nora prostete Rosa zu und stieß mit ihrem Bierglas gegen Rosas Sektkelch.

Als die Jazzband gegen einundzwanzig Uhr zu spielen anfing, tauchte Oskar Lemmer im Türrahmen auf. Mit einem knappen „Hallo!" stellte er sich neben Nora. Da sie selber Bier getrunken hatte, fiel ihr die Fahne, die er vor sich hertrug, nicht weiter auf. Sie freute sich, dass Oskar doch noch gekommen war, und spendierte die nächste Runde. Fünf Minuten später stellte der Barmann die frisch gezapften Biere vor ihnen auf den Tresen.

Oskars griff sein Glas und prostete Nora zu: „Na denn, jetzt kann ja nichts mehr schiefgehen!"

„Das wird schon!", flüsterte Rosa Nora zu und rollte mit den Augen in Oskars Richtung, der müde am Tresen lehnte. Die Band drehte auf und Paddy, von der Jamsession mitgerissen, forderte Rosa zum Tanzen auf, die ihn mit einem „danke nein!" zurück auf seinen Platz am Tresen schob. Nora merkte, wie der Alkohol ihre Zunge lähmte. Sie überlegte gerade, wie sie den Absprung schaffen könnte, ohne den Kollegen auf die Füße zu treten, als plötzlich Kevin Jäger neben ihr stand. Der Kevin Jäger, mit dem sie bei der Schutzpolizei lange Zeit auf Streife war und den sie wegen ihres Studiums an der Polizei-Akademie aus den Augen verloren hatte.

„Hey, Nora!", sagte Kevin, beugte sich ihrem Gesicht zu und küsste sie auf die Wangen.

„Ich fass es nicht!" Mit einem Schlag war Noras Müdigkeit verflogen. „Das ist Kevin, Polizeiobermeister

Kevin Jäger!", stellte sie ihn den anderen vor. „Wir kennen uns von der Schutzpolizei! – Alter Schwede!"

5

Kevin bestellte ein Bier. Er war Anfang dreißig, hatte braune Augen und eine breite Narbe über der linken Augenbraue, ein Souvenir von schweren Krawallen im Schanzenviertel, bei denen es um die „Rote Flora" ging. Er stand einfach da, einen Meter achtzig groß, schlank, lächelte charmant und musterte Nora von Kopf bis Fuß.

Sie hatten sich bei der Schutzpolizei kennengelernt und des Öfteren Dienst im selben Streifenwagen geschoben. Kevin entpuppte sich als Pfundskerl, auf den in jeder brenzligen Situation Verlass war. Mit ihm auf Streife zu sein, fühlte sich gut an. An seiner Seite wähnte Nora sich sicher. Ganz gleich, ob sie am Einsatzort randalierende Jungendliche zur Räson brachten, Ladendiebe aus Supermärkten entfernten, Zeugen befragten oder Tatverdächtige vernahmen.

Es knisterte zwischen ihnen, aber sie ließen es nicht zu, auch deshalb nicht, weil Kevin verlobt und bei Inge in festen Händen war.

Kurz nach Mitternacht gönnten sich die Musiker eine Pause. Zwei Frauen im reifen Alter hatten der Jazzband eine Runde Tequila spendiert. Der Klarinettist knarzte ein: „Ein Dank den edlen Spendern!" ins Mikrofon, woraufhin die Frauen, die am Tresen saßen, viel Bein zeigten, ihre Gläser hoben und den Musikern zuprosteten.

Die Musiker feuchteten ihre Handrücken mit Zitronenschnitzen an, die mit den Tequilas serviert worden waren, streuten Salz auf die Stellen, leckten es wieder ab, legten die Köpfe in den Nacken und kippten den Stoff hinunter. Dann bissen sie ohne eine Miene zu verziehen in die Zitronenscheiben. „Ah, das tat richtig gut!", krächzte der Klarinettist ins Mikrofon. Gelächter, lautes Stimmengewirr; die Stimmung war auf dem Höhepunkt.

Rosa verabschiedete sich als erste. Sie müsse los, flötete sie, sonst käme sie morgen früh nicht aus den Federn. Oskar, der gern noch ein Bier getrunken hätte, schloss sich an, weil ihm Paddys Gefasel auf die Nerven ging.

Kurze Zeit später stieß Claus' Mobiltelefon zum x-ten Mal an diesem Abend einen Möwenschrei aus.

„Ina!" Er zog die Augenbrauen hoch und zeigte das Display, auf dem seine Lebensgefährtin zu sehen war, in die Runde. „Wenn ich jetzt nicht nach Hause fahre, schiebt sie mir meine Koffer vor die Tür."

„Warte doch mal, ich komm mit!", lallte Paddy, glitt, sein Glas in der Hand, vom Hocker, kippte den Rest Bier in sich hinein und wankte Claus hinterher.

„Mensch, Kevin", freute Nora sich, „dass wir uns im „Big Easy" über den Weg laufen, wer hätte das gedacht!?"

Es folgte ein atemloser Wortwechsel: „Wohnst du noch…?" – „Ja, ich auch…!" – „Und wie geht's Inge?" – „Kein Kommentar, Frau Kommissar!" – „Du hast dich kein bisschen verändert!" – „Du auch nicht!"… und so weiter.

Mittlerweile kramten zwei Musiker das Equipment zusammen, während der dritte lässig am Bartresen lehnte und die beiden Frauen anbaggerte. Die „Groupies" stießen schrilles Gelächter aus, was der Klarinettist so verstand, dass sie nicht abgeneigt wären, mit ihm um die Häuser zu ziehen.

DJ Ingo hatte die Beschallung übernommen: Kuschel-Rock! Nora, die einen Schwips hatte, griff Kevins Hand und zog ihn vom Barhocker auf die Tanzfläche. Zuerst sträubte er sich: „Ich kann nicht tanzen!", gab dann nach und sie schmiegte sich an ihn.

„Siehst verdammt gut aus!", flüsterte er ihr ins Ohr und roch an ihren Haaren, die nach Sommerwiese dufteten.

Schmetterlinge flatterten in ihrem Bauch. Mehr en passant ließ Kevin nun doch durchblicken, dass es mit Inge aus sei. Sie hatte die Faxen von seiner andauernden dienstlichen Abwesenheit dicke und war mit ihrem Yogalehrer über alle Berge. Nora schob Kevin um eine Armeslänge von sich, ihre Blicke versanken ineinander.

„Lass uns zahlen!", sagte sie und bugsierte ihn zurück zum Tresen. „Ich muss an die Luft!"

Nora hielt Kevins Hand zurück, die nach den Geldscheinen griff, die in seiner Hosentasche knisterten.

„Das war *mein* Einstand", sagte sie, „ich zahle!", und reichte dem Barmann ihre Kreditkarte, der den Rechnungsbetrag in ein Lesegerät eintippte. Nora bestätigte die Summe per PIN, nahm die Karte wieder an sich und drückte dem Barkeeper einen Zehner in die Hand.

„Dankeschön!". Zwei Reihen makelloser Zähne blitzten. Der Barmann zeigte zur Tür und sagte: „Das Taxi wartet schon!"

Ob sie nun zu ihr oder zu ihm fuhren, wurde nicht diskutiert. Nora kam Kevin zuvor und nannte dem Fahrer ihre Adresse im Hamburger Westen. Kevin legte den Arm um ihre Schulter und zog sie zu sich heran. Der Mercedes 220 D brummte los. Nora konnte die Augen des Fahrers im Rückspiegel sehen, der ab und an nach hinten schaute.

‚Er beobachtet uns', dachte sie, ‚ein Profi, der über das, was verliebte Paare gelegentlich auf seiner Rückbank trieben, einiges zu erzählen hätte.'

Sie brauchten bis Groß Flottbek eine halbe Stunde. Kevin bezahlte die Tour und ließ dem türkischen Fahrer ein faires Trinkgeld zukommen. Sie stiegen aus, Nora hakte sich bei ihm unter und sog hörbar die Sommernachtluft ein. Einen Moment lang stellte sie in Frage, ob es richtig gewesen war, mit Kevin im Schlepptau zu sich nach Hause zu fahren.

Ihr Apartment befand sich im Dachgeschoss eines aus rotem Backstein gemauerten Mehrfamilienhauses.

Nora schloss die Haustür auf, stemmte sich mit der Schulter dagegen und flüsterte:

„Pst, leise!"

Oben an der Wohnungstür angekommen, schlug der Collie der Nachbarin an. Sie kicherten, ganz so als wären sie auf Klassenfahrt und niemand, schon gar nicht ihr Lehrer, sollte ihr Ineinanderverliebtsein mitbekommen.

Die kleine Wohnung wirkte gemütlich und aufgeräumt. Neben dem antiken Kleiderschrank, den Charly bei einem Trödler im Karolinenviertel gekauft und ihr zum Einzug geschenkt hatte, stand ein Billy-Regal, das mit Büchern vollgestopft war. Das französische Bett, das sie unter die Dachschräge geschoben hatte, dominierte den Raum. Ein Fernseher, eine Kommode, ein Schreibtisch, auf dem Leitz-Ordner und ihr Laptop lagen, und zwei Stühle mit einem runden Holztisch vervollständigten die zweckmäßige Einrichtung. Ein Hauch von Parfum hing in der Luft.

„Fühl dich wie zu Hause", sagte Nora, ging zum Balkon und öffnete die Tür. Es war ruhig draußen, um diese Uhrzeit fuhr selten ein Auto vorbei.

„Ich hätte Bier und Wodka da."

„Später", antwortete Kevin und legte seinen Pullover auf einen der Stühle. Nora zog ihre Dienstwaffe aus dem Halfter und ließ sie in der Kommodenschublade verschwinden. Kevin setzte sich auf einen Stuhl und sah ihr zu. Er konnte nicht anders, stand auf und packte sie, als wollte er sie nach der Hochzeitsfeier über die

Schwelle tragen. Sie zappelte mit den Beinen und bekam plötzlich Angst vor der eigenen Courage.

„Ich muss unter die Dusche", genierte sie sich ein wenig, „bin völlig verschwitzt!"

„Später!", entgegnete Kevin, legte sie aufs Bett und zog ihr die Schuhe aus. Nora kapitulierte. Langsam knöpfte sie ihre Bluse auf, während er den Reißverschluss ihrer Jeans öffnete. „Flotter Slip", raunte Kevin und strich mit dem Zeigefinger am Bund des pinken, transparenten Spitzenhöschens entlang. „Galeria Kaufhof", erwiderte sie und dachte, dass er jetzt entdeckt haben müsste, dass sie rasiert war, „zwölf Euro!"

Kevin betrachtete Noras Körper. Er war angetan von dem Sternenhagel goldener Sommersprossen auf ihrer weißen Haut.

Er setzte sich auf die Bettkante und ließ seine Hände über ihren Körper streichen, betrachtete sie mit der Neugier eines Entdeckers.

„Wie schön du bist!", flüsterte er und beugte sich nieder. Er küsste ihren Hals, ihre Brüste, saugte an ihren Brustwarzen, die sich verhärteten. Dann glitten seine Lippen hinab, lagen zwischen ihren Schenkeln. Nora wimmerte vor Lust. Kevin änderte seine Position und legte sich zu ihr. Sie waren sich nicht fremd, entdeckten einander.

„Komm jetzt!", forderte sie mit der markanten Stimme einer Barfrau. „Bitte!"

Kevin kniete sich über sie, packte ihre Handgelenke und drückte sie ins Kissen.

„Bin ich jetzt verhaftet?", stöhnte Nora – nebenan schlug der Collie an –, sie würde den Moment nicht vergessen, als Kevin zum ersten Mal in sie drang. Ein zarter Hauch aus Parfum und Schweiß flatterte über all diesem Auf und Nieder.

Später lagen sie auf dem Rücken und starrten, jeder für sich mit seinen Gedanken beschäftigt, die Decke an. Nach einer Weile rutschte Nora zu ihm rüber und schmiegte sich an ihn. Kevin drehte sich auf die Seite und legte seinen Arm um sie.

„Es musste so kommen!", sagte sie nur.

6

Zuerst mochte sie den Stadtteil im Westen Hamburgs nicht. Alt-Osdorf, wie sich das schon anhörte! – Ein Dorf in der Stadt!

Doch im Laufe der Zeit wurde ihr die Gegend vertrauter. Sie schätzte, dass es in der Nähe ihrer Wohnung ein Ärztehaus, einen türkischen Obst- und Gemüsehändler, einen Weinhandel mit Poststelle, das „Elbe-Kino", zu dessen Besuch sie Charly gelegentlich überreden konnte, eine Jet-Tankstelle und zwei Restaurants, ein griechisches und ein chinesisches, gab.

Im Einschnitt, wie der Platz, der vom Rugenbarg abzweigte, genannt wurde, gab es neben der Hamburger Sparkasse und der „Schwanen-Apotheke" ein paar Läden, wie den Lottoladen, den Fischhöker, der montags geschlossen hatte, den Bäcker, der ein Frühstücks-Café betrieb, in dem meistens Rentner und Müllmänner in orangefarbenen Arbeitsanzügen während ihrer Pausen saßen, und den Schönheitssalon „Hair & Beauty", in dem sie arbeitete.

Die Ausstattung des Salons lag zwischen zweckmäßig und kitschig. Die untere Hälfte der Wände war in Aubergine, die obere in Elfenbein gestrichen. Zu jedem Arbeitsplatz gehörte ein Kunstledersessel, der auf einem Chromkreuz stand, und ein Spiegel im Goldrahmen, der über der Ablage an der Wand befestigt war, was dem

Salon eine barocke Atmosphäre gab. Zwischen den Spiegeln ragten Haartrockner in den Raum. Gesichts- und Haarpflegeprodukte waren der Größe nach auf Glasregale gestellt und warteten darauf, gegen Bares mit nach Hause genommen zu werden. Zwei Sessel mit Tisch, auf dem Mode- und Frisuren-Magazine lagen, und ein Tresen aus den Fünfzigern, auf dem eine Registrierkasse stand, rundeten die Einrichtung ab. Es roch nach Haarsprays, Shampoos und Zigarettenrauch, der vom Pausenraum unter die Tür hindurch in den Salon kroch.

Über all dem Waschen, Schneiden, Föhnen hing eine Haube aus Geschwätz und Fahrstuhlmusik.

Christina Maria Engel Rodriguez, die einer Kundin die Haare föhnte, war Ende vierzig, ein Meter sechzig groß, wog sechzig Kilo, sah äußerst attraktiv und ein wenig abwesend aus. Sie trug ihre schulterlangen Indian-Summer-roten Locken im Nacken mit einem Haargummi zusammengebunden, hatte ein ovales Gesicht mit erhabenen Wangenknochen und einer geraden Nase, schwarzbraune Augen, die direkt und offen Blickkontakt suchten. Ihr Make-up war dezent, der blass-rosa Lippenstift betonte den hübschen vollen Mund, den meist ein ironisches Lächeln umspielte. Sie hatte südamerikanische Wurzeln, war eine Frau mit Familiensinn und einer Ausstrahlung, die manchen Männerblick auf sich zog.

Christina, deren übliche Leichtigkeit verloren gegangen war, föhnte einer Stammkundin mechanisch die

Haare. Sie war in Gedanken bei Ronaldo, ihrem *favorito*, der seit vier Tagen im Altonaer Krankenhaus lag.

Eben vor Ladenschluss klingelte das Telefon. Beatrix, Christinas Chefin, die einer ondulierten Weißhaarigen die Vorzüge eines Haarfestigers erklärte, langte nach dem Telefonhörer und hielt ihn an ihr Ohr.

„Schönheitssalon „Hair & Beauty", sie sprechen mit ..., ach, Hallo, ...für dich Christina, dein Charly!"

„Moment!", Christina legte Föhn und Bürste beiseite und sagte zu ihrer Kundin: „Entschuldigung, bin sofort wieder bei Ihnen!"

„Hallo, Charly?", sie lauschte in den Hörer. „Aber du wolltest doch...!"

„Kannst du diesmal allein gehen? ...Lenny und ich, wir haben uns auf der Trabrennbahn getroffen. Heute ist ein besonderer Renntag, der „Preis von Mallorca", da treten Spitzentraber aus ganz Europa gegeneinander an!"

Christina zog die Augenbrauen zusammen.

„Du kannst mich doch nicht einfach sitzen lassen!", schalt sie ins Telefon und knallte den Hörer auf die Basisstation.

Tränen rollten über ihre Wangen.

„Was ist denn los?", fragte Beatrix irritiert.

„Ich verstehe ihn nicht!", schluchzte Christina, „Wir wollten Ron nachher im Krankenhaus besuchen und jetzt hängt er auf der Trabrennbahn rum!"

7

Lennard Pichler war Ende vierzig, sah ein wenig arrogant aus, hatte braune Augen und einen Dreitagebart. Er wohnte in Alt-Osdorf in einer Zwei-Zimmer-Wohnung, fuhr einen blauen KIA Sportage Baujahr 2002, war ledig und kinderlos. In ihm steckte ein Spieler, der davon träumte, eines Tages auf der Trabrennbahn oder im Spielsalon mal so richtig abzuräumen.

Hinter dem Abenteurer lag eine erlebnisreiche Vergangenheit. Gerade fünfzehn Jahre alt, heuerte er auf einem Fischkutter an, war Fallschirmjäger bei der Bundeswehr und diente im Anschluss fünf Jahre lang in der Fremdenlegion. Doch das Heimweh zog ihn zurück nach Hamburg.

Er arbeitete als Fahrer für eine Spedition, verdiente sich sein Geld als Bodyguard und landete schließlich bei einem Sicherheitsdienst, für den er einen Geldtransporter fuhr. Der Job wurde nicht besonders gut bezahlt, hätte aber zum Leben gereicht. Allerdings hatte er aus Leichtsinn und wegen seiner Spielsucht die Kontrolle über seine Finanzen verloren.

Lennys Muckibude lag mitten in Altona, nur einen Steinwurf weit vom Bahnhof entfernt. Er trainierte jeden zweiten Tag, außer sonntags, denn da war er auf der Trabrennbahn.

Für heute war er mit seinen Übungen an den Geräten durch, hatte Bauch und Bizeps gestählt. Er wollte gerade unter die Dusche, da blubberte sein Mobiltelefon wie ein Bulldozer, der auf Touren kam.

„Wo bleibst du denn?", fragte Charly.

Lenny antwortete: „Mach mich gerade auf die Socken!"

Obwohl er in den Abendverkehr geriet, brauchte er nur zwanzig Minuten bis zur Trabrennbahn. Er fand einen freien Parkplatz, schwang sich aus dem Auto, warf die Tür hinter sich zu und betätigte die Zentralverriegelung.

Lenny ging an der Rückseite des Tribünengebäudes entlang und verlangte an der Holzbude am Haupteingang eine „Race News".

Gerade hatte ihm eine flotte Brünette das Programmheft samt Wechselgeld in die Hand gedrückt, da blubberte der Bulldozer wieder los. Lenny zog das Smartphone aus der Jacke hervor. Es war Charly!

„Bist du schon da?", fragte er.

„Na klar!", antwortete Lenny.

„Okay, ich komm zum Haupteingang!"

8

Die Bahrenfelder Trabrennbahn spielte in Charlys Leben schon immer eine große Rolle. Er ging in die zweite Klasse, als sein Vater ihn zum ersten Mal mitnahm. Da Charlys Vater von Montag bis Samstag Doppelschichten im Hafen „kloppte", fanden diese Rennbahnbesuche nur am Sonntag statt. Meist langweilte Charly sich. Er verstand die Aufregung nicht, wenn die Pferde in den Einlaufbogen trabten und die Zuschauer die Fahrer anfeuerten: „Zieh, Paul, zieh!" oder „Dahlke, Flasche, krummer Hund!" oder „Buh, Schiebung!" schrien.

Das Beste an diesen Sonntagausflügen war für Charly, dass sein Vater ihm vier kleine Rostbratwürste spendierte, die er sich auf gar keinen Fall entgehen lassen wollte. Oft wirkte sein Vater frustriert, wenn ein Renntag zu Ende ging, und warum seine Mutter jedesmal weinte, sobald sie nach Hause kamen, verstand er damals noch nicht.

Doch der Bazillus sprang irgendwann auf ihn über. Auch er spürte schließlich diese Hitze, die das Blut in den Adern brodeln ließ, wenn die Traber in den Einlaufbogen flogen, sich über die gesamte Breite der Rennbahn verteilten, die Fahrer mit den Peitschen schlugen und im Rhythmus des Hufschlags der Pferde, der lauter und immer lauter wurde, ihre Körper hin und her wiegten, um dadurch mehr Fahrt in den Sulky zu pumpen.

„Ja!", schrie er dann, „Ja! Zieh, zieh!" –

Charly setzte bevorzugt auf Dreierwetten, wählte drei oder vier Pferde aus, kombinierte diese und gab am Schalter vier Wetten ab. So ein Wettschein kostete zwanzig Euro, fünf Euro je Wette, und Charly hoffte, wie alle anderen Zocker auch, dass seine Pferde in der richtigen Reihenfolge über die Ziellinie liefen, um bei einer Quote von möglicherweise 1000:10 mit fünfhundert Krachern in der Tasche nach Hause zu gehen.

Nicht immer gelang es ihm, seine Enttäuschung runterzuspielen, wenn die Pferde, auf die er gewettet hatte, auf dem Einlauf-Foto nicht zu sehen waren und sein Geld in fremde Taschen floss. Aber es war schon eine Sucht: Charly musste wetten! Er war wie sein bester Freund Lenny, der ihm vor Jahren beim „Großer Preis von Deutschland" über den Weg gelaufen war, dem Pferdesport erlegen.

Zwischen der Tribüne mit ihrem Kommen und Gehen und dem Geläuf, einer Sandbahn, standen Bier- und Imbiss-Wagen, an denen reger Betrieb herrschte. Auf der anderen Seite der Bahn, am Ende des „Altonaer Bogens", befanden sich die Stallungen. Bei Ostwind wurde der Stallgeruch bis zur Tribüne herübergetragen. Während Pferdewirte den Trabern das Renngeschirr anlegten und sie vor die Sulkys spannten, lenkten Fahrer mit Helm und Schutzbrille ihre Gespanne auf die

Bahn, damit sich die Pferde vor dem Rennen warmlaufen konnten.

Charly schlug sich seine zusammengerollte „Race News" auf die Handfläche.

„Mann, bin ich stinkig!", knurrte er und drückte Lenny zur Begrüßung die Hand. „Wenn *Viking As* mehr Puste gehabt hätte, wären *Julida* und *Good Luck* auf der Zielgeraden nicht an ihm vorbeigezogen und ich hätte die Dreierwette gehabt!"

„Wenn und hätte!", kommentierte Lenny weise. „Na, und, was sagt die Quote?"

„1.905 für 10!" – aber nicht für Charly.

Es war nicht ihr Tag. *Arenne Loraine* lief zu früh an und rannte in die ausgeklappten Flügel des Starterwagens. Im vierten Rennen wurde die Dreierwette überhaupt nicht getroffen. Im Hauptrennen wurde das Feld per Bänderstart auf die Reise geschickt. Ihr Traber *Leader di Poggio* galoppierte und wurde disqualifiziert. Mittlerweile fragten sie sich, ob das Setzen auf Dreierwetten überhaupt die richtige Strategie war.

Sie hielten durch bis zum achten Rennen. Der „Preis von Pollenca" war ihre letzte Chance, doch noch einen Gewinn einzustreichen. Gegen ihre Gewohnheiten entschieden sie sich dafür, alles auf Sieg, auf *Dargo*, zu setzen! *Dargo* war zweifelsohne der Außenseiter im achten Rennen und der Totalisator wertete das Pferd vor dem Start mit einer Sieg-Quote von 512:10.

Sie stellten sich auf dem Vorplatz an einen freien Bistro-Tisch. Charly legte einen Wettschein auf die Tischplatte, der einem Lottoschein ähnlich war. Lenny hielt ihm den Kugelschreiber hin.

„Wenn *Dargo* gewinnt, sind wir aus dem Schneider!", beschwor er ihre Situation.

„Er muss gewinnen, sonst geb ich mir die Kugel!", antwortete Charly und markierte den Wettschein. „Rennen 8, Pferd 9, zwanzig Euro auf Sieg."

Sie gingen zusammen ins Wettcenter und zählten ihre letzten Münzen auf den Tresen. Ungerührt nahm der Kassierer das Kleingeld und den Wettschein entgegen, druckte einen Bon aus und schob ihn Charly über die Theke zu.

Etwa fünf Minuten vor dem Start fuhren die Gespanne in den Parade-Ring und wurden von dem Bahnsprecher vorgestellt.

Im Anschluss daran trabte jedes Pferd in flottem Tempo an der Tribüne vorbei. Lenny war angetan von ihrem Favoriten:

„Sieht blendend aus!"

Dargo kehrte im „Luruper Bogen" um und trabte zurück zur Tribüne. Am Totalisator, der LED Wall, auf der die Quoten fortlaufend aktualisiert wurden, fiel *Dargo* in den Schritt und äpfelte. Charly schwante Böses: Ein Pferd, das vorm Rennen äpfelte, war selten als Sieger durchs Ziel gegangen!

„Is so!", hatte Charlys Vater dazu gesagt.

Los gings: Neun Pferde waren am Start. Sie versammelten sich hinter den ausgeklappten Flügeln des Startwagens. Der Wagen beschleunigte seine Fahrt. An der Startmarke klappten die Flügel ein und er zog davon.

„Start frei!", knackste der Lautsprecher, während das Feld in den „Altonaer Bogen" trabte. Die Stimme des Bahnsprechers, der das Rennen über Lautsprecher kommentierte, ging im Tumult, der auf dem Vorplatz herrschte, unter. Das Feld kam, noch immer dicht geschlossen, aus dem „Luruper Bogen" angetrabt und zog an den Zuschauern vorbei. Der Tumult nahm weiter zu. Wortfetzen mischten sich unter den Hufschlag der Pferde, die vorbeidonnerten und zum zweiten Mal in den „Altonaer Bogen" einfuhren. Auf der Stallgeraden trennte sich die Spreu vom Hafer. Das Feld zog sich in die Länge und die Positionen der Pferde veränderten sich. Der Bahnsprecher mühte sich ab, war nicht zu verstehen, auf dem Vorplatz hatte der Tumult Orkanstärke erreicht. Die Pferde kamen in den Einlauf und trabten mit bis zu fünfzig km/h in die Zielgerade. Das Feld zog sich in die Breite und aus der zweiten Reihe drängten Gespanne nach vorn. Lärm, Hufschlag, Getöse, manchmal waren die Stimmen der Fahrer zu hören, die sich anschrien: „Platz da!", „Hau ab, Mensch!" Charly beugte sich über die Absperrung. Neben ihm streckte Lenny den Hals.

„Verdammt, wo ist *Dargo*?"

Wieder nichts! Charly zerknüllte den Wettschein. Wieder mal landete ihr Einsatz im großen Topf des Totalisators, aus dem die anderen, die clevereren Zocker Geld schöpften, wie schon so oft.

Charly steckte sich eine Stuyvesant an, hustete in die Faust, bis seine Lungen pfiffen, und hielt Lenny die Schachtel hin. „Du solltest damit aufhören!", warnte der und bediente sich.

Die Dämmerung hatte bereits eingesetzt, als sie ernüchtert und blank bis auf die Knochen dem Geläuf die Rücken zukehrten. Schweigend hielten sie nach ihren Autos Ausschau.

9

Christina verließ den Metro-Bus am Haupteingang der Klinik in Altona und eilte am Pförtnerhaus vorbei. Sie hatte weder einen Blick für die getönten Scheiben des unbesetzten Häuschens, auf denen sich Blumenkübel und parkende Autos widerspiegelten, noch nahm sie den Geruch des frisch gemähten Rasens wahr. Ihre Gedanken kreisten um Ron, ihren Liebling, und Charly, dem, so schien es ihr heute Abend, die Rennbahn wichtiger war als der eigene Sohn.

Vor dem Eingang des zwanziggeschossigen Glaskastens, dessen Fassade steil in den Abendhimmel ragte, stand eine Anzahl Patienten in Trainingsanzügen oder Bademänteln, die sie über ihr Nachtzeug gezogen hatten, und rauchten. Christina wich einem Mann mit Kopfverband aus, den die rotierende Drehtür ausspuckte, huschte selbst in das Karussell aus Glas, stemmte sich gegen den Griff des Türflügels. ‚Wie's ihm wohl geht', grübelte sie zum x-ten Mal, seitdem er in der Klinik lag. Ob sein Traum, als Kapitän um die Welt zu fahren, ferne Länder zu bereisen und Abenteuer zu erleben, jemals in Erfüllung gehen würde? Momentan schien er meilenweit davon entfernt zu sein. Wie schnell ging ihrem *chico* die Puste aus. Während die Jungs aus seiner Klasse die Mädchen in den Pausen neckten oder auf dem Sportplatz bolzten, stand er daneben oder hockte auf einer Bank am Spielfeldrand.

„Ach, Ron!', seufzte sie und atmete flach, als wollte sie die verbrauchte Krankenhausluft in der Empfangshalle nicht in ihre Lungen lassen.

Christina passierte den Informationstresen, hinter dem zwei uniform gekleidete Frauen saßen, kurz aufblickten, sonst aber kein Interesse an ihr zeigten. Wer eine Auskunft wollte, würde schon zu ihnen kommen!

Das Klingelzeichen des Aufzugs unterbrach ihre Gedanken. Christina trat in die Kabine, wählte den 11. Stock, musterte sich im Kabinenspiegel und fand, dass sie schrecklich aussah.

Sie drückte die Tür zu Rons Krankenzimmer auf. Außer Ron lag noch ein weiterer Mann in dem Drei-Bett-Zimmer; er schlief und schnarchte. Leise dudelte das Radio. Ron hatte sich aufgesetzt und blätterte im „Kicker"-Sportmagazin, das sein Bettnachbar ihm überlassen hatte. Er war zwölf Jahre alt, ein aufgeweckter, liebenswerter Junge mit kurzen gelockten Haaren. Die nussbraunen Augen und den südländischen Teint hatte er von Christina, den melancholischen Ausdruck im Gesicht von Charly geerbt. Ron legte den „Kicker" auf die Bettdecke und lächelte Christina tapfer an:

„*Hola, mamá!*" – Ron wuchs zweisprachig auf – „*Qué tal?*"

„Wie geht es dir, *mi querido?*", Christina beugte sich zu ihm und drückte ihn an ihre Brust. Sie hielt ihn eine Weile fest, denn er sollte nicht sehen, wie sein Anblick ihr die Tränen in die Augen trieb.

„Wo ist *papá*?", fragte Ron.

„Dein *papá* hat sich mit Lenny getroffen!", Christinas Stimme klirrte wie Eiswürfel im Whiskyglas.

Bevor Ron weiter nachbohren konnte, weshalb und warum sein Vater keine Zeit für ihn hatte, stieß sein Bettnachbar einen Schnarcher aus, der sie beide zum Lachen brachte.

„Ist er nett?", fragte Christina hinter vorgehaltener Hand.

Rons „ist schon okay" blieb auf der Strecke, weil Schwester Gabriele ins Zimmer kam und mit Christina sprechen wollte.

„Bin sofort wieder bei dir", sagte Christina lächelnd zu Ron und folgte der Schwester auf den Flur, „lauf mir nicht davon, *mi querido*!"

Ron sei soweit schmerzfrei, eröffnete Schwester Gabriele das Gespräch, und könne zum Wochenende wieder nach Hause gehen. Christina solle sich einen Augenblick im Wartezimmer der Station gedulden. Der Doktor sei wegen eines Vortrags, den er gehalten hatte, noch im Hause. Er wüsste, dass sie bei Ron sei und käme gleich, denn er würde gern persönlich über Rons Gesundheitszustand mit ihr sprechen.

Schwester Gabriele führte Christina in den Aufenthaltsbereich, der zum Flur hin offen war und dessen Möblierung eine wohltuende Wärme ausstrahlte. Sie setzte sich auf einen der mit blauem Stoff bezogenen Lehnstühle, die um einen kleinen Couchtisch angeordnet waren, auf dem Gesundheitsmagazine lagen.

Christina wartete. Sie schaute auf die Uhr, um die Zeit, die sie abgelesen hatte, im selben Augenblick wieder zu vergessen. Die Stille um sie herum wurde durch Schritte und Flüsterstimmen unterbrochen. Irgendwo klingelte ein Telefon.

Endlich! Sie vernahm schnelle Schritte, es war der Arzt, leger in Jeans und Pulli.

„Bleiben Sie bitte!", sagte der Doktor zu Schwester Gabriele und gab Christina die Hand, die zur Begrüßung aufgestanden war.

„Dass Sie Ron morgen wieder mit nach Hause nehmen können, hat Schwester Gabriele Ihnen ja schon gesagt", begann der Doktor, dessen Lippen ein Lächeln andeuteten, das nicht zu seinen Augen und den Sorgenfalten auf seiner Stirn passen wollte, das Gespräch. „Leider wiesen die Ergebnisse der Blut- und Urinuntersuchungen einen hohen und somit schlechten Kreatininwert aus. Überdies ergab die Ultraschalluntersuchung einen permanenten Gewebedefekt mit Ausbildung von Zysten. Was so zu verstehen ist, dass bei einer Zystenniere das gesunde Nierengewebe fast vollständig zerstört wird."

„…vollständig zerstört wird…!?", wiederholte Christina den Doktor.

„Anders gesagt, bedeutet dies, dass mehr Zysten als gesundes Gewebe vorhanden sind, was durch eine Biopsie des Nierengewebes, die wir nach der Ultraschalluntersuchung in die Wege geleitet hatten, leider bestätigt wurde."

Christina war so, als ob der Doktor ihr den Boden unter den Füßen weggezogen hätte, als dieser in Aussicht stellte, dass Ron bald schon nur eine Spenderniere helfen würde. Sie griff hinter sich, fasste nach einer Stuhllehne und setzte sich. Schwester Gabriele hockte sich neben sie und hielt zum Trost ihre Hand.

„Tut mir leid, ich muss jetzt…!", verabschiedete sich der Doktor von ihr.

„Und, was mach ich nun?", fragte sie.

Zurück im Krankenzimmer, kehrte Ron ihr den Rücken zu. Er war im Wachtraum in den Körper von Erfried Buck geschlüpft, der in Alt-Osdorf unter ihnen im Erdgeschoss wohnte und Helmtaucher bei Taucher Harmstorf war. Erfried fehlte an der linken Hand der Zeigefinger. Ron war an seiner Stelle zum Schiffswrack hinab getaucht, das in der Elbe neben der Fahrrinne auf Grund lag und zerlegt werden sollte. Nur durch eine Sorgleine und dem Luftschlauch mit dem Tauchschiff verbunden, das im Strom vor Anker dümpelte, machte er sich an die Arbeit und trennte mit einem Schneidbrenner eine offen stehende Luke aus dem Schiffsleib. Ein widriger Umstand, an den er sich nicht mehr erinnern konnte, führte dazu, dass der Deckel zufiel und ihm den Zeigefinger einquetschte. Mehr als zehn Meter unter der Wasseroberfläche müsste er sich, um wieder auftauchen zu können, mit einem Vorschlaghammer den Zeigefinger selber abschlagen.

Doch soweit kam es zum Glück nicht, da Christina Ron vorher in die Wirklichkeit zurückholte. Sie berührte seine Schulter, er setzte sich auf, rieb die Augen und nahm ihr das Versprechen ab, dass sie und Charly ihn noch vor dem Wochenende aus dem Krankenhaus abholten.

„Morgen, *chico!*", Christina hob die Hand zum Schwur. „Mein großes Ehrenwort!"

10

„Ron ist im Krankenhaus!", brach es aus Charly heraus.

„Sie blieben vor Charlys Golf stehen und warfen ihre Kippen in den Kies.

„Montagabend, Christina und ich guckten Tagesthemen, da kam Ron zu uns ins Zimmer. Wir dachten, dass er schlafen würde, was ein Irrtum war. Er kriegte kein Auge zu, es ging ihm hundsmiserabel."

Charly fischte sich eine neue Zigarette aus der Schachtel, hielt Lenny die Packung hin, der abwehrend die Hände hob, und zündete sich seine an. Er unterdrückte den Hustenanfall.

„Ronaldos Kopfschmerzen waren so heftig, dass er immerzu wimmerte. Wir wussten uns nicht anders zu helfen, als ihn ins Auto zu setzten und ins Altonaer Krankenhaus zu fahren."

Lenny wusste von Rons Leiden, der unter einer Zystenniere, einer angeborenen Missbildung der Nieren litt, was bedeutete, dass Teile des Nierengewebes dauerhaft beschädigt waren und langsam, auf Grund einer sich hieraus entwickelnden Funktionsstörung, eingehen würden. Zu Beginn der Krankheit fiel auf, dass Ronaldo häufiger Urin lassen musste und auf Grund einer Blutarmut blass und müde aussah. Im weiteren Verlauf der

Krankheit fielen neben Müdigkeit, Konzentrationsschwäche und Wassereinlagerungen in das Gewebe auch Bluthochdruck in Verbindung mit Kopfschmerzen auf.

„Ich war überrascht, wie die in der Notaufnahme auf Zack waren. Während Christina noch mit dem Papierkram zu tun hatte, kam schon eine Krankenschwester und führte Ron in den Untersuchungsbereich. Sie kontrollierte seinen Blutdruck, der so hoch angestiegen war, dass der Arzt, der inzwischen dazugekommen war, es für nötig hielt, Ron dazubehalten, um ihn gründlich zu untersuchen. Was blieb uns anderes übrig?"

Charly betätigte die Fernbedienung, die Warnlichter blinkten auf und in den Schlössern knackte es.

„Und was ist dabei rausgekommen?", fragte Lenny, der den Sohn seines Freundes von Geburt an kannte.

„Sie haben 'ne Blutwäsche gemacht. Ihm gehts schon wieder besser."

Charly zog die Tür auf und schickte sich an, in den Wagen einzusteigen. „Der Kreatinwert war viel zu hoch!", sagte er.

„Und was heißt das?", fragte Lenny.

„Kreatin ist der Marker für die Funktion der Nieren. Ist der Wert hoch, ist schlecht. Ist der Wert niedrig, ist gut. Um die Beschwerden zu lindern, entschieden sich die Ärzte für die Blutwäsche."

Lenny schlug vor zurückzugehen, um am Stand noch ein Bier zu trinken. Charly winkte ab: „Lass gut sein, ich hab sowieso keinen Cent mehr!"

Charly startete den Wagen. Die Reifen knirschten über den Kies, während der VW vom Parkplatz rollte und sich in den vorbeirollenden Verkehr der Luruper Chaussee einfädelte. Lenny schaute Charly hinterher.

11

Von der Hand, die sich von hinten auf Lennys Schulter legte und ihn aus seinen Gedanken über Charlys kranken Sohn riss, ging eine brutale Kraft aus. Er schnellte herum und sah in die stechenden Augen von Boxerface, der zu Russen-Igors Schlägertrupp gehörte. Im selben Moment fing er sich einen Stoß in den Unterleib ein, der ihm den Atem raubte. Der Schmerz schoss wie ein Pfeil von seinem Geschlecht bis ins Gehirn und setzte ihn augenblicklich außer Gefecht. Lenny hatte keine Chance sich zu verteidigen, obwohl er wusste, wie man sich von Mann zu Mann zur Wehr setzte! Nicht umsonst war er bei der Bundeswehr und später als Fremdenlegionär in Afrika zum Einzelkämpfer ausgebildet worden.

„Schön' Gruß von Igor!" Boxerface zog Lennys Kopf an den Haaren nach hinten, während die zwei anderen Typen aus Russen-Igors Truppe seine Arme auf den Rücken gedreht hatten und ihn festhielten. „Du hast Zeit bis Monatsende!"

Lenny fühlte Boxerface stinkenden Atem auf seinem Gesicht. Er rang nach Luft. Sein Unterleib fühlte sich an, als wäre er unter einen Dampfhammer geraten.

„Wie soll ich das…?"

„Halt's Maul, du Zwerg!"

„Aber woher soll ich das…?", – ja, woher sollte Lenny das Geld nehmen?

„Halt deine Klappe!", blaffte Boxerface, zog die Augenbrauen zusammen und zeigte seine nikotingelben Zähne. „Wir finden dich! Bis Donnerstag, du Loser! Wenn du die siebzigtausend Flocken nicht hast, tun wir dir weh!"

„Sehr weh!", zischte einer der beiden Schläger hinter Lennys Rücken, und der andere, der nervöse, der ständig seinen Kopf hin und her drehte und Ausschau hielt, ob sich ihnen irgendjemand näherte, fügte hinzu:

„Dann schneiden wir dir mit der Rosenschere die kleinen Finger ab! Zack!"

„Weißt Bescheid?", Boxerface schlug noch mal zu. Diesmal in den Magen. Bei Lenny gingen die Lampen aus und ihm wurde schwarz vor Augen. Die Kerle ließen ihn fallen. Er kippte zur Seite, lag mit angezogenen Beinen im Kies und erbrach sich.

Russen-Igors Leute zogen ab; sie hatten ihren Job getan.

Es dauerte eine ganze Weile, bis Lenny sich hochgerappelt hatte. Mit gespreizten Beinen stand er schwer atmend neben seinem Wagen und kramte in den Hosentaschen nach dem Autoschlüssel. Er ließ sich auf den Sitz fallen und starrte ins Leere.

Es war fast ein halbes Jahr her, dass Lenny sich an einem Samstagabend in Russen-Igors Netz verfing. Er stromerte über den Hamburger Kiez und landete auf der Suche nach Ablenkung im Hinterzimmer der

„Chianti-Bar", in dem Russen-Igor einen Spielsalon aufgezogen hatte, illegal, versteht sich! Es war Pokern angesagt. Lenny oder, richtiger gesagt, der Spieler in ihm, der nicht nur mit Charly auf Pferde wettete, setzte sich auf einen freigewordenen Stuhl und zockte mit.

Zu Beginn des Abends gewann er, doch im Laufe der Nacht wendete sich das Blatt gegen ihn und er verlor! Verlor mehr Geld, als er in der Brieftasche bei sich trug. Lenny konnte nicht aufhören, er wollte den in den Sand gesetzten Betrag unbedingt wieder zurückgewinnen, doch das ging nur, wenn er weiterspielte, und dabei unterlief ihm ein unheilvoller Fehler. Er borgte sich von Russen-Igor Geld. – Viel Geld!

Von diesem Tag an ging Lenny wie von einem Magneten angezogen in das Hinterzimmer der „Chianti-Bar". Was zur Folge hatte, dass der Schuldenberg wuchs und wuchs und bei den enormen Zinsen, die Igor von ihm forderte, auf siebzigtausend Euro gewachsen war.

Lenny atmete schwer. Seine Gedanken rotierten im Kreis. Wo war er bloß hineingeraten? Russen-Igor hatte ihn am Kragen! Siebzigtausend Euro! Woher sollte er das Geld nehmen? So viel Geld in so kurzer Zeit aufzutreiben, war unmöglich!

Charly kam nicht in Frage, der hatte eigene Sorgen und selbst keinen Euro auf der Naht.

Sollte er einen Kredit aufnehmen? Die von der Bank würden ihn fragen, was er mit dem Geld vorhatte. Was sollte er denn sagen? Dass Russen-Igor seine Finger abschnitt, falls er nicht bis Ultimo zahlte? Außerdem fehlte es ihm an Sicherheiten. Er hatte nichts zu bieten.

Oder sollte er sich einem Kredithai als Fraß vorwerfen. Da käme er nur vom Regen in die Traufe.

Wenn Loretta nicht wäre, würde er einfach abhauen und irgendwo ein neues Leben anfangen. Aber auch das ging nicht: Falls Igors Schläger ihr aufs Fell rückten, würde er sich das den Rest seines Lebens nicht verzeihen.

Er brauchte einfach mehr Zeit, dann könnte er sein Glück in anderen Spielclubs versuchen. Doch das war Schwachsinn und er verwarf den Gedanken daran sofort wieder. Er hätte nicht mal das Geld gehabt, um seinen Einsatz zu machen.

– Es ging nicht anders, er musste vor Russen-Igor auf dem Boden kriechen und ihn um Aufschub bitten. Am besten so lange wie möglich!

Er könnte den Spieß umdrehen und Russen-Igor fragen, ob er die Schulden abarbeiten könnte, als Geldeintreiber vielleicht. – Aber das würde er nie tun, niemals würde er einer von Igors Schlägern werden!

Er zermarterte sich den Kopf. Jetzt konnte nur noch eine Erbtante helfen! Oder ein reicher Onkel in Amerika, der erst kürzlich verstorben war und einen Batzen Geld hinterlassen hatte. Doch leider hatte er keinen Onkel in Amerika…, aber er könnte einen erfinden!

Ob Russen-Igor ihm das abkaufen würde, einen Erbonkel in Amerika? Das dauerte, ehe die Formalitäten erledigt waren und das Geld auf seinem Konto war. Wie konnte er Russen-Igor davon überzeugen, dass es sich lohnen würde, ihm bis Dezember Aufschub zu gewähren? Das ging nur mit Geld! Er könnte Russen-Igor hunderttausend statt der siebzigtausend Euro versprechen, wenn dieser ihm den Aufschub gewährte.

Es war nur ein Strohhalm, an den Lenny sich klammerte. Er hatte absolut keine Vorstellung davon, wie Igor auf seinen Vorschlag reagieren würde. Immerhin war es einen Versuch wert; so hätte er etwas mehr Zeit und könnte sich was einfallen lassen.
– Irgendeine Lösung musste es geben!

12

Es war fast Mitternacht. Charly steuerte die Tiefgarage an und rollte die Zufahrt runter. Er unterdrückte den Hustenreiz und dachte für einen Moment, nachdem das Biest in ihm nicht mehr pfiff und röchelte, ob er noch eine Zigarette rauchen sollte, bevor er die Treppen zur Wohnung hochstieg, um sich Christina und dem Verdruss zu stellen, der ihm nicht erspart bleiben würde.

Nahezu geräuschlos drehte er den Schlüssel im Schloss und trat in den Flur.

„Charly?", Christina horchte auf. ‚Was schleicht der sich rein?', dachte sie, ließ von dem Geschirr ab, das sie aus dem Spüler räumte, richtete sich auf und schritt ihm entgegen.

„Kommst du auch noch mal?", fuhr sie ihn an und schaltete die Flurbeleuchtung ein.

Charly stand da wie aus Granit gemeißelt. Er roch nach Bier und Rauch und zuckte zusammen, als ihr der Faden riss, sie ihre Wut herausschrie: „Was denkst du dir eigentlich? Er hat auf dich gewartet! – Er ist doch auch dein Sohn!"

Christina brach in Tränen aus.

Sie so zu sehen, brach ihm das Herz. Noch nie war sie in ihrer zwölfjährigen Ehe derart aus der Fassung geraten. Er ging auf sie zu, wollte seine Arme um sie legen, sie trösten.

„Lass mich!", schrie Christina. „Er wird sterben!"

Später saßen sie im Wohnzimmer am Couchtisch und starrten aneinander vorbei ins Leere. Es duftete nach Kräutertee, den Charly gebrüht hatte. Doch weder sie noch er rührten ihre Tassen an.

„Er hat nach dir gefragt, Charly", Christina hielt die Tränen zurück, sie kämpfte gegen Wut und Kummer an, „und du hattest keine Zeit für ihn!"

Schweigend wartete Charly ab, bis sie sich wieder gefangen hatte und ihm erklärte, welche Therapie ihr der Arzt für Ron mit auf den Weg gegeben hatte:

„Wir können Ron morgen abholen, müssen aber mit ihm zwei- bis dreimal in der Woche zur Blutwäsche!"

„In Altona?", fragte Charly und reimte sich zusammen, welche Konsequenzen das für Rons Schulausbildung haben könnte.

„Ja!", schluchzte Christina.

„Ich bringe ihn!", Charly hielt die Faust vor den Mund, atmete durch die Nase aus und trieb das Biest zurück in seine Lunge.

„Aber das Schlimmste ist", Charly spürte ihren Schmerz bis in die Haarspitzen, „dass der Doktor gesagt hat, dass Ron ohne eine Spenderniere keine Aussicht auf ein langes Leben hätte!"

Charly kreuzte abwehrend die Arme vor der Brust und ließ sich zurück in die Sofakissen fallen.

„Mein Gott!", er stockte beim Sprechen. „Ist dir klar, wie lange man im Schnitt auf eine Spenderniere warten muss?"

„Vier bis sechs Jahre!", antwortete Christina.

13

Seit der Hiobsbotschaft, dass Ron ohne eine Spenderniere kaum Aussicht auf ein langes Leben hätte, waren zwei Monate vergangen. Zwei Monate, in denen sich ihre Gedanken und Gespräche nur um Ron drehten, wie sie ihm helfen und was sie unternehmen könnten.

Rons schlechter Gesundheitszustand überschattete mehr denn je ihr Familienleben. Er fühlte sich schwach und war ständig müde, hatte das aufgedunsene Gesicht eines Trinkers und oft Kopfschmerzen, wobei ein hoher Blutdruck gemessen wurde.

Der Gang zur Dialyse bestimmte ihren Lebensrhythmus. Dreimal in der Woche fuhr Charly Ron ins Krankenhaus, der nach jeder Blutwäsche erschöpft war. Ron hatte am Unterarm einen Shunt gesetzt bekommen, einen permanenten, speziellen Gefäßzugang, über den er an die Dialyse-Maschine angeschlossen wurde.

Seinetwegen versank Christina in einer Flut von Diätregeln: Kartoffeln und Gemüse mussten zerkocht werden, damit der Kaliumgehalt reduziert wurde. Suppen verschwanden vom Speiseplan. Frisches Obst, Spinat und Hülsenfrüchte waren nicht erlaubt. Schokolade und Nüsse wegen des Kaliums auch nicht, da ein erhöhter Kaliumspiegel im Blut zu Muskelschwäche und

Herzrhythmusstörungen bis hin zum Herzversagen führen konnte.

Sport treiben ging nicht mehr, Schwimmen war verboten. An den Dialysetagen fehlte Ron in der Schule, manchmal auch am Tag danach. Längst hatte er den Anschluss am Unterricht verloren. Den Jungs aus seiner Klasse war er einerlei. Er saß beim Fußballspielen doch nur auf der Bank am Spielfeldrand. Eine Ausnahme war Nicole. Nici wohnte eine Tür weiter im selben Häuserblock. Sie versorgte ihn mit Hausaufgaben, tratschte, wer aus ihrer Klasse sich gerade mit wem stritt, und schaute mit ihm DVDs wie *Keinohrhasen, Der Schuh des Manitu* oder *Biss*, ein Vampir-Liebes-Abenteuer.

Abend für Abend zerbrachen die Eltern sich die Köpfe, was sie für Ron tun könnten, damit er eine Chance bekäme, um dem schleichenden Tod zu entkommen. Die am nächsten liegende Lösung, dass entweder Charly oder Christina eine Niere spenden würden, kam nicht in Frage, da weder er noch sie als Spender geeignet waren. Christina war mit nur einer Niere auf die Welt gekommen und Charly litt unter einer chronischen obstruktiven Lungenerkrankung, einer Raucherlunge, was mit ein Grund dafür war, warum er mit dreiundsechzig den Job an den Nagel gehängt und in den Vorruhestand getreten war. Auch Nora, Charlys erwachsene Tochter aus erster Ehe mit Amelie, die bereit gewesen wäre, für ihren Stiefbruder eine Niere zu spenden, eignete sich nicht, da zwischen ihr und Ronaldo eine ABO-Blutgruppeninkompatibilität bestand.

Sie waren am Boden zerstört. Die Wartezeit auf eine Niere wurde von *Eurotransplant* in Holland mit vier bis sechs Jahren angegeben, und Ron hätte im ungünstigsten Falle vielleicht noch zwei Jahre zu leben.

Ein Sonnenstrahl fiel durchs Südfenster ins Wohnzimmer, brachte den handgeknüpften Perserteppich zum Leuchten, den Charly von einem Baustelleneinsatz im Iran als Souvenir mit nach Hause gebracht hatte. Die Einrichtung des Raumes entsprach einem Potpourri aus Möbeln und Erinnerungen. Zwei Sofas aus den Fünfzigern, Erbstücke, die Christina rot und anthrazit mit Polsterstoff beziehen ließ, waren L-förmig zueinander aufgestellt. In den Regalen warben, dicht an dicht, Bücher darum, gelesen zu werden. An den Wänden hingen Öl-Gemälde, die Charlys Schwägerin für ihn gemalt hatte. Skulpturen aus Bronze oder Holz von seinem Bruder, der sich als Bildhauer durchs Leben wirtschaftete, gegossen oder mit der Kettensäge geformt, drängten sich auf Fensterbänken und Parkettfußboden. An der Wand neben dem Balkonfenster stand ein Barschrank aus den 60ern. Ein Unikat, das Charly selbst auf Pop-Art umgestaltet hatte. Alles in allem war die Wohnung ein Hort, in dem es sich gut leben ließ. Hier konnte er, umringt von seinen Erinnerungen, wegtauchen und von Segeltörns mit seiner Sieben-Meter-Yacht „Möwe" träumen, einem Segelschiff, an dem er seit Jahren schraubte und das nie fertig werden sollte. Es wäre eine heile Welt gewesen…

Zigarettenrauch zog durch die offene Balkontür ins Zimmer. Irgendwo im Haus klappte eine Wohnungstür und fiel ins Schloss. Bello, Sabine Vogelsangs Rauhaardackel, die im Staffelgeschoss wohnte, freute sich darauf, Wässerchen zu lassen, und kläffte wie irre im Treppenhaus.

Kurz darauf fuhr das Garagentor auf und ein silbergrauer Mini-Morris rollte die Einfahrt hoch. Charly stand auf dem Balkon. Er sah dem Flitzer nach, zog an seiner Zigarette und hüstelte.

„Scheiß Sucht!", fluchte er wieder mal, drückte den Kippen zu den anderen in den Aschenbecher, der neben Stuyvesant-Packung und Feuerzeug auf dem Gartentisch stand, trat ins Wohnzimmer und zog die Balkontür hinter sich zu.

Er war allein. Ron hatte sich aus dem Haus getraut, um Nici zu treffen. Und Christina, der die Ablenkung im Salon gut tat, sehnte trotzdem den Feierabend herbei, denn heute war Samstag und um vierzehn Uhr Feierabend.

‚Ich ruf ihn an!', Charlys Gedanken drehten sich im Kreis. Er ging zum Sideboard, auf dem das Telefon stand, nahm es und tippte Lennys Nummer ein, ging zurück zum Sofa und plumpste auf das Sitzpolster.

„Geh ran!" Charlys Mundwinkel waren heruntergezogen, die Oberlider gesenkt; er schrammte hart an einer Depression vorbei.

Endlich meldete sich Lenny: „Pichler!?"

„Ich bin's!", Charly zog die Innenseiten der Augenbrauen nach oben, wodurch der Ausdruck in seinem Gesicht noch trauriger wurde. „Lass uns reden, sonst fall ich in ein Loch!"

Er rang nach Luft, doch jetzt, da Lenny in der Leitung war, wusste er nicht, wie oder an welcher Stelle er beginnen sollte. Aber je mehr er über Rons miserablen Zustand sprach, der ihn nachts im Traum verfolgte und aus dem Schlaf riss, umso mehr gewann er an Fassung zurück, bis die Angst, Ron zu verlieren, aus ihm herausdrängte. Er machte keinen Hehl daraus, dass zwischen Christina und ihm seit Wochen nichts mehr lief und sie ihm die Trabrennbahnbesuche übelnahm, die er sich auf Grund ihrer angespannten Finanzlage eigentlich nicht leisten konnte. Doch am meisten quälte ihn, dass niemand aus der Familie für Ron als Organspender in Frage kam.

„Niemand!", betonte er noch einmal, auch er nicht, wegen seiner Raucherlunge.

„Vier bis sechs Jahre Wartezeit?", sinnierte Lenny, der Charly ohne zu unterbrechen zugehört hatte. „Eine verdammt lange Zeit, wenn jeder Tag zählt!"

„Die Rechnung geht nicht auf, verstehst du, wenn du nur noch zwei Jahre zu leben hast!", antwortete Charly.

„Heutzutage ist vieles möglich!" sagte Lenny. „Du weißt vielleicht, dass es einen Markt für Spenderorgane gibt, das steht doch oft genug in den Zeitungen!"

„Man liest drüber hinweg, solange man nicht selbst betroffen ist!"

„Schau ins Internet!", schlug Lenny vor.

Auch daran hatte Charly schon gedacht. Er ließ keine Fernsehsendung aus, die über Transplantationen von Spenderorganen berichtete. Obendrein las er jeden einschlägigen Zeitungsartikel, den er in die Finger bekam, schnitt ihn aus und sammelte ihn mit anderen in einem Leitz-Ordner.

„Es muss doch einen Ausweg geben!"

14

Nora hatte sich auf ihr City-Bike geschwungen und trat in die Pedalen. Sie war mit Kevin in der „Elbkate" verabredet und spät dran, weil ihr Chef, Oskar Lemmer, nicht mit Computern umgehen konnte oder wollte und einen Bierdeckel auf ihren Schreibtisch gelegt hatte, auf dem der Name eines Fitness-Clubs gekritzelt war, von dem sie bisher noch nie gehört hatte.

„Googel den Laden mal", hatte er geknurrt und war in seinem Abteil verschwunden, ehe sie eine Frage stellen konnte.

„Das ist mal wieder typisch!", mokierte sich Claus, zog seine Jacke von der Stuhllehne und bewegte sich zur Tür.

„Schönen Feierabend!", frotzelte Paddy und latschte hinter Claus her. „Kommst du nach, wir gehen auf ein Bier ins „Big Easy"?"

„Da wüsste ich aber was Besseres!", konterte Nora und tippte den Namen des Fitness-Clubs in den Computer ein. Internetrecherche war nicht ihr Ding!

„Ich warte schon über eine halbe Stunde auf dich!", rief Kevin ihr entgegen und küsste ihre Wange. „Setzt dich, ich besorg uns was zu trinken!"

„Oh ja, ein großes Bier!"

Ruhig floss die Elbe dahin. Noch war Ebbe und nur vereinzelt glitt ein Segelboot oder dampfte eine HVV-Fähre vorbei. Die Abendsonne versank hinter den Baumkronen und hatte ihre Gesichter in glühendrotes Licht getaucht. Nora genoss Kevins Nähe, sie fühlte sich bei ihm geborgen. Er nahm es ihr nicht krumm, wenn sie mal länger im Büro bleiben musste. War ja selbst Polizist und wusste, dass die Dinge nicht liegenbleiben konnten, wenn die Jagd auf Verbrecher erfolgreich sein sollte.

„Wie geht es deinem Bruder?", fragte Kevin, der von Rons Leiden wusste.

„Ach", klagte Nora, „nicht so gut! Der wartet immer noch auf eine neue Niere und muss jetzt mehrmals pro Woche an die Dialyse. Das kann noch ewig dauern. Christina hat über Eurotransplant versucht herauszufinden, an welcher Stelle er in der Warteliste steht. Eine Antwort hat sie bisher noch nicht bekommen."

„Und dein Vater?"

„Der hustet sich die Lunge aus dem Leib!"

„Das klingt bitter!"

Kevin legte seinen Arm um Noras Schulter.

„Es ist wirklich ein Elend!", seufzte sie. „Ach, lass uns jetzt über etwas anderes reden! Über uns am besten! Ich besorg noch ein Bier, wir trinken es gemütlich aus und fahren danach zu mir!"

15

Nachdem Charly das Gespräch mit Lenny beendet hatte, fiel ihm plötzlich ein Zeitungsartikel ein. Er stellte den Hörer in die Ladestation, eilte zum Esstisch, fuhr sein Notebook hoch und griff nach dem Aktenordner, in dem er seine Notizen aufhob. Er suchte in den Unterlagen, bis er das Interview mit dem Organtransplantationskoordinator gefunden hatte, tippte den Namen des Mannes ein, der in den USA lebte, und landete nach wenigen Zwischenschritten auf einer Seite, auf der die internationale Koordination von Organtransplantationen angeboten wurde.

Zeile für Zeile übersetzte er den englischen Text im Kopf:

Der Koordinator agierte seit fünfundzwanzig Jahren weltweit in Ländern, in denen Regeln und Gesetze es möglich machten, Spenderorgane legal und ohne lange Wartezeiten bereitzustellen.

Er war in Ländern aktiv, die moderne Krankenhäuser mit englisch sprechendem Personal hatten. Die meisten Chirurgen, die in diesen Kliniken arbeiteten, sollten in den USA ausgebildet worden sein. Zur Anwendung kämen neueste Operationsverfahren, Geräte und Medikamente. Der Makler hob hervor, dass alle verwendeten Verfahren legal seien und von den Regierungen dieser Länder sowie den Krankenhaus-Verwaltungen überwacht würden.

Die Kosten für eine Nierentransplantation lagen bei hundertsechzigtausend US-Dollar, also circa hundertfünfzigtausend Euro. In dem Betrag waren alle Reise- und Krankenhauskosten und die Kosten für das Spenderorgan, die Operation sowie alle erforderlichen Medikamente für eine Transplantation enthalten. Weiterhin deckte der Preis Reise und Unterkunft für einen Verwandten, Freund oder eine Krankenschwester ab, die den Empfänger begleitete. Zusätzliche Kosten fielen nicht an. Zu berücksichtigen wäre jedoch, dass die Kosten für die Organtransplantation nicht durch eine Versicherung gedeckt seien.

Es folgten die Kontaktdaten des Vermittlers wie Postanschrift, Telefon- und Fax-Nummer, E-Mail-Link und eine Auflistung von Ländern in Europa und Asien sowie Gebiete in den USA, in denen er seine Dienstleistungen anbot.

‚Hoffnungslos!', Charly war am verzweifeln. ‚Hundertfünfzigtausend Euro!' Er lud die App des Organ-Transplantationskoordinators runter und klappte das Notebook zu. So viel Geld hatte er noch nie besessen. Nachdem das Auto angeschafft war, waren seine Ersparnisse auf zehntausend Euro zusammengeschmolzen. Charly ging auf den Balkon und zündet sich eine Zigarette an. Er hielt die Faust vor den Mund und drängte das aufkeimende Röcheln zurück.

„Du rauchst?", rief Christina über den Flur.

Sie wuchtete die prallen Einkaufsbeutel auf den Küchentisch. Charly hatte sie nicht kommen hören. Er verabschiedete sich von der Zigarette und ging in die Küche. Christina sah ihn vorwurfsvoll an.

Er winkte ab: „Ich weiß!"

Es klang resigniert. Er schaltete die Kaffeemaschine ein.

„Wo steckt Ron?", fragte Christina.

Und wieder waren sie mitten im Thema. Charly erzählte von dem Gespräch, das er mit Lenny geführt hatte, und seinem Ausflug ins Internet. Dass er auf einen Makler gestoßen sei, der weltweit nach Spenderorganen suchte und deren Transplantationen koordinierte.

„Wäre das ein Weg?", fragte er.

„Eine Niere zu kaufen?", Christina verschlug es die Sprache.

„Ron wird sonst nie in der Lage sein einen Beruf zu lernen!", warf Charly ein.

„Aber wir sind doch bei *Eurotransplant* gelistet, und du fährst ihn, bis wir an der Reihe sind, regelmäßig zur Dialyse!"

„Träum weiter! Was ist, wenn er nur noch zwei Jahre hat?"

„Hundertfünfzigtausend Euro? Wo sollen wir die hernehmen?"

„Wir könnten einen Kredit aufzunehmen!"

„Willst du denen sagen, dass du deinem Sohn in Pakistan eine Niere kaufen willst?"

Christinas Wangen glühten: „Das ist doch illegal!"

„Nee, das sehe ich anders! In den Ländern, wo der arbeitet, ist das nicht illegal!", hielt Charly dagegen. „So lange du selbst nicht betroffen bist und nur darüber liest, ist alles illegal und schmutzig. Aber wenn es dich trifft, dann greifst du nach jedem Strohhalm. Wir wären nicht die Ersten!"

16

Charlys Entschluss stand fest. Doch bevor er den Makler in Amerika kontaktierte, musste die Frage der Finanzierung geklärt werden. Daher raffte er sich auf und stiefelte ins Dorf. Alt-Osdorf, ein Dorfkern mitten in der Stadt mit strohgedeckten ehemaligen Bauernhäusern, in denen heute die Eisdiele, ein Heilpraktiker und der Gemüsehändler ihre Geschäfte betreiben. Charly ging an den Auslagen des Grünhändlers vorbei. Er mochte diesen Farbtupfer aus Früchten, Gemüse und Blumensträußen, die für kleines Geld mit nach Hause genommen werden konnten.

Er querte den Rugenbarg am Zebrastreifen und blieb für einen Moment vor seiner Bank, der „Hamburger Sparkasse", stehen.

Charly meldete sich am Infostand an: „Engel, Charly Engel, ich hatte vorhin angerufen!"

Seine Ohren glühten. Er spürte Blicke im Nacken, obwohl sich in der Schalterhalle kein Mensch für ihn interessierte.

„War es wegen des Kredits?" Die Sparkassenangestellte half ihm, da sie sich an das Gespräch mit ihm erinnern konnte. Es war ihm unangenehm, er senkte den Blick.

– „Ja denn, einen kleinen Augenblick bitte, ich schau nach, ob Herr Münzberg schon frei ist."

Sie bot Charly einen Stuhl neben der Treppe an, die in den Keller zu den Bankschließfächern führte.

Da saß er nun als Bittsteller ohne Sicherheiten, wartete auf den Filialleiter und kämpfte gegen die Mutlosigkeit an, die in ihm hochstieg und seine sonst so rationale Denkfähigkeit blockierte.

„Herr Engel?"

Charly sah auf und erhob sich.

„Hans-Jochen Münzberg!"

Der Mann, der nach Charlys Hand griff, war Anfang vierzig, einen Kopf größer als er, hatte einen festen Händedruck und eine sportliche Figur. Ein freundlicher Mann mit Lachfalten im runden Gesicht.

„Ich leite die Filiale. Bitte, kommen Sie!", sagte er und zeigte mit der Hand auf eine Stellwand neben dem Kassenschalter. „Wir gehen nach hinten, an meinen Platz!".

Charly kam gleich zur Sache und ließ raus, was ihm wie Feuer auf der Seele brannte.

„Hundertfünfzigtausend!?", wiederholte der Filialleiter. „Eine Hypothek für eine Immobilie!? Oder hatten sie etwa an einen Porsche gedacht?"

Charly war nicht nach Späßen zu Mute. Er fing den Blick des Bankers ein.

„Mein Sohn ist krank!", sagte er. „Ziemlich krank sogar! Er braucht eine Spenderniere!"

Der Banker zuckte nicht einmal mit der Wimper. Gespräche, in denen es um Geld ging, führte er jeden Tag.

„Möglichst schnell!", fügte Charly hinzu.

„Das ist kein Kleinkredit mehr! Welche Sicherheiten könnten Sie einbringen?"

Charly zog die Mundwinkel nach unten, er wusste, dass ihr Gespräch zu Ende war, und verfluchte den Tag. Obendrein rührte sich das Biest in ihm. Er hielt die Faust vor den Mund, hustete sich frei und antwortete:

„Entschuldigung! Unter günstigsten Umständen hätte Ron, so heißt mein Sohn, noch zwei Jahre!"

„Das wird schwierig!", bedauerte der Filialleiter.

„Ich hab seit über vierzig Jahren ein Girokonto bei Ihnen und noch nie einen Kredit in Anspruch genommen!", sagte Charly.

„Haben Sie eine Eigentumswohnung oder ein Haus, die Sie beleihen könnten?", fragte der Banker und rutschte auf dem Schreibtischsessel hin und her.

„Ich habe ein sicheres Einkommen", antwortete Charly und fügte hinzu, „bin seit kurzem im Ruhestand!"

„Es tut mir aufrichtig leid!" Dem Filialleiter war daran gelegen, das Gespräch schnell zu beenden. Charly hingegen startete einen letzten Versuch:

„Meine Frau ist Friseurmeisterin, sie arbeitet Vollzeit, direkt hier gegenüber in dem Frisier-Salon!"

Der Banker schüttelte den Kopf: „Ohne entsprechende Sicherheiten bekomme ich das nicht durch!"

Wenig später, draußen vor der Tür, presste Charly die Lippen zusammen.

Aber er gab nicht auf. Er ging von Tür zu Tür, sprach bei jeder Bank vor. Doch all seine Bemühungen liefen ins Leere. Keines der Geldinstitute war bereit, ihm und seiner Frau einen Kredit zu geben.

Auch Christinas Versuche, ihre Verwandtschaft in Übersee um Unterstützung zu bitten, schlugen fehl. Tagelang hockte sie am Computer, schrieb Emails, skypte, weinte und bettelte am Telefon. Alles umsonst, denn auch in Chile war außer Mitleid und Bedauern nichts zu ernten.

Rons Zustand verschlechterte sich inzwischen weiter. Der Kreatin-Wert stieg stetig, sein Blutdruck war nur noch schwer regulierbar und seine Urinausscheidungen gingen zurück. Er sah blass aus, war ständig müde und hatte Schmerzen im Oberbauch, was auf eine Zunahme der Blutarmut zurückzuführen war.

Von nirgendwoher war Hilfe in Sicht. Charly hätte drei Leben gebraucht, um das Geld zusammenzukratzen. Rons Elend und Christina so leiden zu sehen, entfachte einen Sturm in seinem Herzen!

17

Charly warf seine Vorbehalte gegenüber dem Organmakler über Bord, griff zum Telefonhörer und rief den Mann an, der von den USA aus seine Geschäfte betrieb. Glücklicherweise waren Charlys Englischkenntnisse ausreichend, und je länger sie miteinander sprachen, desto selbstbewusster wurde er.

Der Makler war zuvorkommend und wirkte professionell. Er versicherte, dass sechs bis acht Tage, nachdem das Geld an die Klinik bezahlt worden war, die Transplantation stattfinden könnte. Woher die Organe kämen, das wüsste er nicht, das sei anonym und die Beschaffung Sache der Klinik.

Nach dem Telefonat mit dem Koordinator war er um einiges klüger, aber doch keinen Schritt weiter gekommen. Er liebte Ron sehr, er liebte Christina, war ihr dankbar dafür, dass sie wieder Licht in sein einsames Leben gebracht hatte. Es sei seine Pflicht, dachte er und fühlte es tief in seinem Herzen, als Vater dafür zu sorgen, dass Ron endlich ein erträglicheres Leben bekäme. Es war ihm inzwischen einerlei, was recht oder unrecht war. Es ging um Ron, ihm musste geholfen werden! –

Charly war bereit, sich auf einen Deal mit dem Koordinator einzulassen, doch woher sollten die hundertfünfzigtausend Euro kommen, die eine Nierentransplantation in Pristina kosten würde? Wenn die Banken ihm kein Geld leihen wollten, die Verwandtschaft es nicht konnte und Nora, seine erwachsene Tochter, wegen Ron keine Schulden auftürmen sollte? Es lag allein bei ihm, einen Ausweg zu finden!

Christina hockte auf dem Sofa. Sie hatte eine Wolldecke um ihre Beine gelegt, die Knie angezogen und kritzelte Zahlen in ein Sudoku-Heft. Der Fernseher dudelte. Auf 3 Sat wurde *Asphalt-Cowboy* ausgestrahlt. Bei jedem Szenenwechsel spiegelten neue Farbkombinationen auf der Glasplatte des runden Couchtisches.

Charly hatte den Film schon einige Male gesehen und war nicht bei der Sache. Die Beine weit von sich gestreckt, die Arme hinter dem Kopf verschränkt, lag er mehr auf dem kleinen Sofa als er saß.

Er war mit Ron zur Dialyse gewesen, der danach so erschöpft gewesen war, dass er sich in sein Zimmer zurückgezogen und ins Bett gelegt hatte.

Charly horchte in sich hinein und verwarf den Gedanken wieder, Christina in sein Vorhaben einzuweihen.

„Ich geh zu Bett", seine Stimme kippte. Er stemmte sich vom Sofa, hob den Telefonhörer aus der Ladestation, sagte „Telefonier nur noch mal mit Lenny" und schlurfte ins Schlafzimmer.

Loretta, Lenny Pichlers Lebensgefährtin und Arbeitskollegin, meldete sich.

„Charly?", fragte sie. „Ich reich dich weiter, er steht direkt neben mir."

Lenny nahm ihr den Hörer aus der Hand und fragte: „Was gibt's denn Charly?"

„Ich bin im Internet auf eine Webseite gestoßen, auf der ein Mann, ein Koordinator, wie er sich nennt, von Amerika aus seine Dienste als Vermittler von Spenderorganen anbietet."

Charly hörte Lenny atmen.

„Ich hab mit dem Mann telefoniert!"

„Wusste gar nicht, dass du Englisch kannst."

„So eine Nierentransplantation kostet einen Haufen Geld. Hundertfünfzigtausend Euro. Mit allem Drum und Dran: Hotel, Flüge, eben alles."

„Traust du dem Kerl?"

„Keine Ahnung. – Aber für Ron würde ich alles tun! – Alles! Aber wie soll ich soviel Geld auftreiben? Uns läuft die Zeit davon!"

Lenny räusperte sich, wollte etwas Tröstendes sagen. Aber Charly redete weiter: „Die Heinis bei den Banken haben mich nur ausgelacht. – Ich weiß nicht mehr weiter. Tut mir leid, dass ich dich mit meinen Problemen belaste, aber ich musste einfach mit jemandem reden!"

„Aber ist doch klar, Charly! War richtig von dir, mich anzurufen. Lass mich 'ne Nacht drüber schlafen. Vielleicht fällt mir was ein. Wir treffen uns morgen Abend im „Rugen-Eck", wenn du Zeit hast, und reden weiter. Okay?"

Charly hatte Zeit. Er verabschiedete sich von seinem Kumpel und legte den Hörer auf.

18

Das „Rugen-Eck" am Ortsrand von Alt-Osdorf verkam von Jahr zu Jahr mehr. Dem Auge durch eine dichte Buchenhecke entzogen, gierte die Fassade nach einem Farbanstrich und die Glasscheibe mit dem „Rugen-Eck"-Werbeschriftzug, die vom Sturm aus dem Gehäuse mit den Leuchtstofflampen gerüttelt worden und auf dem Fahrradständer darunter zersplittert war, hätte längst wieder ersetzt werden können.

Die schwere Holztür stand offen, so dass der Gast bereits im Garten roch, dass das „Rugen-Eck" eine Raucherkneipe war, was Charly entgegenkam.

Am Tresen hockten ein paar Männer, von denen einer mit weißem brustlangen Bart, hoher Stirn und Pferdeschwanz besonders hervorstach. Die Holztische aus bierresistenten Resopal-Platten waren gut besetzt. An einem saßen zwei Frauen im Rentenalter, spielten Klapperjass und tranken Kaffee oder Tee. An einem anderen kauerte ein Schwarzer und starrte in sein Glas. Neben ihm thronte die vollbusige Tochter der Wirtin und hielt ein Kind im Arm.

Sie hatten sich an den Ecktisch neben der Musikbox gesetzt. Lenny zog sich eine Gauloises aus der Zigarettenschachtel und hielt sie danach Charly hin, der sich ebenfalls bediente. Marina, die Wirtin des „Rugen-Eck", hager und mit fahler Haut, kam zu ihnen an den Tisch. Charly bestellte zwei Helle vom Hahn.

Aus der Jukebox, einer Wurlitzer aus den Fünfzigern, dröhnte *Rock Around The Clock* von Bill Haley.

„Ich war sieben, als Bill Haley and his Comets in Hamburg auftraten und die Ernst-Merck-Halle zu Bruch ging! So einen Krawall hatte es zuvor noch nicht gegeben. Wurde sogar im Fernsehen übertragen. Das war der reine Wahnsinn, echt!", kommentierte Charly die Single und sog den Rauch in seine Lungen.

Marina brachte die frischen Biere zu ihnen an den Tisch. Sie tranken einen Schluck.

„Pass auf", flüsterte Lenny, „ich hab letzte Nacht lange über dein…, über unser Problem nachgedacht. Du brauchst Geld um deinem Jungen eine Niere zu kaufen, sehr viel Geld, und ich hab bei Russen-Igor jede Menge Spielschulden, wie du ja weißt." – Lenny zündete sich eine neue Zigarette an und blies den Rauch über die Schulter in den Schankraum.

„Wie oft haben wir hier zusammen gesessen", fuhr er fort, „und rumfantasiert, wie man schnell und ohne allzu großes Risiko an viel Geld kommen kann?!"

Natürlich erinnerte sich Charly an die Abende nach verlorenen Pferdewetten, wenn sie aus Frust darüber Ideen entwickelten, wie man relativ einfach den Kontostand erheblich aufbessern könnte. – Pferdewetten waren es jedenfalls nicht, Lotto und andere Glücksspiele auch nicht und reiche Erblasser waren nicht vorhanden. Am besten gefiel ihnen schließlich der Plan, einen Geldtransporter zu knacken. Aber das war immer nur Spaß gewesen, wie man so rumspinnt!

„Hör zu!", unterbrach Lenny Charlys Gedanken. „Wir ziehen das jetzt durch, das mit dem Geldtransporter! Im Ernst, keine Spinnereien mehr!"

Charly war sprachlos. Er glaubte im falschen Film zu sitzen. Als er seine Worte wiederfand, stammelte er:

„Vollkommen verrückt! Bist du bekloppt! Ohne mich! Niemals!"

Lenny hörte sich Charlys Gekrächze eine Weile an, um dann seinem Freund das Wort abzuschneiden: „Schluss jetzt!" Er senkte die Stimme, als der Weißbärtige interessiert zu ihrem Tisch herüberschaute: „Was willst du denn? Dein Junge wird sterben, wenn er keine neue Niere bekommt! Du weißt das besser als ich! Weit und breit ist niemand da, der dir helfen kann oder will!" Lenny lehnte sich zurück. „Gestern sagtest du am Telefon, dass du alles für Ron tun würdest. Und jetzt willst du kneifen? – Hier geht es auch um die Ehre!"

Charlys Atem ging schwer. Nach langem Zögern beugte er sich über den Tisch und fixierte Lennys glühenden Blick mit seinen Augen.

„Ist gut!", flüsterte Charly. „Ich bin dabei!"

Lenny reichte die Hand über den Tisch und Charly schlug ein. Von nun an war Schluss mit ihren Fantastereien, jetzt galt es, den richtigen Plan auszutüfteln.

19

Am darauffolgenden Morgen passte es und sie trafen sich in Lennys Wohnung. Lenny hatte Spätschicht, Ron saß seit acht Uhr in der Schule und Christina war bereits in ihrem „Hair & Beauty"-Salon.

Lenny wohnte Am Landpflegeheim, nur fünf Minuten von Charlys Wohnung entfernt. Seine Zwei-Zimmer-Wohnung lag im Erdgeschoß. Die lindgrünen Sessel und das Dreier-Sofa, der Couchtisch, der in der Höhe verstellbar war, der Esstisch, der sich ausziehen ließ und zehn Personen Platz bot, waren noch Überbleibsel aus dem Haushalt seiner verstorbenen Eltern. Der Buffetschrank neben der Durchreiche zur Küche, in dem Teller und Tassen und hinter zwei Glastüren Lennys Bücher standen, sowie die hochglänzendweiße TV- und Phonowand waren neu und kamen von Ikea. An den raufasertapezierten Wänden hingen Fotografien aus Afrika, die Lenny mit bloßem Oberkörper, den Cowboyhut in den Nacken geschoben, das Jagdgewehr über den Arm gelegt, in einem Ruderboot oder hoch im Sattel auf einem rassigen Araber zeigten.

Lenny war nackt, als er die Tür öffnete. Es roch noch Kaffee, getoastetem Brot und Eiern mit Speck.

„Komm rein!", sagte er knapp. „Setz dich!", und verschwand im Schlafzimmer.

Statt sich zu setzen, öffnete Charly die Balkontür, trat auf die Loggia, steckte sich eine an und warf das Streichholz in den Drehaschenbecher, der zwischen den Geranien in einem der Blumenkästen stand, die über die Balkonbrüstung hingen.

„Trinkst du auch einen Kaffee?", rief Lenny über den Flur, als er vom Schlafzimmer in die Küche ging.

„Ja!", sagte Charly und sah zu, wie die Zigarettenkippe im Ascher verschwand.

Sie setzten sich an den Couchtisch und augenblicklich waren sie beim Thema:

„Direkt vor der Bank?!", schlug Charly vor.

Lenny kreuzte die Arme vor der Brust: „Nee, besser nicht!"

„Wie dann?", fragte Charly.

„Wir locken den Wagen in eine Seitenstraße!"

Charly stutzte: „Ich dachte, du sitzt am Steuer?"

„Da kann ich mich ja gleich hoppnehmen lassen!"

Lenny erhob sich vom Sofa, ging rüber zum Buffet, zog einen Stadtplan zwischen den Jugendromanen *Kongo-Express* und *Meuterei auf der Santa Monica* hervor und legte ihn auf den Couchtisch. Dann blätterte er in dem Plan, bis er die richtige Seite gefunden hatte, und zeichnete mit einem Marker die Tour ein, die der Geldtransporter montags fuhr.

In der Regel hielt der Transporter auf dem kleinen Parkplatz vor der Commerzbank, die neben dem Elbe-Einkaufszentrum – kurz EEZ genannt – in mehreren Containern untergebracht war. Von dort versorgte der Geldbote die Geldautomaten der Sparkassen im EEZ mit Geldautomatenausgabe-Kassetten, in denen bis zu dreihundertfünfzig Euro stecken konnten, während der Fahrer im Wagen blieb. Geldbote und Fahrer waren die ganze Zeit durch Sprechfunk miteinander verbunden.

Charly sah Lenny auf die Finger und setzte sich zu ihm aufs Sofa.

„Hier passiert es!", Lenny klopfte mit dem Marker auf den Stadtplan. „Genau hier, im Flurkamp!"

Charly hob die Achseln: „Wie passiert was, Mann?"

„Okay, hör zu! Wenn ein Fahrer krank ist oder in Urlaub, dann muss er durch einen anderen ersetzt werden. Krank, das hat es bei mir noch nie gegeben. Also nehm ich ein paar Tage Urlaub und bin zum Zeitpunkt des Überfalls zum Beispiel in Dänemark!"

„Wenn du nicht am Steuer sitzt, wer ist so blöd und fährt den Wagen irgendwo hin, nur um sich von uns überfallen zu lassen?"

„Normalerweise vertritt Eduard Wolf mich, das ist mein Bote oder Beifahrer, wenn du so willst, und eine pädophile Sau! Den hab ich schon länger auf dem Kieker!"

„Wieso pädophile Sau? Was ist mit ihm?", unterbrach Charly. „Wart's ab, ich erzähl's ja gleich!", sagte Lenny und erhob sich vom Sofa. „Willst'n Bier?"

Charly schluckte trocken. Er sah auf die Uhr, die über der Durchreiche zur Küche hing: Elf Uhr durch!

„Ja! Aber mach weiter!"

Zurück aus der Küche und nach einem Schluck aus der Flasche, fuhr Lenny fort:

„Ist schon 'ne Weile her, drei Monate vielleicht. Ich war am Hauptbahnhof, um Loretta abzuholen, die bei ihrer Mutter in Hannover war, da stand Eduard am Ausgang der Wandelhalle zur Kirchenallee und drückte einem vielleicht dreizehn- oder vierzehnjährigen Jungen einen Geldschein in die Hand! – Und vor ein paar Tagen, wir hatten gerade Feierabend gemacht, schloss er seinen Spind in der Umkleide auf; dabei fiel sein Rucksack raus und mit ihm ein Stapel Internet-Katalogseiten. Er sammelte sie hektisch vom Fußboden auf, aber zwei davon hatten sich unter der Sitzbank versteckt und die konnte ich sicherstellen, ohne dass er es merkte. Ich warf einen Blick darauf und verstand sofort, warum er seine Urlaube gern in Thailand verbrachte. Ist doch wohl klar, dass der Typ eine Schwäche für heranwachsende Jungs hat!"

Lenny hob die Bierflasche an den Mund, legte den Kopf in den Nacken und ließ den Kehlkopf hüpfen.

„Netter Zeitgenosse! Aber, was hat das mit unserem Plan zu tun?", fragte Charly.

„Sagte ich doch schon!", Lenny kam immer mehr in Fahrt. „Wenn ich im Urlaub bin, vertritt Eduard mich! Ich mache ihm klar, dass ich über ihn Bescheid weiß, setze ihm die Pistole auf die Brust und zwinge ihn, von der Route abzuweichen und in den Flurkamp, eine Sackgasse, abzubiegen! Eduard steigt am Wendehammer aus und wir kommen aus unserem Versteck hervor und bedrohen ihn mit unseren Waffen!"

Charly unterbrach Lenny in seinem Redefluss: „Wieso Waffen? Ich will keine Waffen! Das geht nicht!"

Lenny wurde laut: „Die beiden sind doch bewaffnet! Glaubst du, dass die uns ohne sich zu wehren an die Kohle lassen? Wir müssen ihnen zeigen, dass sie nicht die Helden spielen sollten. Deshalb brauchen wir die Knarren. Ist doch logisch, oder?!"

Charly gab sich geschlagen: „Unter einer Bedingung, geschossen wird nicht! Das musst du mir in die Hand versprechen. Geschossen wird nicht!!"

„Nein, natürlich nicht", beruhigte Lenny, „auf gar keinen Fall! Aber wir müssen Druck machen! Okay? Während du Eduard in Schach hältst, klettere ich in den Wagen und setze den Boten außer Gefecht. Wir greifen uns die Geldkassetten und sacken die Kohle ein!"

„Der wird schön gucken, wenn Eduard abbiegt und einfach aussteigt!", gab Charly zu bedenken.

„Er könnte sagen, dass ihm schlecht geworden sei und er sich übergeben muss. Ich glaub nicht, dass der Heini es gut finden würde, wenn Eduard ihm in den Schoß kotzt!"

„Und wenn der sich nicht erpressen lässt?"

„Ich mach das schon! Er wird!" Lenny war die Sicherheit in Person. „Er wird", wiederholte er, „der Schwiegermutter-Typ, sonst…!", Lenny zog die flache Hand unter seinem Kinn durch, „Job weg! Ganz schlechte Karten! Und er landet vielleicht im Knast!"

Charly schwirrte der Schädel.

„Du hast mir mal erzählt, dass eure Wagen mit Kameras überwacht werden", versuchte er sich zu konzentrieren.

„Kein Problem! Die Kamera ist für den Laderaum. Auf einem Display im Armaturenbrett kann der Fahrer beobachten, was sein Beifahrer so treibt. Er sieht auch, wer sich außerhalb des Wagens im Bereich der Türen aufhält. Ich schalte die Kamera aus, sobald ich im Wagen bin!"

„Und das GPS?", bohrte Charly weiter nach. „Auf den Türen steht: GPS-überwacht!"

„Wenn ich das ausschalte, fällt denen in der Zentrale sofort auf, dass irgendwas mit dem Wagen nicht in Ordnung ist. Also lassen wir es an! Wir haben fünf Minuten! Genug Zeit, um die Geldkassetten aus dem Wagen zu schaffen. Zu der Zeit sind zehn, meist zwölf Transporter unterwegs und in der Zentrale dösen zwei Mann vor acht Monitoren. Wer hat schon Bock auf so einen Job? Jeweils zwei Monitore gehören zusammen. Auf dem einen wird im Klartext die Straße angezeigt, in der sich der Wagen gerade befindet und ob er fährt: grüner Balken, oder ob er steht: roter Balken! Steht der Wagen länger als zehn Minuten, wird automatisch ein Alarm ausgelöst. Um Fehlalarme beim Beladen oder Entladen zu vermeiden oder im Stau wird die Stop-and-Go-Überwachung vom Fahrer ausgeschaltet und die letzte Anzeige verändert sich nicht mehr. Also schalt ich sie aus, sobald ich im Wagen bin! Auf dem anderen Monitor siehst du einen Straßenplan, so wie du ihn von deinem Navi kennst. Der aktuelle Standort ist durch einen roten Kreis markiert. Eh die Heinis in der Zentrale gecheckt haben, dass wir nicht am EEZ halten, sondern davor von der Flurstraße in den Flurkamp abgebogen sind und dort stehen, haben wir den Transporter leergeräumt und sind längst über alle Berge. Das heißt also, wenn zwölf Wagen unterwegs sind, werden bei acht Bildschirmen nur vier von ihnen beobachtet! Das Bild auf dem Monitor springt erst dann weiter, wenn in der Zentrale auf die Taste gedrückt wird, und das geschieht in der Regel alle zwei bis drei Minuten!"

„Vielleicht sind die Kassetten durch Farbpatronen gesichert!"

„Nur wenn sie im Rollkoffer stecken, in dem der Bote sie zum Geldautomaten transportiert!", antwortete Lenny. „In der Sicherheitskette zwischen der Zentralbank, in der die vollen Kassetten abgeholt werden, und den Geldautomaten gibt es eine Schwachstelle!"

„Eine Schwachstelle? Was für eine Schwachstelle?", fragte Charly.

„Das Geld kommt aus der Zentralbank! Der Fahrer lenkt den Transporter in eine Garage, eine Schleuse, die so sicher ist wie Fort Knox. Du kommst da weder raus noch rein, wenn sie verschlossen ist. Aus einem Panzerraum werden die Geldkassetten in die Schleuse gebracht und in den Wagen geladen. Fahrer und Geldbote, also der Beifahrer, schieben die Kassetten in Stahlregale, die fest mit dem Transporter verbunden sind. Stecken die Geldkassetten in den Regalen, werden sie gegen Rausfallen gesichert und sofort mit einer Kabelverbindung an ein Sicherheitssystem angeschlossen, das durch den Fahrer scharfgeschaltet wird; jede Kassette hat ein Kabel für sich! Ziehst du die Stecker im scharfen Zustand raus oder entfernst die Geldkassetten mit Gewalt, wird

Großalarm, also Polizei und so, ausgelöst. – Klar bis hier?"

Charly rieb sich das Kinn.

„Okay, weiter! Der Geldtransporter verlässt die Schleuse und tritt seine Tour an. Während er rollt, ist das Geld ziemlich sicher. Würde er gerammt werden oder länger als zehn Minuten auf einem Fleck stehen, wird ebenfalls Großalarm mit Polizeiruf ausgelöst und die Sirene jault los. Es sei denn, der Fahrer hat das Stop-and-Go-System ausgeschaltet und die Zentrale darüber informiert."

„Und wo ist die Schwachstelle, wie du sie nennst? Verdammt noch mal! Das ist doch alles hundertprozentig abgesichert!"

„Wart doch mal, Mensch, das kommt doch gleich! Der Wagen hält meinetwegen vor einer Bank an. Fahrer und Beifahrer tragen schusssichere Westen, haben Pistolen und sind die ganze Zeit über Funk miteinander verbunden. Der Fahrer schaltet das Stop-and-Go-System und das System, das die Kassetten in den Regalen schützt, aus. Nur der Rammschutz ist noch scharf! Dann öffnet der Fahrer dem Boten die Tür zum Laderaum. Der Bote tritt an die Regale und trennt als erstes die Kabelverbindungen. Danach zieht er die Geldkassetten raus und verfrachtet sie in einen Rollkoffer aus Stahl. Und das ist die Schwachstelle. – Verstehst du? Mehr als drei Kassetten passen in den Koffer nicht rein. Der Bote zieht den Rollkoffer mit den Kassetten vom Wagen zur Bank. Der Rollkoffer ist wie die Stahlregale im Wagen durch eine Elektronik gesichert, nur, dass der

Bote die Technik an seinem Gürtel trägt. Und nur dieser Rollkoffer ist mit Rauch- und Farbpatronen ausgerüstet, die zeitversetzt explodieren würden, wenn du dem Boten den Koffer aus der Hand reißt. Beißender Rauch nebelt den Koffer ein und gleichzeitig platzt die Farbpatrone. Rote Farbe dringt in die Kassetten ein, färbt die Geldscheine und macht sie wertlos. – Und, alles klar?"

Charly hob die Schultern. Zuviel auf einmal für ihn.

Lenny hatte sich in Hitze geredet: „Ich muss in den Wagen rein, dann haben wir schon gewonnen! Wir entwaffnen Ede Wolf und Majewski! Ich schalte das Sicherungs-System aus, entriegele die Schiebetür, greife mir die Kassetten und stelle sie in die Türöffnung. Du schnappst sie dir und wirfst sie in unseren Wagen! Verstehst du: Keinen Rollkoffer! Kein Rauch! Keine Farbpatrone! – Glaub mir, ich hab das im Griff, lass mich erst mal im Wagen sein!"

Charly schwieg daraufhin, dachte eine Weile nach und kam auf Lennys Urlaubsplan zurück:

„Das beste wäre, du nimmst Loretta mit, dann hast du gleich ein Alibi!", spann Charly den Vorschlag zu Ende und zögerte dann: „Aber was ist, wenn sie von dir wissen will, warum du sie allein im Ferienhaus hocken lässt, während du in aller Herrgottsfrühe nach Hamburg fährst? Kramst du dann deine kranke Mutter raus?"

„Die lebt nicht mehr!"

„Aber einweihen solltest du Loretta auf gar keinen Fall!", warnte Charly.

„Für wie blöd hältst du mich?" empörte sich Lenny. „Okay, wenn die Polizei nach dem Überfall bei uns im Büro auftaucht, und das wird sie, hört sie die Nachtigall trapsen! – Ach, vergiss es, von mir erfährt sie nichts! Und mach dir um das Drumherum keinen Kopf!"

20

Lenny hatte es übernommen, die Waffen zu besorgen, da er Kontakt zu einem Kameraden aus der Fremdenlegion hielt, der ihm bei der Beschaffung auf dem Schwarzmarkt sicher behilflich sein konnte.

Georg war aus dem gleichen Holz wie er: ein Abenteurer, der, nachdem er seinen Dienst bei der Fremdenlegion quittiert hat, verschiedene Jobs ausprobiert hatte. Schließlich war Georg auf St. Pauli gelandet. Es dauerte kein Jahr, da war er Geschäftsführer eines Erotik-Theaters in der Großen Freiheit geworden. Ein Einzelgänger, der trotz seiner mürrischen Art sympathisch rüberkam und hundertprozentig zuverlässig war.

Georg stand breitbeinig im Türrahmen seines Arbeitsplatzes. Er war um die fünfzig, hatte eine Stirnglatze, der gefärbte Oberlippenbart war an den Enden gezwirbelt. Unter seinem Jackett trug er ein schwarzes Hawaiihemd mit weißen Hibiskus-Blüten.

„Mensch, Lenny!" Sie umarmten sich. „Und – seid ihr noch…?" „Meinst du Loretta?"

„Genau, die mein ich!", Georgs Bartspitzen zitterten. „Loretta, 'n heißer Feger!"

„Ja mit ihr ist alles in Ordnung. Aber du kannst dir wohl denken, dass ich nicht wegen Loretta hier bin!", antwortete Lenny und kam zur Sache. „Ich brauch deine Hilfe!"

Georg legte den Arm um Lennys Schultern: „Komm besser mit rein!"

Sie gingen in das Büro des Erotik-Theaters. Hier waren sie ungestört. *„Je t'aime!"*, hauchte eine verruchte Stimme aus den Lautsprechern. Die Sex-Darsteller gaben auf der Bühne ihr Bestes.

„Ich brauch 'ne Pistole!", ließ Lenny sein Anliegen raus. „Am besten gleich zwei!"

„Willst du Russen-Igor wegpusten?", flachste Georg, dem zu Ohren gekommen war, dass ein paar Loser Spielschulden bei Igor aufgetürmt haben sollten.

„Das gerade nicht!", antwortet Lenny, dessen kleine Finger sich plötzlich kalt anfühlten. „Besser ist, du weißt es erst gar nicht!"

„Zweitausend das Stück!", schätzte Georg. „Hand drauf!" Lenny schlug ein und sagte: „Aber ohne Seriennummern!"

„Ich ruf dich an, sobald ich das Richtige für dich gefunden hab", versicherte Georg und stand auf. „Ich muss jetzt, die Show ist gleich zu Ende!"

Er bugsierte Lenny zur Tür, der keinen Blick für die illuminierte Bühne hatte, auf der eine nackte Schönheit kopfüber im Spinnennetz hing.

Draußen vor der Tür fragte Lenny: „Kannst du für mich ein paar Tage in Vorlage gehen?"

Georg sah ihm in die Augen und antwortete, ohne zu zögern: „Klar, weil du es bist!"

„Danke, ... es eilt!"

21

Das Ergebnis der Röntgenaufnahme seiner Lunge war niederschmetternd. Es stand noch schlechter um ihn, als er angenommen hatte. Der Lungenfacharzt verschrieb ihm ein stärkeres Mittel. Zugleich empfahl der Arzt eine sofortige Reha-Maßnahme mit Raucherentwöhnung am Meer und legte ihm nah Stress zu vermeiden. Charly schluckte, nahm Rezept und Anmeldeformulare entgegen. ‚Der hat gut reden!', dachte er.

Der Arzt begleitete ihn zur Tür und erklärte, dass er seinen Reha-Antrag auch bei seinem Hausarzt abgeben könne, bei dem die Fäden zusammenliefen. Deswegen müsse er nicht extra nach Altona kommen.

„Hören Sie mit dem Rauchen auf! Das bringt Sie um!", gab der Arzt ihm noch mit auf den Weg. „Nur wenn Sie das schaffen, werden sich die Symptome abschwächen!"

‚Als ob ich das nicht selber wüsste!', ärgerte sich Charly über den Arzt.

Wie sollte das gehen? Mit dem Rauchen aufhören und Stress vermeiden, wo er dabei war, einen Raubüberfall vorzubereiten! Raus aufs Land oder an die Nordsee fahren, wo er doch ständig Ron zur Dialyse ins Krankenhaus fuhr?!

Das wird nichts. Nicht unter diesen Umständen. Jetzt ging es um Ron!

Charly holte die Medikamente aus der Apotheke, die unten im Ärztehaus war, stieg in sein Auto und fuhr ins Elbe-Einkaufs-Zentrum.

Er nahm sich vor, Christina von der Verschlimmerung seines Gesundheitszustandes nichts zu erzählen.

22

Charly hätte sich die Fahrt ins EEZ sparen können. Er fand weder Skimützen mit Sehschlitzen noch Trainingsanzüge ohne Werbeaufdruck. Auch die Spiderman-Maske, die er in einem Spielzeuggeschäft entdeckte, war viel zu klein, als dass er darunter hätte atmen oder sehen können. Nur die zwei Paar Handschuhe, die er gekauft hatte, passten. Es machte keinen Sinn, die Runde noch einmal zu drehen. Charly war frustriert und steckte auf.

Am Parkautomaten angekommen, suchte er in seiner Jacke nach der Parkkarte, steckte sie in den Schlitz und warf einen Euro ein.

Charlys Golf stand im Erdgeschoss. Er hatte gerade auf die Fernbedienung gedrückt, als ihm eine Idee kam. Also ließ er die Wagentüren wieder zuschnappen, ging zurück in die Mall und kaufte bei Schuh-Kay Perlonstrümpfe, die Herzrasen bei ihm ausgelöst hätten, säßen sie an Christinas makellosen Beinen.

Wenig später in der Wohnung war Charly froh, allein zu sein. Ron war noch in der Schule. Er würde, falls er nicht wieder schlapp machte, gegen vierzehn Uhr zu Hause sein, während Christina zu den Heute-Nachrichten im Haus sein würde.

Charly ging auf den Balkon, um zu rauchen. Danach stöberte er im Kleiderschrank und suchte den marineblauen Blouson, in dem ihn niemand erkennen würde, weil er ihn nur beim Arbeiten am Segelboot trug. ‚Mit der schwarzen Jeans und den schwarzen Turnschuhen müsste es gehen', dachte er.

Er hielt die Faust vor den Mund und hüstelte. Diesmal blieb es dabei. Schließlich hängte er Jeans und Blouson zurück in den Kleiderschrank und klappte die Schranktür zu. Gerade wollte er sich auf dem Sofa ausstrecken, als das Telefon klingelte. Lenny war dran:

„Hast du die Sachen?"

„Na ja, nicht wirklich, und wie lief 's bei dir?"

„War soweit okay!", antwortete Lenny. „Müsste klar gehen!"

„Hält er dicht?"

„Da kennst du Georg aber schlecht!"

Charly kannte Georg nur von Lennys Legionsgeschichten. „Der würde sich für mich die Zunge abbeißen!"

„Und du hast wirklich nichts?", bohrte Lenny nach.

„Doch, ein Paar Perlonstrümpfe!"

„Ein Paar Perlostrümpfe!? Bist du verrückt? – Wir sind hier nicht bei *Derrick*! Ich kenn da 'nen Science-Fiction-Laden in der Grindelallee, „Andere Welten" oder so, die haben auch jede Menge Masken aus Latex und Vinyl!"

Charly machte sich auf den Weg in die Grindelallee, kurvte dreimal um den Häuserblock, bis direkt vor ihm in der Nähe des Spielzeug- und Bücherladens ein Parkplatz frei wurde. Er quetschte sein Auto in die Lücke, ging ein paar Schritte den Gehweg entlang und tauchte ohne zu zögern in „Andere Welten" ein.

Das Angebot an Science-Fiction-Romanen, Masken, Figuren und Robotern erschlug ihn fast. Er war noch nie in so einem kuriosen Laden gewesen. Die Verkäuferin lächelte ihm zu und ließ ihn in aller Ruhe im Regal mit den Masken stöbern. Doch ganz ohne ihre Hilfe kam er nicht aus.

„Ich suche etwas, was sich leicht über den Kopf ziehen lässt", erklärte er und hoffte, dass die Schülergruppe, die bei den Robotern stand und fachsimpelte, ihn nicht hören würde.

Die Verkäuferin, die an Kunden jeden Alters und jeder Verrücktheit gewöhnt war, strich die Haare hinter die Ohren, langte an Charly vorbei und zog zwei Pappschachteln aus dem Regal.

„Wie wär's damit?", fragte sie. „Latex! Sitzt wie eine zweite, was sag ich, wie die eigene Haut!" Und zog die Masken, die sich wie Wackelpudding anfühlten, aus dem Karton.

„Das Brandnarbengesicht hab ich schon mal auf irgend 'nem Kinoplakat gesehen", sagte Charly.

„Gut möglich!", antwortete die Verkäuferin. „Freddy Krueger ist Kult!"

„Und der andere, was ist mit dem?"

„Das ist Michael Myers! Auch eine Filmfigur. Genau das Richtige für Halloween!"

„Da könnten Sie recht haben! Ich nehm beide!", brach Charly die Diskussion abrupt ab, zahlte und verließ das Geschäft.

Am Abend trafen sie sich wieder im „Rugen-Eck", das diesmal nur spärlich besucht war.
Charly schob die Plastiktüte mit den Masken in die Tischmitte. „Hier!", sagte er. „Michael Myers und Freddy Krueger!"
Lenny zog die Tüte zu sich rüber und riskierte einen Blick in die Pappschachteln.
„Ich glaub, ich nehm die hier!", endschied er sich und zeigte auf Freddy Krueger. „Michael Myers passt besser zu dir. So wie der aussieht, könnte er dein Bruder sein!"
„Was soll der Scheiß!", knurrte Charly, dem nicht nach Lennys Witzeleien zu Mute war, und zog die Augenbrauen zusammen.

23

Charly war mit Ron zur Blutwäsche im Altonaer Krankenhaus gewesen. Diesmal ging es Ron danach besonders schlecht. Er klagte über starke Kopfschmerzen, verschwand nach dem Abendessen in seinem Zimmer, legte sich aufs Bett und schlief sofort erschöpft ein. Überhaupt war er momentan schlecht drauf. Er beklagte sich bei Christina, hatte keine Lust mehr auf Diät, wollte endlich mal wieder eine Pizza oder einen Hamburger essen.

Charly hatte die Wohnzimmerlampen mit Hilfe des Dimmers runter geregelt und den Raum in gemütliches Licht getaucht. Der Fernseher war ausgeschaltet und auf dem Couchtisch standen eine Flasche Vino Verde und zwei leergetrunkene Weingläser. Charly, in Jeans und kariertem Baumwollhemd, erhob sich vom Sofa, nahm die Weinflasche zur Hand und schenkte nach. Er hustete häufiger als sonst, wirkte nervös und angespannt und hatte dunkle Augenringe.

Christina trug einen pinkfarbenen Hausanzug und hatte die Haare zu einem Pferdeschwanz zusammengebunden. Sie sah müde und unglücklich aus. Ihr sorgenvoller Blick streifte Charly: „Ron ging es aber schlecht heute. Er war völlig mutlos und deprimiert!"

„Glaub nicht, dass er morgen in die Schule gehen kann", antwortete Charly und nippte an seinem Glas.

„Wir sollten mal mit den Lehrern sprechen", sinnierte Christina.

„Ich kümmer mich darum", sagte Charly, „mach einen Termin. Muss morgen früh sowieso in der Schule anrufen."

„Du siehst heute auch nicht gut aus", sorgte sich Christina, „was hat eigentlich dein Arzt gesagt?"

„Alles beim Alten", log Charly, „der Stress um Ron macht mir zu schaffen!"

Christina brach in Tränen aus: „Ich könnte schreien vor Angst! Immerzu muss ich mich zusammenreißen! Immer muss ich mich verstellen und alles ins Gute kehren! Im Geschäft! Vor Ron!"

„Wir müssen jetzt die Nerven behalten", versuchte Charly sie zu trösten, „wir schaffen das schon! Ich lass dich nicht allein!"

„Ich halt das nicht mehr aus!", schluchzte Christina.

Charly erhob sich und setzte sich neben sie aufs Sofa, nahm sie in den Arm, streichelte über ihr Haar.

„Wir halten zusammen!", sagte er. „Lass uns die Antwort von *Eurotransplant* abwarten, vielleicht sieht dann schon alles besser aus!"

24

Lenny reichte wie geplant eine Woche Urlaub ein, und Loretta war mit von der Partie. „Das war klar!" Die Brünette aus dem Personalbüro reagierte pikiert und brannte mit ihrem Blick ein Loch in Lorettas Urlaubsschein, was damit zu tun hatte, dass sie diejenige gewesen war, die Lenny gelegentlich glücklich machte, bevor Loretta in den Betrieb kam und ihm den Kopf verdrehte.

Es kam, wie es kommen sollte: Eduard Wolf vertrat Lenny als Fahrer und Miroslav Majewski, vormals Einzelhandelskaufmann bei Karstadt – null Erfahrung, aber mit Potenzial –, würde neben ihm auf dem Beifahrersitz hocken. Zielstrebig mietete Lenny ein Ferienhaus hinter der deutsch-dänischen Grenze an. Er hatte vor, sich in der Nacht vor dem Überfall aus dem Haus zu schleichen, während Loretta noch schlief. Zur Sicherheit wollte er mit K.-o.-Tropfen nachhelfen. Sollte sie wider Erwarten früher aufwachen, würde sie auf dem Esstisch einen Zettel vorfinden:

„Bin zum Angeln, Lenny."

Die Zeit drängte, der Dänemarkurlaub rückte immer näher. Lenny hatte Spätschicht und wie gewöhnlich saß Eduard an seiner Seite. Es war dunkel, als sie ihr Tagespensum erfüllt hatten.

Lenny stellte den Wagen im Innenhof der Sicherheitsfirma ab. Ordnungsgemäß trugen sie sich aus Wach- und Fahrtenbuch aus, deponierten ihre Dienstwaffen im dafür vorgesehenen Panzerschrank, legten die Wagenschlüssel dazu und drückten die Stahltür ins Schloss. Sie machten sich auf den Weg in Richtung Umkleideraum, der im Souterrain des Gebäudes lag.

Lenny hoffte darauf, dass er heute mit Eduard allein im Umkleideraum sein würde.

Decken und Wände des Raumes waren frisch gestrichen. Blau lackierte Blechspinde reihten sich an den Wänden entlang. In der Mitte des Raumes standen zwei Holzbänke. Zwischen ihnen ragte ein Kleiderständer wie ein Turn-Reck mit Kleiderhaken empor. Die Luft war feucht wie in den Tropen. Es roch nach Desinfektionsmitteln, Shampoo und Deo-Spray. In den Deckenleuchten brummten die Drosselspulen. Wasser prasselte gegen die Duschkabinentür.

Lenny hockte auf der Bank, die Beine übergeschlagen. Seine Umhängetasche, in der er für gewöhnlich das Lunchpaket, ein gewaltiges Schlüsselbund und seine Zigaretten mit sich trug, lag direkt neben ihm. Er drehte sich ein wenig und zupfte zwei Seiten bedrucktes Papier aus der Tasche, die er an sich genommen hatte, als sie aus Eduards Rucksack auf den Boden gefallen waren. Lenny ließ die Duschkabine nicht aus den Augen. Der Wasserstrahl versiegte. Er hörte wie Eduard *La Paloma* pfiff, beobachtete, wie er die Tür aufschob und nach dem Badelaken griff, das neben der Duschkabine an einem Plastikhaken hing. Lenny reckte den Hals.

Eduard frottierte sich in der Duschwanne ab. Er war Ende vierzig, lang wie eine Bohnenstange, hatte einen Bauchansatz und bewegte sich ungelenk. Eduard war im Betrieb als zuverlässig bekannt. Er war schon lange dabei und genoss als Geldbote und Reservefahrer im Unternehmen eine Vertrauensstellung. Die Kollegen mochten den schlaksigen Typ, besonders die Frauen. Er sah blendend aus und hatte eine charmante Art – ein Schwiegermuttertyp. Manchmal neckten sie ihn, den eingefleischten Junggesellen, ob die passende Frau für ihn erst gebacken werden müsste. Er steckte die Frotzeleien mit einem Lächeln weg und war froh, dass seine sexuelle Vorliebe für Jungs bisher unentdeckt geblieben war. Er war sich des Risikos bewusst, dass seine homophilen Neigungen eines Tages öffentlich werden konnten, und trotzdem nutzte er jede Gelegenheit, um nach Bangkok zu fliegen. Dort traf er sich mit einem thailändischen Jungen, den er am liebsten mit nach Deutschland genommen hätte. Allein die Tatsache, deswegen strafrechtlich verfolgt zu werden, hielt ihn davon ab.

Eduard wickelte sich das Badelaken um die Hüften und patschte auf Flip-Flops über den Kachelboden.

„Du bist ja noch da!" sagte er überrascht zu Lenny, der sich erhoben hatte und ihm drei Schritte entgegengetreten war.

„Da, guck hin, du schwule Sau!", bellte Lenny Eduard an, der zusammenzuckte. Und dann hielt Lenny ihm die Katalogseiten mit Fotos von thailändischen Jungen unter die Nase. In Sekundenschnelle verabschiedete sich die rosige Farbe aus Eduards Gesicht.

„Ich weiß genau, was du treibst!", zischte Lenny. „Hab dich am Hauptbahnhof beobachtet, wie du einem Strichjungen Geld in die Hand gedrückt hast!"

„Das war mein Neffe!", wehrte Eduard entrüstet ab.

„Dein Neffe!! Ach ja?! Erzähl keinen Scheiß!", drohte Lenny und wedelte erneut mit den Katalogseiten unter Eduards Nase. „Und was ist das, du Schwuchtel, alles Neffen?"

„Das gehört mir nicht!", log Eduard.

„Und wieso sind sie vor meinen Augen aus deinem Rucksack gefallen?"

Eduards Gesichtsfarbe war zurück, nicht so rosig wie zuvor, eher blaurot, als würde ihn jeden Moment der Schlag treffen.

„Gib das her!", kreischte er.

Lenny streckte den Arm nach oben, sodass Eduards Griff ins Leere ging.

„Was willst du damit, das geht dich gar nichts an!?", jammerte er.

„Wirst schon sehn, Mistkerl!", fauchte Lenny und kniff Eduard mit der freien Hand in den Arm. „Die brauch ich noch!"

„Lass mich los, Mensch", jaulte Eduard.

„Das gefällt dir, nach Bangkok fliegen, um sich von kleinen Jungs einen blasen zu lassen!"

Eduards Gesichtsfarbe wechselte nach fahlgelb. Es musste eines Tages so kommen! Die Kacheln unter seinen Füßen schwankten! Fieberhaft suchte er nach einem Ausweg. Wie konnte er den Kopf aus der Schlinge ziehen, die Lenny ihm um den Hals gelegt hatte!?

„Was willst du von mir?" Eduard war den Tränen nahe. „Gib die Seiten her! Bitte, hau mich nicht in die Pfanne!"

„Heul hier jetzt bloß nicht rum!" Lenny bereitete es sichtlich Freude, Eduard leiden zu sehn. „Kinderschänder!"

„Was willst du von mir?", wiederholte Eduard. „Willst du Geld?"

Lenny besann sich. Es war an der Zeit, die Katze aus dem Sack zu lassen.

„Hör zu! Was ich von dir will, ist so etwas wie ein Freundschaftsdienst! Pass auf! Nächste Woche, wenn ich im Urlaub bin, sitzt du auf dem Bock und der schöne Majewski hockt neben dir. Ihr fahrt die Frühschicht, oder?!"

Eduard zog ein Gesicht, als hätte er in eine Zitrone gebissen.

„So gegen sechs müsstet ihr in der Flurstraße Richtung Elbe-Einkaufs-Zentrum sein, um die Geldautomaten bei der Hamburger Sparkasse zu füttern. Und jetzt kommt's! Hör mir jetzt genau zu: Statt an der Ampel die Osdorfer Landstraße zu queren, biegst du vorher rechts ab in den Flurkamp rein! Hast du das verstanden? Nein? Vor der Bushaltestelle biegst du in den Flurkamp ein, fährst hoch bis zur Kehre und stoppst den Wagen genau an der Gehwegüberfahrt, über die man auf den Supermarktparkplatz gelangt. Hast du das kapiert?"

„Was soll ich?", fragte Eduard verständnislos.

„Oben angekommen, wirst du nicht lange allein in der Kehre sein!", fuhr Lenny unbeirrt fort. „Du steigst einfach aus dem Wagen aus und lässt die Tür offen!"

„Bist du völlig verrückt geworden?" Eduards Blicke wanderten zwischen Lennys Augen und der offen stehenden Tür des Umkleideraums hin und her. „Denkst du, ich will meinen Job verlieren?"

„Genau, Freundchen, darum geht es hier: den Job verlieren!" Das wollte Eduard partout nicht und fragte Lenny deshalb, der noch immer die Internetseiten mit den Jungs aus Thailand in seiner Faust hielt:

„Was meinst du, was Majewski dazu sagt, wenn ich, nur mal so, von der Route abweiche und aus dem Wagen steige?"

„Das ist mir scheißegal! Sag ihm, dass dir schlecht geworden ist und du dich übergeben musst! Ich glaub nicht, dass er es toll finden würde, wenn du ihm auf die Uniform kotzt. Oder du sagst, dass du 'n flotten Otto hast." Lenny verlor die Geduld. „Die Scheißerei, Mensch! Irgendwas, du bist doch nicht blöd, oder? Lass dir was einfallen!"

Lenny, dem nicht entgangen war, dass Eduard ans Fliehen dachte, drohte: „Du bleibst hier! Ich dreh dir den Hals um, wenn du versuchst abzuhauen! Du tust ganz genau, was ich dir sage! Und zwar in einer Woche, am nächsten Montag! Machst du es nicht, mach ich dich fertig und zeig dich bei der Sitte an! – Alles klar? Du weißt hoffentlich, was das für dich bedeutet: Job weg! Ruf ruiniert! Was glaubst du wohl, was die mit einem Kinderschänder wie dir im Gefängnis machen!?"

Für einen Augenblick dachte Eduard daran, Lenny wegen versuchter Erpressung anzuzeigen, verwarf den Gedanken aber sofort wieder. Würde er das tun, könnte er sich gleich selbst anzeigen. Er saß in der Klemme, heulte Rotz und Wasser, doch es half ihm nichts. Lenny zeigte sich unerbittlich und Eduard resignierte unter diesem Druck. Also versprach er schließlich, dass er alles tun würde, was Lenny von ihm verlangt hatte. – Alles!!

25

In der Nacht hatte es geregnet, nicht viel, aber genug, um es draußen kalt, feucht und ungemütlich werden zu lassen. Charly war morgens um sechs aufgestanden. Er hatte sich aus dem Haus gestohlen, um an den Tatort zu fahren. Der Flurkamp war eine unbedeutende Sackgasse nur wenige Schritte vom Elbe-Einkaufszentrum entfernt. Er stellte seinen Wagen beim Computer-Laden am Bordstein ab, stieg aus und ging den Bürgersteig entlang. Am Wendehammer, unmittelbar vor der Osdorfer Landstraße und dem Supermarkt-Parkplatz, blieb er stehen.

Der Gedanke daran, dass Lenny und er in drei Tagen hier sein würden, um einen Geldtransporter zu knacken, raubte ihm den Schlaf. Je näher der Montag rückte, desto nervöser wurde er. Sein Verstand sagte ihm, dass er sich auf eine Sache eingelassen hatte, die für ihn ein paar Nummern zu groß war. Sie setzten ihre Existenzen und er darüber hinaus auch die seiner Familie aufs Spiel. Er eignete sich nicht für diesen Coup, war nicht kriminell genug. Ohne Lenny wäre er niemals auf die Idee gekommen. Und Christina, wie würde sie damit umgehen, plötzlich mit einem Geldräuber verheiratet zu sein, der vielleicht für Jahre hinter Gitter musste?

Doch da war Ron! Seit Wochen fuhr er ihn zur Blutwäsche ins Krankenhaus und trotzdem ging es ihm ständig schlechter. Danach plagten ihn häufig Kopfschmerzen, Übelkeit und Muskelkrämpfe.

Ron verließ kaum noch die Wohnung. Gäbe es Nicole nicht, die ihn regelmäßig besuchte, um ihn etwas abzulenken, und Christina, die ihn motivierte nicht aufzugeben, hätte Ron längst den Mut verloren.

Charly sah keinen Ausweg: Er musste es tun!

Die Nässe ließ ihn frösteln. Er atmete noch einmal tief durch und ging zurück zum Wagen.

Es war acht Uhr durch, als Charly die Wohnungstür aufschloss. Christina hatte ihn kommen hören. Es ärgerte sie, dass er sich heimlich aus der Wohnung geschlichen hatte. Er entschuldigte sich bei ihr und brummte was von nicht mehr schlafen können und mal an die Luft müssen.

Da tapste Ron schlaftrunken zu ihnen in den Flur. Er hielt sich den Kopf und klagte über Kopfschmerzen.

Charly legte seine Arme um ihn: „Alles wird gut, mein Junge!", während Christina sich in die Küche verzog, dass weder Ron noch Charly ihre Tränen sehen konnten.

26

„Du bist spät dran!", knurrte Charly, der an der Bushaltestelle Ecke Bloomkamp auf Lenny gewartet hatte. Er kletterte in den metallicblauen KIA und zog die Tür mit einem dumpfen Schlag ins Schloss. Charly hatte gut reden; er musste nicht um ein Uhr dreißig im dänischen Rinkenæs losfahren, um zu einem fingierten Alibi zu kommen. Ein Blick auf ihn sagte alles: Charlys Nerven lagen blank!

„Keine Sorge, sie können noch nicht vorbei sein!", antwortete Lenny, dem trotz der rund dreihundert Kilometer, die hinter ihm lagen, keine Müdigkeit anzusehen war.

Im Wagen roch es nach Zigarettenrauch. Lenny legte den ersten Gang ein und der Wagen fuhr an. Die Straße vor ihnen war leer, nur der Schein der Straßenlaternen spiegelte sich auf dem nassen Asphalt wider. Da war niemand außer ihnen, der so früh an seinen Arbeitsplatz fuhr.

Charly spürte, wie die Pistole in seiner Jackentasche gegen die Rippen drückte. Eine mattglänzende HK P30, die Lenny ihm vergangene Woche in die Hand gedrückt hatte. Charly war schwarz vor Augen geworden, als er das kalte Metall in den Händen hielt und bei sich zu Haus im Kleiderschrank in der untersten Schublade versteckte.

Lenny hatte sich für eine fünfzehn Jahre alte Kalaschnikow entschieden, die hinter ihnen unter einer Wolldecke auf der Rückbank lag, da sein Kumpel Georg so schnell keine zweite Pistole auftreiben konnte. Für ihn, den ehemaligen Legionär, stellte das Sturmgewehr kein Problem dar. Ein Mordsding, mit dem Furcht und Schrecken verbreitetet werden konnte!

Zwanzig Meter vor dem Kreisverkehr, von dem auch die Flurstraße abging, die zum EEZ und somit zum Flurkamp führte, schoss plötzlich ein Streifenwagen mit Blaulicht und Sirene heran, überholte sie und raste davon. Charlys Puls kletterte in schwindelnde Höhe. Ein Hustenanfall schüttelte ihn.

„Verflucht, ich schaff das nicht!", keuchte er, seine Bronchien schmerzten.

„Du wirst!", hielt Lenny dagegen. „Es geht um Rons Leben!"

Von seinen eigenen Problemen redete Lenny nicht. Dass er von Russen-Igor bis zum Monatsende Aufschub bekommen hatte, um seine Schulden zu bezahlen, die mittlerweile wegen der immensen Zinsen, die Igor von ihm verlangte, auf hunderttausend Euro angewachsen waren. Hätte er dann das Geld nicht, drohte ihm die Rosenschere.

„Das wird jetzt durchgezogen!" Charly zuckte unter Lennys barschem Ton zusammen. „Reiß dich zusammen, Mensch, und schalt alles andere ab!"

„Was ist, wenn uns der Transporter entgegenkommt, weil wir zu spät sind? Was dann?"

Doch der Geldtransporter kam ihnen nicht entgegen. Um diese Uhrzeit war der Flurkamp menschenleer und in den bleichen Reihenhäusern, die im Schutz der Buchenhecken schlummerten, brannte kein einziges Licht.

„Hoffentlich ist der Stellplatz am Zaun frei!", sorgte sich Charly weiter. „Wär schlauer von uns gewesen, wenn wir dein Auto gestern Abend hergebracht hätten!"

Lenny sparte sich den Kommentar, denn Charlys Bedenken waren unnötig. Der Parkplatz hinter dem Jägerzaun, der das Supermarkt-Grundstück zur Kehre abgrenzte, war um diese Zeit leer. Lenny peilte eine Lücke zwischen einem Strauch und einem Baumstamm an und fuhr rückwärts an den Zaun heran. So dicht, dass noch genügend Abstand blieb, um das Reserverad beiseite zu kippen und die Heckklappe, die nach oben aufging, zu öffnen.

Lenny stieß die Wagentür auf und glitt vom Sitz. Er schritt, hochkonzentriert und wie im Rausch, den Fluchtweg vom Auto bis zur Osdorfer Landstraße ab. Es gab zwei mögliche Hindernisse, die die Flucht über den Gehweg Richtung Wedel erschwerten. Das eine war der etwa fünfzehn Zentimeter hohe Bordstein, um den der Gehweg der „Osdorfer" höher lag als der Supermarkt-Parkplatz. Da mussten sie rüber, ohne dass ein Reifen platzte. Was aber für den Wagen, auch vollbeladen, kein Problem sein sollte. Und das andere war eine Litfasssäule, die auf dem Gehweg so dicht neben einem Laternenmast stand, dass Lenny keinen Fahrfehler machen durfte, wenn er durch die Lücke preschte. Aber er war sich sicher, dass ihm das nicht passieren würde.

„Alles gut!", sagte er, stieg wieder ins Auto und drehte den Außenspiegel so, dass er die Kehre im Blick hatte.

Sie mussten nicht lange warten. Charly hatte sich gerade eine Zigarette angesteckt, als ein Lichtkegel den Flurkamp entlang glitt.

„Fuck, es geht los!", flüsterte Lenny. „Sie kommen!"

Charly spürte sein Herz bis in den Hals klopfen. Er zog noch einmal an der Zigarette, drückte sie zu den anderen Kippen in den Aschenbecher und zog die Handschuhe an. Sie stülpten ihre Masken über die Köpfe. Das Vinyl fühlte sich weich an. Sie schauten sich an. Aus Lenny Pichler war Freddy Krueger und aus Charly Engel Michael Myers geworden. Sie sahen furchterregend aus. Freddy Krueger mit dem brandnarbigen Gesicht, eine Kalaschnikow überm Arm, und Michael Myers, mit versteinerter Miene das personifizierte Böse, eine Pistole in der Hand. So maskiert, vollzog sich in Charly ein Wandel. „Für Ron!", flüsterte er sich Mut zu.

Sie sprangen aus dem Wagen. Der Dieselmotor hechelte. Lenny klappte das Reserverad an die Seite und öffnete die Heckklappe. Papierfetzen und Laubblätter stoben auf. Eine Windbö zerrte an ihnen, kündigte das vorausgesagte Gewitter an, während sie am Ende des Jägerzauns zwischen Büschen und Bäumen im Dunkeln verschwanden. Erste Regentropfen platzten auf dem Asphalt.

27

Während der Geldtransporter die Flurstraße Richtung EEZ entlang rollte, ging von Eduard Wolf eine unübliche Unruhe aus. Er rutschte auf dem Sitz hin und her, stöhnte leise und wischte sich Schweiß von der Stirn. Immer wieder griff er zur Handbremse, prüfte, ob er sie gelöst hatte, und beobachtete seinen Beifahrer aus den Augenwinkeln. Miroslav Majewski sah gelangweilt durch das Seitenfenster in den Regen. Er war neu im Betrieb. Dieses Muttersöhnchen mit seinem öligen Scheitel, stets ein Grinsen im Gesicht, als hätte er alles im Griff! Das konnte er gar nicht, der Gockel, denn es war seine erste Tour als Beifahrer auf einem Geldtransporter. Bislang war er durch Büroetagen und Warenverteilungslager gelatscht und hatte zur Kontrolle Plastikkarten in Stechuhren gesteckt. Majewski war, bevor er zum Sicherheitsdienst wechselte, Verkäufer bei Karstadt in der Gourmetabteilung gewesen. Von Karstadt war wohl auch das Aftershave, das Eduard süßlich-unangenehm in die Nase kroch. Er konnte Majewski nicht leiden, was daran lag, dass der nicht in sein Beuteschema passte.

„Mann, ist mir schlecht!", fing er an und Majewski sah zu ihm rüber.

„War gestern bei „Luigi" und hab Miesmuscheln gegessen!", log Eduard.

„Vielleicht war 'ne schlechte dabei!" Majewski gab sich gelangweilt. Ihm war es egal, was Eduard beim Italiener gegessen hatte.

„Wahrscheinlich hast du recht!", stöhnte Eduard. Er spielte seine Rolle gut, würgte und schluckte und wischte sich mit einem Papiertaschentuch Schweißperlen von der Stirn, die echt waren!

„Ich spucke jeden Moment das Auto voll!" Eduard nahm den Fuß vom Gas.

„Du kannst hier nicht halten!", protestierte Majewski und warf einen Blick in den Seitenspiegel. „Außerdem ist der Bus hinter uns!"

Eduard beschleunigte den Wagen wieder, um kurz darauf den Blinker zu betätigen und zu bremsen.

„Ich bieg hier ab!", jammerte er und stieß den Atem aus.

„Das kannst du nicht machen!", rief Majewski laut.

„Ist mir scheißegal. Ich muss kotzen und bieg jetzt ab!!"

Regen prasselte gegen die Scheiben. Eduard bog in den Flurkamp ein und schaltete die Wischer eine Stufe höher.

„Solche Bauchschmerzen hatte ich im Leben noch nicht!"

Er linste zu Majewski rüber, der die Augen geschlossen und offensichtlich resigniert hatte.

Am Ende der Sackgasse hielt Eduard an, genau an der Stelle, die Lenny ihm befohlen hatte.

Der Transporter war kaum zum Stehen gekommen, als Charly und Lenny aus ihrem Versteck huschten, sich duckten und um das Auto herumliefen.

„Ich muss raus!!", Eduard stieß die Tür auf. Regen triefte in sein Gesicht.

„Soll ich die Zentrale anrufen?", fragte Majewski unsicher.

„Rühr dich bloß nicht vom Platz... und mach lieber nichts!"

Eduard quälte sich unter Stöhnen vom Sitz und verschwand, nachdem seine Schuhe den Asphalt berührten, abrupt aus Majewskis Sichtwinkel...

...und fing sich einen Schlag von Lennys Gewehrlauf gegen den Schädel ein.

28

Sie waren nass bis auf die Knochen. Lenny alias Freddy Krueger enterte durch die weit offen stehende Fahrertür den Wagen. Miroslav Majewski klappte der Unterkiefer runter. Ihm lief ein Schauer über den Rücken. Das Brandnarbengesicht kam ihm bekannt vor! Erst vor Kurzem hatten er und seine Verlobte die Neuverfilmung von *A Nightmare on Elm Street* im Kino gesehen.

„Maul halten und nicht bewegen!", befahl Lenny und rammte Majewski den Gewehrlauf der Kalaschnikow unterhalb der schusssicheren Weste in die Seite. Majewski krümmte sich vor Schmerz.

„Nicht bewegen, hab ich gesagt!"

Lenny stieß wieder mit dem Gewehrlauf zu. Majewski riss die Augen auf und schnappte nach Luft.

„Keinen Mucks!", drohte Lenny und sah nach Charly, der die P30 in seinen Hosenbund gesteckt hatte und Eduards Arme auf den Rücken drehte. Hastig wickelte er einen Kabelbinder, den er zwischen den Zähnen parat hatte, um Eduards Hände und zog ihn (ratsch!) zusammen. Eduard stierte immer noch teilnahmslos vor sich hin. Charly packte ihn am Ärmel, zerrte ihn über den Asphalt und schubste ihn auf den Gehsteig. Eduard stürzte zu Boden und knallte mit dem Hinterkopf auf die Gehwegplatten. Charly zog einen weiteren Kabelbinder aus der Jackentasche, zog Eduards Füße zusammen und fesselte sie ebenfalls.

Eduard glotzte Michael Myers ins Gesicht.

„Wenn du schreist, bist du tot!", drohte Charly, als hätte er nie etwas anderes getan, als Sicherheitskräfte zu überwältigen und wehrlos zu machen.

Eduard wimmerte.

Ohne wertvolle Zeit zu verschenken, lief Charly zurück zum Geldtransporter. Die Beifahrertür flog auf und Lenny stieß Majewski in den Regen.

„Halt ihn in Schach!", befahl Lenny, warf einen Blick auf das Navigationsgerät, auf dem ein Ring am Ende des Flurkamps blinkte, schaltete das Gerät aus und zwängte sich zwischen den Polstersitzen hindurch in den Laderaum.

Majewski rappelte sich auf!

„Liegenbleiben", warnte Charly, und zog seine Pistole wieder aus dem Hosenbund, „…sonst!!"

29

In den Metallregalen lagen etliche GAA-Kassetten. Lenny schaltete das Alarmsystem aus, das die Geldkassetten gegen Rammen des Transporters – bei einer Neigung des Wagens über fünfzehn Grad löste das System Alarm aus – oder gewaltsamen Aufbruch der Türen schützte. Nachdem die Kontrolllampen verloschen waren, öffnete er die Schiebetür und schob sie auf. Höchste Eile war geboten! Ihnen blieben vielleicht vier Minuten, bis die Zentrale gemerkt hatte, was sich im Flurkamp abspielte, und Polizeialarm auslösen würde.

Regen prasselte. Ein Blitz erhellte das Innere des Laderaums. Der Donner grollte. Lenny zog zwei Kassetten aus dem Regal und stellte sie an die offene Tür, dann wieder zwei. So schnell er konnte, zog er die nächsten aus dem Regal, als er Charly schreien hörte:

„Nein!!! Lass die Pistole stecken!"

Charly war eine Sekunde lang unaufmerksam gewesen, hatte seinen Kopf gedreht und Lenny dabei zugeschaut, wie der die Kassetten an die Türöffnung stellte.

„Weg mit der Knarre, du Arschloch!"

Doch Majewski hatte seine Waffe bereits in der Hand und richtete den Lauf auf Charlys Unterleib. Charly erstarrte.

„Geschossen wird nicht!", hatte er von Lenny verlangt, und er hielt sich daran. Majewski setzte sich auf. Er zog die Beine zum Körper und wälzte sich auf die Knie, während er Charly nicht aus den Augen ließ und die Pistole auf ihn gerichtet hielt.

„Gib auf!", rief Majewski, nachdem er sich erhoben hatte. Sie standen sich gegenüber, stierten sich an und zielten mit den Pistolen aufeinander. Charly wich einen Schritt zurück, hielt die Faust vor den Mund und unterdrückte einen Hustenreiz. Am liebsten hätte er sich die Maske vom Gesicht gerissen, um nicht zu ersticken. Majewski trat einen Schritt vor und blieb auf Armeslänge an ihm dran.

30

Lenny erkannte sofort, dass Charly in Schwierigkeiten steckte. So schrie einer, dem der Schreck in die Knochen gefahren war. Er schob die halb herausgezogenen Kassetten zurück ins Regal und griff nach der Kalaschnikow, die neben der Türöffnung an der gepanzerten Seitenwand stand. Das Gewehr vor der Brust, lehnte er sich mit dem Rücken an die Seitenwand, drehte die Nase über die Schulter und linste aus der Deckung heraus durch die offene Schiebetür: Die Lage war klar, Charly hatte die Kontrolle über Majewski verloren!

‚Noch einen Schritt zu mir rüber, Charly, dann steht er genau richtig', dachte Lenny. Und Charly tat ihm den Gefallen, als hätte er Lennys Gedanken gelesen.

„Nimm die Maske runter!", verlangte Majewski, der immer mehr Oberwasser gewann und einen Schritt in Charlys Richtung machte.

Auf diesen Moment hatte Lenny gewartet. Er sprang aus der Deckung und rammte Majewski das Gewehr in die Seite. Majewski krachte auf den Rücken und schrie auf vor Schmerzen, hielt aber weiter die Pistole in der Hand, aus der sich beim Sturz ein Schuss löste.

Das Projektil sirrte über den Asphalt, bahnte sich einen Weg durch Eduards Kopf, der auf dem Gehweg in einer Pfütze lag, pfiff am linken Hinterrad des KIA vorbei und schlug beim Supermarkt in die Hauswand ein.

Lenny haute den Gewehrkolben gegen Majewskis Stirn und setzte ihn endgültig außer Gefecht.

„Los Mensch, einladen!!!", befahl Lenny, was Charly dann wie in Trance tat. Lenny lief zu seinem Geländewagen, legte die Kalaschnikow in den Kofferraum und rannte sofort wieder zurück zum Geldtransporter. Er stützte sich mit den Händen auf, zog das Knie nach, kletterte in den Laderaum, zog zwei weitere Kassetten aus dem Regal und stellte sie in die Tür. –

Als aus dem Lautsprecher des Sprechfunkgeräts eine Stimme plärrte: „Wolf? ... melde dich! ... was ist da los bei euch? ... Eduard?", beugte sich Lenny zwischen die Polstersitze ins Fahrerhaus und schaltete das Funkgerät aus. Augenblicklich jaulte die Sirene des bordeigenen Alarmsystems los und zerriss den Morgen mit nervenzermürbendem Geheul.

Lenny sprang von der Ladefläche, riss die Geldkassetten an sich, die in der Tür standen, rannte über die Straße, warf sie zu den anderen in den Kofferraum und schlug die Heckklappe zu.

Charly hingegen kniete neben Eduard, der sich nicht mehr bewegte. Blut sickerte aus Eduards Kopf, formte eine Wolke in der Regenwasserpfütze.

„Weg hier!", brüllte Lenny, der in seinem Söldnerleben mehr als nur einen zerfetzten Körper gesehen hatte. „Sonst war alles umsonst!"

31

Lenny packte Charly am Kragen und zerrte ihn von dem Toten weg. Sie liefen um den Zaun herum, rissen die Türen des KIA auf und sprangen hinein. Lenny trat die Kupplung und gab Gas. Der SUV schoss los über die Bordsteinkante. Die Breitwandreifen steckten den Stoß weg! Lenny steuerte zwischen Litfasssäule und Laternenmast hindurch! Der rechte Außenspiegel musste dran glauben! Eine Gruppe Frauen, die über die Osdorfer Landstraße ins EEZ wollten und wohl einem Reinigungstrupp angehörten, stob auseinander. Ein HVV-Linien-Bus rauschte an ihrer Kühlerhaube vorbei, hielt auf die Haltebucht am EEZ zu und stoppte mit fauchenden Bremsen. Die Straße war frei! Der Wagen hüpfte vom Gehweg auf die Osdorfer Landstraße und zeigte dem HVV-Bus die Rücklichter, beschleunigte und raste Richtung Westen.

Zur selben Zeit brach das Unwetter los. Blitze zuckten und tauchten Michael Myers und Freddy Krueger in blaues Licht. Donner krachten direkt über ihnen. Der Himmel öffnete seine Pforten.

32

Grau und trübe schob sich die Morgendämmerung durch das Geäst. Die Luft roch nach Laub und Erde. Wasser tropfte aus Baumkronen und Büschen auf den Asphalt. Das Heulen der Alarmsirene zerriss den frühen Morgen.

Ein Rentnerpaar in schwarzen Regenjacken, das wohl in einem der Reihenhäuser am Tatort wohnte, führte ihren Rauhaardackel Gassi, als sich der Schuss aus Majewskis Pistole löste. Als dann noch die Sirene heulte, waren sie neugierig geworden.

Vorsichtig näherten sie sich dem Geldtransporter. Die Frau hatte sich bei ihrem Mann untergehakt. Der Mann hinkte ein wenig beim Laufen, zog sein linkes Bein nach. Er hielt einen aufgespannten Regenschirm über sie beide. Der Dackel riss an der Leine, die der Mann führte. Er sprang mal hierhin, mal dorthin und bellte irre, was im Geheul der Sirene unterging. Sie trafen einen verstörten Miroslav Majewski an, der den Schlag gegen den Kopf noch nicht verdaut hatte, aber bei Bewusstsein war.

Er hatte sich mit dem Rücken an den Transporter gelehnt und tastete mit den Fingern seinen Kopf ab. Ihm war sämtliche Farbe aus dem Gesicht gewichen. Das regennasse Haar klebte in Strähnen auf seiner Stirn.

Die weit aufgerissen Augen starrten ins Leere. Dass sein Arbeitskollege durch eine Patrone aus seiner Waffe niedergestreckt worden war, davon ahnte er zu diesem Zeitpunkt nichts.

„Oh Gott, da liegt ja noch einer!", presste die Rentnerin durch die Lippen und hakte den Arm fester um den ihres Mannes, der Mühe hatte, Dackel und Schirm unter Kontrolle zu halten. „Wir müssen die Polizei holen! Mach schon, du hast doch dein Handy dabei!?"

„Der bewegt sich nicht mehr!", sagte der Rentner. „Halt mal!" Er drückte seiner Frau Schirm und Leine in die Hand und zog am Reißverschluss seiner Regenjacke.

„Nun mach doch!", drängte die Frau.

Während der Rentner sein Handy umständlich einschaltete, um 110 zu wählen, näherten sich zwei Streifenwagen mit Blaulicht und Sirene und bogen in den Flurkamp ein.

Der Mann horchte auf!

„Ich glaub, sie kommen schon!", sagte er und steckte sein Mobiltelefon wieder ein.

„Lebt er noch?", fragte die Frau und zog an der Hundeleine, um den Dackel von Eduard Wolf fernzuhalten.

33

Außer dem Rentnerehepaar war noch ein junger Mann aus einem der Häuser, die an den Supermarkt-Parkplatz angrenzten, auf den Schuss aus Majewskis Pistole und das Geheul der Sirene aufmerksam geworden.

Dieser wollte wie jeden Morgen joggen. Allein das einsetzende Gewitter hatte ihn davon abgehalten. Er wollte gerade unter die Dusche, als der Schuss fiel. Der Mann horchte einen Moment auf, dachte an die Fehlzündung der Harley Davidson seines Nachbarn und kümmerte sich nicht weiter darum.

Als kurz darauf die Sirene des Geldtransporters losheulte, trieb ihn die Neugier doch vor die Tür. Er brauchte einen Moment, ehe er das Szenario überblickt hatte. Nass bis auf die Haut, rannte er zurück in die Wohnung, griff nach seinem Smartphone und alarmierte die Polizei. Sein Anruf setzte den Polizeiapparat in Bewegung.

Nachdem der Anruf in der Zentrale eingegangen war, rief der Beamte die Wache im Bloomkamp an. Der Diensthabende schickte sofort einen Streifenwagen los. Ein zweiter Wagen, der sich gerade auf dem Rückweg zur Wache befand, drehte auf der Stelle um, schaltete Blaulicht und Sirene ein und raste dem ersten hinterher.

Minuten später trafen die Wagen am Tatort ein. Einer riegelte den Wendehammer ab, indem er sich quer zum Flurkamp stellte. Der andere Streifenwagen fuhr auf die Einfahrt zum Supermarkt-Parkplatz und sperrte diesen ab.

Mittlerweile regnete es nicht mehr. Die ersten Beobachtungen der Polizeibeamten ergaben, dass ein Mann auf dem Gehweg lag und womöglich durch einen Kopfschuss niedergestreckt worden war, während ein zweiter uniformierter Mann neben dem Geldtransporter auf dem Asphalt hockte. Er stand unter Schock und war nicht ansprechbar. Eine eigroße Beule zierte seine Stirn, aus der Blut sickerte. Außer ihnen befanden sich ein Rentnerpaar mit einem winselnden Hund, ein Anwohner im durchnässten Sportdress, der bekannte, dass er die Polizei alarmiert hatte, und eine Handvoll Schaulustiger am Tatort.

Unmittelbar nachdem sich die Polizisten einen Überblick verschafft hatten, suchte einer von ihnen den Tatort nach möglichen Beweismitteln ab und stellte Miroslav Majewkis Dienstwaffe sicher, die neben ihm in einer Pfütze lag.

Der Dienstältere rief Notarzt- und Rettungswagen herbei und klärte seine Dienststelle am Blomkamp über den Überfall auf den Geldtransporter auf. Außerdem forderte er Verstärkung und Gerät, wie Sichtschutz, weiß-rote Absperrhütchen, Baken und Flatterbänder, an, um den Tatort abzusperren.

Die Revierwache wiederum berichtet der Zentrale über die Sachlage am Tatort. Die Zentrale löste daraufhin Großalarm aus: Die Polizei nahm an, dass die Täter mindestens zu zweit gewesen sein mussten und in einem Personenkraftwagen, einem großen Kombi vielleicht, der nicht näher beschrieben werden konnte, auf der Flucht waren. Ferner rief die Zentrale bei der Kriminalpolizei an. Die aktivierte ein Ermittler-Duo und schickte die Spurensicherung los.

Die Feuer- und Rettungswache Osdorf war im Harderweg stationiert und somit keine zwei Kilometer vom Tatort entfernt. Notärzte und Rettungssanitäter waren nach wenigen Minuten vor Ort. Der Arzt sprach sich mit dem Streifenleiter ab, bevor sein Team und er sich an die Arbeit machten.

Ein dritter Einsatzwagen kam hinzu. Zwei Polizisten sprangen aus dem VW-Bus, drängten inzwischen ebenfalls erschienene Pressevertreter und Schaulustige zurück, stellten Baken auf, an denen sie Bänder mit der Aufschrift „Polizei – Betreten verboten" anbrachten, und sperrten so den Tatort großräumig ab. Danach richteten sie einen sogenannten „Trampelpfad" ein, auf dem sich die Beamten und das medizinische Personal bewegen konnten, ohne den Tatort zu verändern und Spuren zu zerstören oder neue hinzuzufügen.

Ein Gerichtsmediziner hockte neben Eduard, begutachtete dessen Kopf und schätzte, aus welchem Winkel die Kugel Eduards Stirn getroffen haben könnte. Ein anderer machte eine Menge Fotos.

Eine Polizistin trennte die Zeugen voneinander, notierte sich Namen und Adressen und befragte sie. Sie begann mit dem Rentnerpaar, das zuerst am Tatort war.

Die Frau saß auf einem Safaristuhl, den die Polizistin ihr hingestellt hatte. Sie war kalkweiß im Gesicht. Ihre Hände umklammerten einen Pappbecher mit Kaffee. Ihr Mann stand neben ihr, hielt den Hund kurz und sprach beruhigend auf ihn ein.

Viel kam bei der ersten Befragung nicht heraus. Als das Paar, angelockt von Pistolenschuss und Sirenengeheul, am Tatort eintraf, war der Überfall schon vorbei und die Täter über alle Berge. Die Polizistin bat das Rentnerpaar, sich zu gedulden und weiter zur Verfügung zu halten, bis die Kriminalpolizei eingetroffen sei.

Dann wandte sie sich dem Anrufer im Trainingsanzug zu, der, eingehüllt in eine Wärmedecke aus Aluminium, neben dem Polizei-Bus stand und fröstelte. Seine Aussagen deckten sich mit denen des Ehepaars. Er war in gleicher Weise erst am Tatort erschienen, als der Überfall bereits geschehen war. Die Polizistin notierte sich seinen Namen und die Adresse und bat auch ihn, sich zur Verfügung zu halten. Sie war mit ihren Befragungen fertig, weitere Ermittlungen überließ sie den Kriminalbeamten, die in Kürze am Tatort eintreffen sollten.

Miroslav Majewski saß mittlerweile, ebenfalls in eine Wärmedecke gehüllt, auf dem Rücksitz des VW-Busses. Rettungssanitäter hatten ihm ein Beruhigungsmittel gespritzt und die Beule an seinem Kopf versorgt. Majewski stand immer noch unter Schock und starrte auf seine Hände. Ihm gegenüber saß ein Polizist und ließ Majewski nicht aus den Augen.

34

Die Scheibenwischer schufteten. Sämtliche Scheiben waren beschlagen. Charly drückte auf den Schalter, der in den Türgriff integriert war, und öffnete das Seitenfenster einen Spalt. Das Kondensat verschwand, aber trotzdem wurde die Sicht nicht besser. Die Reifen des Wagens pflügten durch die Pfützen. Fontänen spritzten.

Charly hatte sich angeschnallt. Michael Myers Konterfei klebte an seinem Gesicht wie festgeleimt. Es war vorbei! Acht GAA-Kassetten voller Geld lagen hinter ihnen! Warum bloß musste Majewski den Helden markieren? War es allein Majewskis Schuld, dass Eduard umgekommen war? Natürlich nicht! Ihm, Charly, war die Situation entglitten! Er hatte Majewski für entscheidende Sekunden aus den Augen gelassen. Hätte Majewski wirklich auf ihn geschossen? Dass sich bei dem Gerangel aus Majewskis Waffe ein Schuss löste und Eduard deswegen ums Leben kam, das hatten weder Lenny noch er gewollt. Aber es war passiert! Wie sollte er damit leben?

Jetzt hieß es Ruhe bewahren und Nerven behalten. Nun hatte er Geld und konnte dem Organ-Koordinator mit vollen Händen gegenübertreten.

Nach der Operation, wenn alles glatt gegangen war, würde er sich stellen. Allerdings sollte Lenny dann schon abgetaucht sein. Das sei er ihm schuldig, dachte er.

Der Wagen hetzte weiter durch das Unwetter. Beinahe wäre es zu einem Zusammenstoß mit einem VW-Polo gekommen, dessen Fahrer schlaftrunken bei Grün aus der Schenefelder Landstraße in die Osdorfer bog. Lenny, der in dem Moment bei Rot über die Kreuzung gerast war, sah den Polo zu spät auf sich zurollen. Er trat auf die Bremse, scherte gleichzeitig nach rechts aus und geriet ins Schleudern. Mit sehr viel Glück brachte er den Geländewagen wieder in die Spur. Danach war ihr Adrenalin verpufft, die aufgestaute Spannung der letzten Stunde entlud sich:

„Du bringst uns noch um!", schrie Charly und zog an seiner Maske.

„Behalt deine Maske auf, du Pfeife!", bellte Lenny.

„Ich ersticke!"

„Mensch, dann tu es doch!", knurrte Lenny.

So schnell wie das Unwetter gekommen war, so schnell war es über sie hinweggezogen. Ein letzter Blitz auf der Sülldorfer Landstraße. Der Donner ließ auf sich warten. Er war vielleicht so schwach, dass er bei dem Geräusch, das der Dieselmotor machte, im Wageninnern nicht zu hören war. Es hörte auf zu regnen.

Sie rasten am S-Bahnhof Rissen vorbei und weiter über die Sülldorfer Landstraße, bremsten vor dem Ortseingangsschild von Wedel und bogen nach links in die Industriestraße ein. Auf den Parkstreifen längs der Straße waren Sattelschlepper-Anhänger abgestellt, die auf ihren Einsatz warteten, und vor dem Imbiss „Trucker Stop" hingen erste Fernfahrer rum.

Lenny steuerte den Wagen auf den Bürgersteig, rollte auf eine Wellblechhalle zu, vor der eine Segelyacht auf einem Trailer abgestellt worden war, und hielt vor dem Hallentor.

„Okay, nun kannst du…!", sagte er und zog sich die Maske vom Kopf.

Charly tat es ihm nach.

„Luft!", keuchte er, stieß die Tür auf, rutschte vom Sitz und hustete die Bronchien frei. Lenny blieb hinter dem Lenkrad sitzen. Die Nacht war endgültig dem Morgen gewichen. Ein Windhauch zog durch die Baumkronen und ließ die Blätter rascheln.

Das Segmenttor der Bootshalle war heruntergelassen. Charly bückte sich nach den Griffen und zog daran. Das Hallentor war verschlossen.

35

Oskars Schlafzimmer bot eigentlich zu wenig Platz für die Möbel, die in ihm untergebracht waren. Das Doppelbett aus Kiefernholz, das den Raum dominierte, die Frisierkommode aus den 50ern und der Kleiderschrank aus Uromas Zeiten entsprachen längst nicht mehr dem Zeitgeist. Ein Stuhl in der Ecke als Kleiderablage, ein Beistelltischchen von Ikea, das als Nachtschrank diente, eine offene Packung Thomapyrin, eine Leselampe, ein aufklappbarer Reisewecker aus Messing mit schwarzem Kunstleder, ein Drehaschenbecher voller Kippen neben einem Wasserglas und ein Smartphone rundeten das Stilleben ab.

Während sich Oskar auf der einen Betthälfte unter geblümter Bettwäsche hin und her wälzte, verrutschte auf der anderen, leeren Bettseite ein Stapel Schnellhefter mit Polizeiakten, der sich neben einem Spiegel-Magazin, Tatortfotos und Notizblöcken auf der Matratze befand.

Hinter ihm lag eine harte Nacht. Sein Magen hatte vor Hunger geknurrt, als er gestern Abend nach einem Parkplatz suchte. Er schloss seinen zehn Jahre alten BMW ab, stieg die Stufen zum „Café Katelbach" hoch und hockte sich an einen Tisch am Fenster, von dem aus er die Eulenstraße im Blickfeld hatte. Er bestellte einen *Croque Monsieur*, schlang ihn runter und spülte mit einigen Bieren nach.

Statt nach dem Snack nach Haus und ins Bett zu gehen – er wohnte nur wenige Meter vom „Café Katelbach" entfernt –, kam er wie oft nicht zur Ruhe und zog noch weiter um die Häuser. –

Das Fenster zum Innenhof war entgegen sonstiger Gewohnheiten geschlossen. Die Luft im Raum, dem jegliche Behaglichkeit fehlte, seit Oskars Frau gestorben war, war verbraucht. Freizeitjacke, Hemd und Hose waren achtlos über den Stuhl geworfen.

Oskar schnarchte auf, als kurz vor sieben Uhr sein Smartphone vibrierte und auf die Tischkante zuwanderte. Er wälzte sich auf den Rücken – Bettgestell und Lattenrost knarrten – streckte den Arm unter der Zudecke hervor und suchte nach dem Störenfried.

„Lemmer!", quälte er ins Phon und durchforstete seine Synapsen nach der Kneipe, in der er den letzten Rum genommen haben konnte.

„Olberding!"

Oskars Chef, Dezernatsleiter Rudolf Olberding, war dran:

„Wir haben einen Raubüberfall!"

„Können das nicht die Zwillinge…?", wehrte Oskar den Anrufer ab. „Wollte heute Zeitausgleich nehmen!"

„Zeitausgleich!?", Olberding donnerte los. „Du hast sie wohl nicht alle!"

Oskar hielt das Smartphone in die Luft und richtete sich auf. Sein Gesicht war aschfahl. Der Dreitagebart machte es nur noch grimmiger.

Rudolf Olberding, Stirnglatze, sechzig Jahre alt, einen Meter achtzig groß, hundertzwanzig Kilo, mit der Figur einer Bulldogge, war berüchtigt für seine Wutausbrüche. Olberding stand nach vorn gebeugt und stützte sich mit den Fäusten auf der Schreibtischplatte ab. Er fixierte sein Telefon, das in der Siemens-Station steckte. Auf seiner Stirn wellten sich Zornesfalten. Olberding schwitzte, steckte den Zeigefinger zwischen Hals und Kragen, öffnete den obersten Hemdenknopf und lockerte die Krawatte, bevor er ins Telefon blaffte: „Der Innensenator sitzt mir im Nacken. Du musst da sofort hin! Keine Ahnung, woher er um diese Zeit von dem Überfall weiß! Außerdem, es hat einen Toten gegeben! Den Fahrer eines Geldtransporters hat's erwischt!" Olberding rang nach Luft. „Von den Dieben fehlt bisher jede Spur. Die haben sich mit rund drei Millionen aus dem Staub gemacht!"

Oskar ließ die Beine vom Bettrand hängen. Die Zudecke rutschte auf den Teppichboden.

„Reg dich ab, Mensch, sonst erreichst du nie das Rentenalter!"

„Und nimm die Engel mit!", wies Olberding an. „Ihr seid von heute an ein Team!"

„Das meinst du doch nicht ernst?!" Oskar wollte nicht. „Das Küken!"

Es passte ihm gar nicht, mit Nora Engel, dem Neuzugang der Abteilung, zusammenarbeiten zu müssen.

„Ich arbeite am effektivsten allein, das weißt du doch!"

Nach dem Tod seiner Frau war Oskar schrulliger geworden. Er würde sich für die junge Kollegin verantwortlich fühlen; das ertrug er nicht. ‚Ein alter Säufer und ein Küken! Was sollte dabei schon rauskommen', fragte er sich. Er fühlte sich mies, sein Magen rebellierte, er hatte einen fürchterlichen Kater und er wollte nicht, nicht mit der Neuen!

„Lass doch die Zwillinge!", Oskar versuchte Rudolf Olberding umzustimmen, doch der ließ ihm keine Wahl.

Oskar fiel zurück aufs Laken und starrte Löcher in die Decke. Die Saufabende brachten nicht die Lösung seines Problems, im Gegenteil! Er musste mit der Trinkerei aufhören und etwas gegen seine Einsamkeit tun!

Er riss sich zusammen, duschte, kleidete sich an, steckte die Pistole, die auf der Frisierkommode lag, ins Schulterhalfter und ging durchs Treppenhaus auf die Straße.

Die vom Gewitter gereinigte Morgenluft tat ihm gut. Er stieg in seinen BMW, stellte das Blaulicht aufs Wagendach, schaltete am Hohenzollernring die Sirene ein, legte einen Zahn zu und jagte zum Tatort.

„Zeitausgleich! So weit kommt das noch!", brummte Rudolf Olberding, während er den Telefonhörer vom Ohr nahm und die Verbindung zu Oskar trennte. Unmittelbar danach suchte er in der Telefonliste nach Nora Engels Nummer, drückte auf die Verbindungstaste und hielt den heißtelefonierten Hörer erneut ans Ohr.

Es war kurz nach sieben Uhr. Nora war längst aus dem Bett und hatte bereits geduscht, als ihr Smartphone sich meldete. Sie legte die Espresso-Kapsel, die sie in den Kaffeeautomaten stecken wollte, zurück auf die Arbeitsplatte, huschte rüber zum Schreibtisch, der nur drei Schritte von der Pantryküche entfernt neben dem Balkonfenster unter der Dachschräge stand, und langte nach dem Smartphone.

„Ja?", meldete sie sich, „Nora Engel!"

„In Osdorf ist ein Geldtransporter ausgeraubt worden!" Olberding kam ohne große Umschweife zur Sache. „Melden Sie sich bei Hauptkommissar Lemmer! Sie treffen ihn am Tatort!"

Nora schluckte trocken.

„In Osdorf, wo in Osdorf?", fragte sie.

Nachdem Rudolf Olberding ihr das erläutert hatte, legte Nora ihr Smartphone zurück auf den kleinen Schreibtisch, löste das Handtuch, das sie vor ihrer Brust zusammengeknotet hatte, und frottierte mechanisch ihre rotblonden Locken. Es traf sie wie ein Fausthieb in die Magengrube, als sie realisierte, dass sie mitten in ihrem ersten großen Fall steckte!

Nora verzichtete auf den Espresso und warf das Badelaken aufs Bett. Ihre nassen Haare interessierten sie nicht weiter. Hauptkommissar Lemmer – das wusste jeder im Dezernat – war knorrig, aber ein Fuchs in Sachen Mordermittlung. Er hatte die höchste Aufklärungsrate im Morddezernat.

Eilig kleidete sie sich an, schlüpfte in einen lachsfarbenen Rolli, zog die Jeans über die makellos epilierten

Beine und wählte Schuhe aus, auf denen sie – falls nötig – lossprinten könnte. Sie steckte ihre Dienstpistole, eine Walther P99, in einen Lederholster, das sie am Hosengürtel trug, und zog sich eine wattierte Regenjacke über. Dann sprang sie die Treppen hinunter und ließ die schwere Haustür hinter sich ins Schloss fallen.

36

Nora stieg in ihren VW-Polo, heftete ein Blaulicht mit Sirene auf das Wagendach und gab Gas. Sie bahnte sich einen Weg durch den zunehmenden Berufsverkehr und war noch vor Oskar am Tatort.

Sie kannte die beiden Streifenpolizisten nicht, die den Tatort absicherten. Sie hielt ihren Dienstausweis unter ihre Nasen. Der Kleinere nickte mit dem Kopf, hob das Band und ließ sie passieren.

Während sie sich die Handschuhe über die Finger zog, überlegte sie voller Tatendrang, wo und wie sie mit ihrer Tatortarbeit beginnen sollte.

Ein Forensiker in einem Schutzanzug suchte den Transporter nach Spuren ab. Ein anderer fotografierte Eduard Wolf von allen Seiten, der in die Baumkronen starrte. Ein dritter stellte Markierungsschilder auf, wo die Polizisten Beweisstücke, wie Miroslav Majewkis Dienstwaffe, gefunden hatten.

Nora ging direkt auf die Stelle zu, an der das Mordopfer lag. Ein Übelkeitsschub malträtierte ihren Magen, als sie den Toten mit aufgerissem Schädel in einer Pfütze auf dem Gehsteig liegen sah.

„Der war sofort tot!", attestierte der Gerichtsmediziner.

Nora atmete hörbar aus, bevor sie fragte: „Wie lange schon?"

„Vielleicht knapp zwei Stunden?!" knarzte eine Stimme hinter ihrem Rücken. Sie drehte den Kopf: Es war Hauptkommissar Oskar Lemmer, der sich unbemerkt hinter sie gestellt hatte. Sein Gesicht war zerknittert, sein Atem roch nach Alkohol.

„An den Anblick werde ich mich nie gewöhnen!", knurrte er.

‚Er hat getrunken!', dachte Nora und rümpfte die Nase. Oskar entging ihr Getue nicht, aber was wusste sie schon von ihm?

Oskar arbeitete professionell. Im Gegensatz zu Nora hatte er sich, bevor er zur Leiche ging, beim Polizeieinsatzleiter über die bisher bekannten Tatumstände informiert.

„Also?", fragte er sie mit einem ironischen Lächeln. „Was haben wir denn so?"

Nora schluckte trocken. ‚Verdammt!', schoss es durch ihren Lockenkopf. Er hatte sie auf dem falschen Bein erwischt. Ihre Wangen glühten. Sie ärgerte sich, schalt sich eine blutige Anfängerin. Statt sich einen Überblick zu verschaffen, war sie aus purer Neugier gleich zum Mordopfer gerannt.

„Äh…, ich…", stotterte sie und war froh, dass Oskar sie nicht länger im Dunkeln tappen ließ.

„Also", rekonstruierte er, „zwischen sechs Uhr und sechs Uhr dreißig hat der Geldtransporter, der zum

Elbe-Einkaufszentrum unterwegs war, die vorgegebene Route verlassen und war in den Flurkamp abgebogen."

Nora hörte aufmerksam zu, während Oskar sich ebenfalls Einmalhandschuhe überzog.

„Was dann geschah, ist unklar! Ein Sicherheitsmitarbeiter ist tot. Kopfschuss! Die Beule an seiner Stirn rührt von einem harten Gegenstand her. Wahrscheinlich war er der Fahrer. Den möglichen Beifahrer hat die Streife völlig verstört neben dem Geldtransporter vorgefunden. Er hockte am Boden und war nicht ansprechbar."

„Wo ist der jetzt?", wollte Nora wissen.

„Er sitzt im Vernehmungswagen. Ein Sanitäter kümmert sich um ihn. Wir befragen ihn später."

„Lebte der Tote noch, als er gefunden wurde?", fragte Nora.

„Eher nicht!" antwortete Oskar. „Wir müssen den Bericht des Pathologen abwarten."

Oskar zündete sich eine Zigarette an, steckte sie zwischen die Lippen und inhalierte den Rauch tief in seine Lungen.

„Der oder die Täter sind flüchtig!", fuhr er in seinem Bericht fort. „Sie sollen rund drei Millionen weggeschleppt haben. Der Leiter des Sicherheitsservices ist auf dem Weg hierher. Wir fragen ihn, dann wissen wir es genau!"

Oskar warf die Kippe auf den Gehweg und zerdrückte sie mit seiner Schuhsohle. Er machte ein lammfrommes Gesicht, als der Mediziner ihn anpfiff: „Das ist ein Tatort, Hauptkommissar Lemmer!"

Nora konnte sich ein Grinsen nicht verkneifen.

„Ich dachte, ihr seid fertig!", konterte Oskar.

„Kann die Leiche weg?", fragte der Gerichtsmediziner und schüttelte verständnislos den Kopf. „Meinen Bericht hast du morgen früh auf deinem Schreibtisch."

„Meinetwegen", antwortete Oskar, warf einen letzten Blick auf den toten Eduard Wolf und brummte, „danke!"

Nachdem das geklärt war, machten sich die Forensiker daran, Eduard Wolf in einen Leichensack zu packen. Sie zogen den Reißverschluss mit einem Ratschen zu, legten den Toten in einen Zinksarg und schoben ihn in den Leichenwagen. Kaum waren die Türen zugeschlagen, glitt der Wagen geräuschlos davon.

„Wir teilen uns auf!", sagte Oskar zu Nora. „Du befragst die beiden Alten und den Typen im Trainingsanzug und ich knöpfe mir den Büroheini vom Sicherheitsdienst vor. Den vermutlichen Beifahrer des Geldtransporters befragen wir anschließend gemeinsam!"

„Ach, und noch eins!", Oskars schaute Noras direkt an. „Den Hauptkommissar kannst du dir sparen. Sag einfach Oskar zu mir!"

„Ich fang mit dem Rentnerehepaar an!", antwortete Nora und drehte sich auf dem Absatz um, damit Oskar nicht sah, wie sich ihre Wangen röteten.

37

„Mach schon!", rief Lenny ihm aus dem Wagen zu und zeigte nun doch Nerven.

Es war Charlys Idee gewesen, die Beute in seinem Segelboot zu verstecken, das in der Nähe des Kohlekraftwerks Wedel zwischen anderen Sportbooten in einer Lagerhalle aufgepallt war. Die „Möwe" war Charlys Lebenstraum und gewöhnlich verbrachte er jede freie Minute bei seinem Boot und werkelte an ihm herum. Seit Jahren träumte er davon, eines Tages mit Christina über die Weltmeere zu segeln. Doch das hatte sich im Moment erledigt, wichtigere Dinge hatten sich aufgetürmt und sein Traum war in weite Ferne gerückt!

Charly fasste in seinen Blouson und zog ein Schlüsselbund hervor. Er hielt es hoch, dass Lenny es sehen konnte, bevor er sich daran machte, das Segmenttor zu öffnen. Lennys SUV rollte in die Halle und Charly zog das Tor hinter ihm wieder zu. Lenny sprang aus dem Auto, sobald der Wagen stand. Er eilte zum Heck und öffnete den Kofferraum. Vor ihm lagen die acht erbeuteten Geldkassetten.

„Los jetzt!", drängte Charly. „Manchmal kommt um diese Zeit doch schon mal einer rein, um nach seinem Schiff zu sehen!"

„Wohin damit?", fragte Lenny und schnappte sich zwei GAAs. „Hier hin!", antwortete Charly und griff sich ebenfalls zwei Kassetten. In der Lagerhalle brannte kein Licht, was ihn nicht störte. Er würde seine „Möwe" zwischen all den Booten mit verbundenen Augen wiederfinden.

„Hier, das ist sie!", sagte Charly und eine Portion Stolz klang in seiner Stimme mit. Vor ihnen ragte der Bug der „Möwe" bis unter das Hallendach.

Sie legten die Geldausgabekassetten auf den Boden.

„Los, die anderen!", trieb Charly an und sie beeilten sich und schleppten die Beute ran.

„Was ist mit dem Wagen?", fragte Lenny.

„Lass ihn stehen!", bestimmte Charly. „Da lehnt 'ne Leiter am Schiff! Ich steig rauf und du langst mir die Kassetten hoch!"

„Alle?", fragte Lenny und Charly verstand es nicht gleich.

„Nachzählen können wir immer noch!", sagte er deshalb.

„Ich brauch das Geld sofort, sonst sind meine kleinen Finger futsch!". Charly war irritiert, dann fiel bei ihm der Groschen! Er begriff, dass Russen-Igor keinen Spaß verstand, wenn es um seine Kohle ging.

„Wie viel schuldest du ihm?"

– „Hunderttausend!"

Es brauchte nur Minuten, bis die GAA-Kassetten bis auf die eine, die sie aufbrechen wollten, an Bord gehievt und auf dem Tisch zu einem Stapel zusammengestellt waren. Charly zog die blauen Kunststoffpolster von den Klettbändern und schob die Sperrholzplatten von den Schapps, in denen auf Reisen Lebensmittel und Weinflaschen lagerten. Lenny kletterte ebenfalls an Bord und reichte Charly eine Kassette nach der anderen an, während Charly sie in die Schapps bugsierte und mit Putzlappen und Plastiktüten abdeckte.

Nachdem das erledigt war und sie die Polster wieder befestigt hatten, kletterten sie von Bord, um die Kassette, die sie am Fuß der Leiter zurückgelassen hatten, zu öffnen.

„Bist du sicher", fragte Charly, „dass da keine Farbpatronen drin ist?"

„Glaub mir, ich kenn die Dinger!"

„Wirklich nicht, auch kein Alarm?", Charly traute dem Frieden nicht, woraufhin Lenny den Kopf schüttelte.

„Ich brauch 'nen Vorschlaghammer!", forderte er und stellte die Geldkassette auf die schmale Seite, so dass der Deckel in der Senkrechten zum Zementboden stand.

Charly rieb sich nachdenklich die Nase. Woher sollte er einen fünf Kilo schweren Vorschlaghammer nehmen?

„Ich geh rüber zum Imbiss und frag die Lastwagenfahrer!"

Es artete in eine unbeabsichtigte Diskussion aus. Einer der LKW-Fahrer wollte von ihm wissen, wofür er denn einen so schweren Hammer brauchte. Charly war drauf und dran, die Nerven zu verlieren, bis ein anderer

Fahrer ihn erlöste und ihn mit zu seinem Sattelzug nahm.

Der Fahrer öffnete ein Werkzeugfach, das sich unter dem Auflieger befand, und holte einen Vorschlaghammer hervor. „Aber wiederbringen!", rief er Charly hinterher, der, kaum dass er den langstieligen Hammer in seinen Händen hielt, Richtung Bootshalle losgeeilt war.

Lenny steckte sich gerade eine Zigarette zwischen die Lippen, als Charly endlich wieder auftauchte.

„Mann, hat das lange gedauert!", knurrte er und riss Charly den Hammer aus den Händen.

„Hoffentlich weißt du, was du…!"

„Bleib ruhig! Wirst ja gleich sehn, was passiert!"

Lenny stellte sich breitbeinig in Position, hob den Hammer bis über die Schultern und haute ihn mit der Finne nach unten genau dahin, wo zwischen Deckel und Kasten das Schloss saß.

Es krachte und der Stahlblechdeckel flog auf. Geldscheine flatterten umher. Aber kein Rauch und keine Farbspritzer, … nichts! Auch der von Charly befürchtete Alarm blieb aus. Seine Hände zitterten. Lenny ging in die Knie, griff nach den Scheinen und knüllte sie mit den Fäusten zusammen.

„Das sind mindestens dreihunderttausend Euro!", schätzte er. „Und wir haben noch sieben Stück davon!"

„Nimm nur so viel, wie du brauchst, um dich bei Russen-Igor freizukaufen!", dämpfte Charly Lennys Gefühlsausbruch. „Teilen können wir immer noch!"

„Wir sind reich!", zischte Lenny, der in seinem bisherigen Leben noch nie so viel Geld in den Fingern gehalten hatte. „Jetzt lass uns abhauen, sonst kommt doch noch jemand!", warnte Charly.

Sie zählten nicht weiter nach. Lenny stopfte sich die Hunderttausend in die Taschen, während Charly ein weiteres Mal die Leiter hinaufstieg, um die demolierte Geldkassette zusammen mit den Vinyl-Masken zu den anderen ins Schapp zu stecken. Nachdem das erledigt war, rückte er die derangierten Polster wieder gerade und prüfte, ob soweit alles in Ordnung war. Er steckte das Holzschott in die dafür vorgesehenen Nuten, zog die Luke dicht und sperrte den Niedergang ab.

Nachdem er Lenny aus der Halle gelotst und das Tor wieder verschlossen hatte, verabschiedeten sie sich ohne viele Worte voneinander. Lenny wollte so schnell als möglich wieder in Rinkenæs bei Loretta, seinem Alibi, sein!

Charly brachte dem Sattelschlepper-Fahrer den Hammer zurück und drückte ihm zehn Euro in die Hand.

Dann eilte er zur Bushaltestelle am Tinsdaler Weg, die nur wenige Schritte von der Bootshalle entfernt war. Während er auf den 189-Bus wartete, der um sieben Uhr zwanzig kommen sollte, kramte er in seinen Jackentaschen und zog unter der Pistole ein Lederband hervor.

Er steckte das Bändchen durch das Loch im Bootsschlüssel und band es sich um den Hals. Das Metall klebte auf seiner schweißfeuchten Brust. Es war der Schlüssel zu Rons Leben.

38

Der Rettungswagen stand außerhalb der Absperrung. Nora stiefelte den Trampelpfad entlang, hob das weiß-rote Band und schlüpfte unterdurch.

Einer der Rettungssanitäter hatte der Rentnerin, die auf einem Klappstuhl saß und zitterte, eine Wärmedecke über die Schultern gelegt. Die Frau war kurz davor, die Contenance zu verlieren. Sie wollte nur noch in ihr Häuschen am Ende des Flurkamps zurück.

„Ich bin Nora Engel von der Kriminalpolizei!", stellte Nora sich dem Ehepaar vor und zeigte ihren Dienstausweis.

„Sitz!", herrschte der Mann seinen Rauhaardackel an, der an Noras Hosenbeinen schnupperte. „Meiner Frau geht es nicht besonders gut, schauen Sie nur, wie sie schlottert. Wir würden gern nach Hause gehen."

„Nur ein paar Fragen!"

„Wir haben der Polizei doch schon alles erzählt!", beklagte sich die Frau und zog die Decke enger um ihre Schultern.

„Der Hund muss morgens raus", ergriff der Mann das Wort.

„Bei Regen?", wunderte sich Nora.

„Das kümmert Metternich nicht. Also haben wir ihn angeleint, uns die Hundekottüten geschnappt und sind los."

„Wann war das genau?", fragte Nora.

„Gegen sechs vielleicht", antwortete der Rentner, „ich hab nicht auf die Uhr geschaut. Aber eins weiß ich genau, einen Geldtransporter haben weder meine Frau noch ich gesehen."

„Also könnte es sein, dass der Geldtransporter kurz vor sechs in den Flurkamp eingebogen ist", kombinierte Nora laut.

„Kann sein", sagte der Rentner, „also, wir haben unsere Runde gedreht und waren schon wieder im Flurkamp, als Metternich es sich überlegt hatte und doch noch ein Häufchen machte. Meine Frau hielt die Leine, während ich den Ködel vom Gehweg aufsammelte. Da knallte es! Wie ein Peitschenhieb! Ich kenne das Geräusch genau, war bei den Stoppelhopsern."

Der Rentner schnappte nach Luft, bevor er fortfuhr: „Ich war mir hundert Prozent sicher, dass das ein Pistolenschuss war. Du gehst da nicht hin, sagte meine Frau zu mir. Sie hatte den Satz noch nicht zu Ende gesprochen, da heulte eine Sirene los! Da stimmt was nicht, sagte ich zu meiner Frau, lass uns wenigstens mal gucken. Sei bloß vorsichtig, hat sie gesagt. Aber wir wollten sehen, was da los war und gingen den Flurkamp hoch, bis zur Kehre"

„Am meisten nervte die Sirene", beklagte sich die Rentnerin.

„Ja, das stimmt!", fuhr der Rentner fort. „Die Türen standen weit offen, der eine Mann hockte am Wagen, direkt neben der Schiebetür…"

„Hatte er eine Pistole in der Hand?", unterbrach Nora ihn.

„Das weiß ich nicht, vielleicht!", antwortete er. „Er brabbelte vor sich hin und wir sind zu dem anderen rüber, der auf dem Gehweg lag."

„Lebte der Mann da noch?", fragte Nora.

„Hab keine Ahnung!", antwortete der Rentner. Auf jeden Fall bewegte er sich nicht."

„Die standen bestimmt auf dem Supermarkt-Parkplatz", spekulierte die Frau.

„Und sind über die Osdorfer abgehauen!", fügte der Mann hinzu.

„Haben Sie den Wagen gesehen?", bohrte Nora weiter.

„Nein!", beide zuckten verlegen mit den Achseln.

„Sie waren weg, als wir kamen", antwortet der Mann betreten. „Wir haben nicht mal mehr die Rücklichter gesehn."

„Zum Glück hatte mein Mann sein Handy dabei. Er wollte gerade die Polizei anrufen, da hörten wir den Streifenwagen. Mehr können wir Ihnen nicht sagen. Ich würde jetzt wirklich gern nach Hause gehen."

Nora beließ es dabei und reichte den beiden ihre Visitenkarte. Sie hatte weder Neues noch sonst Verwertbares erfahren.

„Melden Sie sich morgen früh in unserem Büro. Wir müssen Ihre Aussagen schriftlich aufnehmen. Rufen Sie mich unter dieser Nummer an, falls ihnen vorher noch irgendwas einfällt!"

Sie drückte dem Ehepaar zum Abschied die Hände und sah sich nach dem Typen im Trainingsanzug um, während Oskar immer noch den Chef des Sicherheitsunternehmens verhörte, der in der Zwischenzeit am Tatort eingetroffen war.

39

Der Mann, dem Oskar Lemmer gegenüberstand, hieß Klaus Pötter, war fünfzig Jahre alt und sah extrem nervös aus. Er trug ein braunes Jackett, das über seinem Bauch spannte, hatte glatte weißblonde Haare und trug eine altmodische Brille, die er ständig ab- und wieder aufsetzte. Er hatte die fachliche Führung der Abteilung Wertedienste, war zuständig für Planung, Steuerung und Kontrolle der Geldtransporttouren. Pötter hatte zehn Jahre Erfahrung im Geldtransportgeschäft, war frisch geschieden und ziemlich einfallslos. Jetzt stand er einfach da, schwitzte ein wenig und starrte Oskar ungläubig an.

„Ich fass es nicht!", lamentierte er. „Wie konnte das passieren?"

„Das finden wir noch heraus!", antwortet Oskar. „Es hat einen Toten gegeben!"

„Oh Gott, ein Toter! Wie steh ich vor meinen Kunden da!?", jammerte der Mann.

Oskar fuhr grimmig fort: „Nach der ID-Karte, die der Tote um seinen Hals trug, handelt es sich um einen gewissen Eduard Wolf."

„Wolf, ausgerechnet der, ein erfahrener Mann!" seufzte sein Gegenüber.

„Ist er verheiratet?", wollte Oskar wissen.

„Soviel ich weiß, nein!", antwortete Pötter. – „Und was ist, äh…, mit dem anderen?"

„Der sitzt dahinten im VW-Bus!"

„Äh…, kann ich mit ihm sprechen?"

„Nach seiner Befragung!", antwortete Oskar knapp.

Oskar fröstelte, ihm fehlte der Schlaf. Er spürte die Nacht im „Café Katelbach", vergrub die Hände in den Hosentaschen.

„War Eduard Wolf schon lange bei Ihnen?", wollte er wissen.

Das Handy des Mannes brummte. Er blickte aufs Display, drückte die Empfangstaste und raunte:

„Jetzt nicht! – Das war meine Sekretärin! Äh…, Wolf? Moment, der hat nach mir angefangen. Ist schon lange bei uns!"

„Sie müssen uns sowieso noch Einblick in die Personalakten gewähren."

„Ich versteh das nicht! Unsere Geldtransporter sind nach den neuesten Sicherheitsstandards ausgerüstet. Alle Transporter haben GPS, sodass der Standort des Wagens jederzeit überprüft und festgestellt werden kann."

Sein Handy brummte schon wieder!

„Jetzt nicht, habe ich gesagt! …Ist gut, ich rufe gleich zurück!", zischte er hinein und schaltete es aus. „Ich versteh es nicht! Unsere Fahrzeuge haben Videokameras, die an mehreren Stellen am Fahrzeug installiert sind! Die Gespräche zwischen Fahrer und Beifahrer werden über Funk mitgehört! Auf Tastendruck sendet ein Meldesystem, ob das Fahrzeug am nächsten Etappenziel angekommen ist! Es gibt eine Tür-Motor-

Sicherung. Was heißt: Wird der Fahrer oder sein Beifahrer zum Aussteigen gezwungen, schaltet nach sechs Sekunden der Motor aus und springt nicht wieder an!"

„Wie viel Geld befand sich im Wagen?"

„Wir arbeiten mit Geldautomatenausgabekassetten. Das heißt, unsere Hauptaufgabe besteht darin, Geldausgabeautomaten zu versorgen. Wir holen die mit Geld gefüllten Kassetten in einer Bankzentrale ab, transportieren sie zu den jeweiligen Filialen oder Sparkassen und wechseln sie aus. Im Fahrzeug lagern die GAA-Kassetten in einem elektronisch gesicherten Stahlregal. Zieht man eine raus, ohne das System vorher zu entschärfen, wird automatisch in unserer Zentrale ein Alarm ausgelöst und die Sirene am Wagen heult los! Wirklich, ich versteh das nicht!"

„Können Sie uns sagen, wie viel Geld entwendet worden ist?"

„Dazu müsste ich wissen, welche und wie viele Geldkassetten fehlen. Je nach Standort und Stückelung könnten zweihundertfünfzig- bis dreihunderttausend Euro in einer Kassette stecken."

„Wo waren Sie eigentlich heute Morgen um sechs Uhr?"

Oskars Frage traf Klaus Pötter wie ein Schlag mit der flachen Hand ins Gesicht.

„Verdächtigen Sie mich etwa?" Der Mann reagierte wütend. „Wirklich, ich fass es nicht! – Ich lag in meinem Bett! Vor neun Uhr bin ich nicht im Büro!"

„Alleine?", hakte Oskar nach.

„Wie schräg sind Sie denn drauf?"

Oskar beließ es dabei. Er hatte vorerst genug.

„Kommen Sie morgen früh ins Polizeipräsidium!", sagte er und reichte dem Mann die Hand, dessen Finger sich schlaff und feucht anfühlten. „Wir nehmen dann Ihre Aussage schriftlich zu Protokoll."

„Was meinen Sie, was bei uns im Büro los ist!? Ständig rufen unsere Auftraggeber an und wollen von mir wissen, wo ihr Geld geblieben ist. Können Sie sich vorstellen, was das für mich bedeutet!?"

„Außerdem", fuhr Oskar unbeirrt fort, „könnten Sie uns helfen, den Leichnam zu identifizieren; das trauen Sie sich doch zu, oder?"

40

Charly stieg Langelohstraße (Nord) aus dem Bus und blieb an der Haltestelle stehen. Der Himmel war grau, jedoch regnete es nicht mehr. Seine feuchte Kleidung ließ ihn frösteln. Er war nach einer schlaflosen Nacht um fünf Uhr aufgestanden und hatte sich aus dem Schlafzimmer geschlichen, um sich mit Lenny auf ein Vorhaben einzulassen, das ihn auf direktem Wege in die Hölle katapultierte.

Eduard Wolf war tot! Ebenso hatte sein eigenes Leben an einem seidenen Faden gehangen. Hätte Lenny nicht sofort reagiert und Miroslav Majewski, der mit der Pistole rumfuchtelte, zu Boden gerissen, läge jetzt vielleicht auch er auf dem Asphalt und wäre tot.

Er müsse sich stellen, raunte ihm sein Gewissen zu; aber wem würde das jetzt nützen? Die Kriminalbeamten würden ihn so lange durch die Mangel drehen, bis er ihnen verriet, wo er die Beute versteckt hatte und womöglich den Freund verpfiff. – Aber Lenny verraten, das ging gar nicht!

Er durfte nicht einbrechen, beschwor er sich, er musste an Ron denken, das war das Wichtigste. Bloß nicht die Nerven verlieren! Jetzt hatte er das Geld zusammen! Gleich morgen früh würde er mit dem Organ-Makler Kontakt aufnehmen und Rons Operation in die Wege leiten. Danach, wenn die Nierentransplantation gut überstanden war, es Ron wieder gut ging und Lenny in Sicherheit war, könnte er sich immer noch stellen und den Rest seines Anteils an der Beute zurückgeben.

Charly steckte sich eine Zigarette an und warf das Zündholz achtlos auf die Straße. Er inhalierte den Rauch, hustete, lief ein paar Schritte den Gehweg entlang, querte beim Gemüsehändler den Zebrastreifen und drückte den Zigarettenstummel im Vorbeigehen in einen Pflanzenkübel.

Er betrat den Bäckerladen das „Brötchen Haus" gegenüber dem „Hair & Beauty" Salon, in dem Christina arbeitet.

Es roch nach Brötchen und frischem Kaffee. Am hinteren Ende der Glasvitrine warteten drei Müllmänner in orangenen Arbeitsanzügen auf ihre belegten Brötchen. Dann war Charly an der Reihe. Er verlangte vier „Alt-Osdorfer". Die flinke Verkäuferin steckte die Brötchen in eine Tüte, faltete sie zu und reichte sie über den Tresen. Charly stocherte mit dem Zeigefinger im Portemonnaie. Schweißtropfen rollten seinen Rücken entlang. Er schüttete ein paar Münzen in die Hand und legte sie auf den Zahlteller.

„Können Sie mir helfen, ohne Brille kann ich die Zehner nicht von den Zwanzigern unterscheiden?!"

„Aber ja doch, ich zähl sie ab!"

„Zweizwanzig!" Die Verkäuferin lächelte mitleidig und Charly dachte, ‚sie hält mich für blöd!'

Panik und Übelkeit kroch in Charlys Speiseröhre hoch. Er griff nach Tüte und Restgeld und flüchtete aus dem Laden. An der Ecke am „Rugen-Eck" passierte es.

Charly legte die Tüte auf die Buchenhecke, schwankte zur Straße, lehnte sich über das Absperrgeländer und kotzte sich die Seele aus dem Leib.

41

Der junge Mann im Trainingsanzug war nicht zu übersehen. Er stand neben dem Polizei-Bus, war etwa dreißig Jahre alt. Er fror unter der Decke, die ihm ein Sanitäter über den feuchten Sportdress gelegt hatte, trat von einem Bein aufs andere und schaute Nora misslaunig entgegen.

„Der erste Lichtblick heute morgen!", knurrte er und klapperte mit den Zähnen. „Möchten Sie mit unter die Decke, ist wirklich mollig nass hier?!"

Nora ließ sich auf sein Gehabe nicht ein, schenkte sich ein „Hallo!" und zog stattdessen ihren Dienstausweis aus der Gesäßtasche hervor.

„Nora Engel, Kriminalkommissarin. Ich würde Ihnen gern ein paar Fragen stellen."

„Ich hab doch schon alles gesagt!", beklagte sich der Mann. Nora hörte darüber hinweg.

„Wohnen Sie hier in der Nähe?", fragte sie.

„Da drüben!", antwortete der Mann, streckte eine Hand unter der Decke hervor und zeigte auf die Stelle, an der er stehengeblieben war, nachdem ihn seine Neugier auf die Straße getrieben hatte. „Viel näher hab ich mich nicht ran getraut!"

Nora trat an das Absperrband, hob es hoch, winkte dem Mann zu und bat ihn ihr zu folgen:

„Am besten, wir gehen da mal rüber!"

„Wissen Sie, ich halt mich durch Joggen fit", redete der Zeuge ungefragt weiter.

„Dreh jeden Morgen meine Runden, bevor ich zur Arbeit fahr. Heute allerdings nicht. Würden Sie auch nicht gemacht haben, bei dem Sauwetter. Ich wüsste da was Besseres!" Er grinste Nora anzüglich ins Gesicht. „Ich war dabei, mein Kapuzenshirt auszuziehen, und wollte unter die Dusche, als ich einen Knall hörte."

„Wann war das?"

„Der Schuss? Gegen sechs! Dachte, es wäre wieder mein Nachbar mit seiner Harley, hat öfter mal eine Fehlzündung, verstehen Sie?"

Ein Tropfen hing an seiner Nase, schillerte im Morgenlicht. Er merkte es, drehte sich auf dem Absatz um und nieste in seine Armbeuge.

„Jetzt hat's mich erwischt. Wär ich bloß im Haus geblieben!"

Nora reichte ihm ein Tempotuch, obwohl sie den Fatzke nicht ausstehen konnte. Er schnäuzte zweimal hinein, fasste es an den trockenen Ecken, faltete es zusammen und steckte es in die Hosentasche.

„Kurze Zeit nach dem Knall heulte eine Sirene los. Was ist da los?, dachte ich, zog den Reißverschluss wieder hoch und ging vor die Tür."

„Und dann, nun sagen Sie schon, was haben sie gesehen?"

„Es goss wie aus Eimern. War mir egal! Irgendwas stimmt da nicht, dachte ich und trabte los. Genau bis hier, wo wir jetzt stehen. Die Schiebetür des Transporters stand offen. Neben dem Wagen lag ein Mann auf dem Boden. Ich sah, wie er versuchte, auf die Beine zu kommen. Er hatte eine Waffe in der Hand und fuchtelte damit in der Gegend rum. Ich traute mich nicht näher ran, er war wie ich nass bis auf die Knochen. Hoffentlich ballert der nicht gleich los!, dachte ich. Dann sah ich, dass da hinten am Jägerzaun noch einer lag!"

„Haben Sie irgendetwas angefasst oder verändert?", fragte Nora den Mann.

„Bin ich verrückt? – Ich rannte sofort in meine Wohnung, griff mir mein Handy und rief die Polizei an."

„Und der oder die Täter? Haben Sie einen von den Tätern erkannt?"

„Nee, die waren längst über alle Berge!"

„Denken Sie nach! Der kleinste Hinweis könnte hilfreich sein!" Der Mann legte seine Stirn in Falten und zog die Decke enger um seine Schultern.

„Doch", sagte er, „da war tatsächlich noch was! Als ich zu dem Mann, der am Zaun in einer Pfütze lag, rüber sah, leuchteten zwei Bremslichter auf!"

„Zwei Bremslichter? Wo genau?", fragte Nora.

Der Mann zeigte zur Litfasssäule, die mitten auf dem Gehweg zwischen dem Supermarkt und der Osdorfer Landstrasse stand, und sagte:

„Genau dahinten, neben der Litfasssäule!"

„Konnten Sie den Wagen erkennen?", bohrte Nora nach.

„Nicht wirklich. Sie fuhren nach rechts Richtung Wedel." Der Typ im Trainingsanzug senkte den Blick zu Boden, als hätte er jetzt die Aufklärung vermasselt.

„War's das? Ich will jetzt rein, glaub, ich hab Fieber!"

„Hier, nehmen Sie meine Karte und kommen Sie morgen zu uns ins Büro. Falls Ihnen vorher noch etwas einfällt, rufen Sie mich einfach an!"

Eine Windbö pfiff durch die Baumkronen, ließ Blätter fliegen. Die vor Nässe schweren Äste und Zweige hatten sich wie ein übergroßer Regenschirm schützend über den Tatort gelegt.

Der junge Mann zog die Decke von seiner Schulter und drückte sie Nora in die Hand.

„Ich hab's nicht weit. Trinken wir noch einen Tee bei mir?"

‚Blödmann!', dachte Nora, drehte sich abrupt um, reichte die Decke an einen der Streifenpolizisten weiter und schaute sich nach Oskar um, der bereits am VW-Bus auf sie wartete und an einer Zigarette zog.

42

Der Polizeibus, auf dem unter dem Motto „Mit Blaulicht durchs Rotlichtviertel" um Nachwuchs geworben wurde, glänzte matt vor Feuchtigkeit.

Die Schiebetür des Vernehmungswagens stand offen. Oskar warf den halb aufgerauchten Glimmstängel auf den Asphalt und trat ihn aus.

„Kein Tatort!", betonte er ausdrücklich, denn es war ihm nicht entgangen, dass Nora die Augenbrauen zusammengezogen hatte, um ihn zu rügen.

„Gehen wir rein?"

Nora nickte zustimmend. Der Streifenpolizist, der Miroslav Majewski bewacht hatte, war froh, dass er sich endlich mal die Beine vertreten konnte, und kletterte aus dem Wagen.

„Falls Sie mich brauchen sollten", sagte der Polizist, „ich bin draußen!"

Oskar überließ Nora den Vortritt, kletterte hinterher und zog die Schiebetür mit dem typischen schabenden Rollgeräusch hinter sich zu.

Miroslav Majewski hielt einen Pappbecher mit gesüßtem Tee in den Händen. Das eben Geschehene ließ den Mittzwanziger älter aussehen, als er war. Sein windschiefes Lächeln war aus dem Gesicht verschwunden und der sonst akkurat gekämmte Scheitel steckte unter einem Kopfverband, der einem Turban ähnelte. Er verfluchte seinen Job und die Uniform, in der er steckte, hatte Schmerzen und stierte die Kriminalbeamten, die ihm gegenübersaßen, teilnahmslos an. Auch ihn hatten die Rettungssanitäter in eine Wärmefolie gehüllt.

Nora und Oskar zeigten ihre Dienstausweise. Majewski blickte durch sie hindurch.

„Sie sind Miroslav Majewski, der Geldbote und Beifahrer des Geldtransporters?"

Majewski quittierte Oskars Frage, indem er den Teebecher in den Händen drehte.

„Als die Kollegen von der Schutzpolizei eintrafen", begann Nora mit der Befragung, „haben Sie neben dem Transporter gehockt."

„Neben Ihnen lag eine Pistole", fuhr Oskar dazwischen, „war das Ihre Waffe?"

Majewskis schwarzbraune Augen hatten an Glanz verloren. Er zog die Augenbrauen zu einem Strich zusammen, sah hilflos von Oskar zu Nora und murmelte: „Eine Pistole?"

„Ja, Ihre Dienstwaffe!", betonte Oskar.

„Unsere Ballistiker werden im Labor untersuchen, ob der tödliche Schuss aus Ihrer Waffe abgefeuert wurde!", fügte Nora hinzu.

Genau in diesem Moment wurde die Schiebetür aufgerissen. Der Gerichtsmediziner steckte seinen Kopf in den Wagen und beendete das Verhör.

„Was soll das werden? Der Mann steht unter Schock! Das seht ihr doch. Er hat einen Schlag gegen den Kopf erhalten. Außerdem sind zwei Rippen gebrochen. Ich hab ihm Pillen gegen die Schmerzen und eine Beruhigungsspritze gegeben. Wieso der noch hier ist, weiß ich auch nicht. Der gehört ins Krankenhaus. Ihr könnt ihn morgen früh vernehmen, wenn der Stationsarzt es erlaubt!"

„Dann eben morgen früh", knurrte Lemmer, bevor er und Nora loszogen und in der unmittelbaren Nachbarschaft des Tatorts die Türen abklapperten.

43

Zwei Stunden nachdem sie sich an der Bootshalle getrennt hatten, passierte Lenny die dänische Grenze. Er verließ die A7 bei Padborg und fuhr weiter nach Kollund, wo die Landstraße in die Küstenstraße Richtung Rinkenæs überging.

Die Morgensonne stand flach über der See und tauchte das schmale Wolkenband in Goldgelb. Lenny vergeudete keinen Blick auf das Panorama, sondern konzentrierte sich auf den Straßenverkehr, der nach und nach zunahm.

Gegen zehn Uhr erreichte er Rinkenæs, brachte seinen Wagen am Ortseingang zum Stehen, stieg aus und ging um das Auto herum. Erst als er sich sicher war, dass ihn niemand beobachtete, öffnete er den Kofferraum, zog das Geld aus seinen Taschen und legte die Hunderttausend, die seine Finger retten sollten, in einen Gerätekasten, in dem er sonst Angelhaken und Köder verwahrte. Dann zog er das Magazin aus dem Schnellfeuergewehr und ließ Gewehr und Magazin in einem Angelsack verschwinden. Zur weiteren Tarnung legte er eine alte Bundeswehrwolldecke darüber. Danach sah er zu, dass er weiterkam.

Seine dänischen Gastgeber hatten auf ihrem Grundstück ein Holzhäuschen, das an Feriengäste vermietet wurde. Das Haus wurde über die Terrasse betreten, die, versteckt hinter Stockpflanzen und einer himmelblauen Holz-Palisade, von außen nicht einsehbar war, was Loretta gern nutzte, um sich während der wenigen Sonnenstunden oben ohne zu bräunen. Lenny stellte den Wagen auf dem Grundstück ab, schloss die Türen mit der Zentralverriegelung und betrat die Terrasse. Er linste durch die Gardine ins Wohnzimmer. Von Loretta war nichts zu sehen. Er schob die Terrassentür auf und schlich auf Socken ins Schlafzimmer. Auf den Nachttischen standen leere Gläser. Auf dem Boden lagen Wein- und Bierflaschen. Loretta schlief noch.

Lenny räusperte sich. Sie schlug die Augen auf und wunderte sich, dass er in voller Montur an ihrem Bett stand.

„Wieso bist du schon auf?"

Sie schlang ein Bein um die Bettdecke und drehte sich auf die andere Seite, sodass er ihren makellosen Rücken betrachten konnte.

„Ich hab einen grässlichen Geschmack im Mund", sagte sie, „könnte einen Kaffee gebrauchen!"

„War zum Angeln am Leuchtturm", log Lenny, verschwand in der Küche und goss Wasser in den Kessel. „Du hast dich nicht gerührt, hast geschlafen wie ein Murmeltier."

„Puh, mir brummt der Schädel!" Loretta fasste an ihre Stirn. „Ich hab 'nen richtigen Kater!"

Sie suchte in Lennys Augen nach einer Erklärung.

„Nun sag schon, hab ich mich daneben benommen?"

Er lächelte und entspannte sich: Sie war ahnungslos, dachte er, hatte an den gestrigen Abend keinerlei Erinnerungen und glaubte, ein Glas Wein zu viel getrunken zu haben.

Lenny war hundemüde und wäre am liebsten zu ihr ins Bett gekrochen. Da pfiff der Wasserkessel. Er trollte sich und brühte Kaffee auf.

Jetzt musste er klug sein und überlegt handeln. Doch zuerst musste die Beute verschwinden.

44

„Du nimmst dir die Häuser auf der linken Straßenseite vor und ich auf der rechten!"
„Die Ochsentour", erwiderte Nora.

Sie marschierten los. Während Nora von einem Reihenhaus zum anderen ging, stieg Oskar etliche Treppenstufen hoch und klingelte an den Wohnungstüren.

Sie zeigten ihre Dienstausweise, notierten sich Personalien und stellten Fragen zur Person, wollten wissen, wo sich der oder die Befragte zwischen sechs und sieben Uhr aufgehalten hatte, was sie oder er gerade gemacht, gehört oder etwas gesehen hätten oder ob sonst irgendetwas aufgefallen war, was für die polizeilichen Ermittlungen von Nutzen sein könnte.

Die Befragung der Anrainer verlief ergebnislos, da die meisten um sechs Uhr morgens noch fest geschlafen hatten. Außerdem, stellte Oskar fest, war der Ort, an dem sich der Raubüberfall ereignet hatte, so geschickt gewählt worden, dass man ihn aus den Fenstern der anliegenden Häuser und Wohnungen nicht im Blickfeld hatte.

Letztendlich hätten sie sich die Befragung sparen können.

„Du weißt es nie vorher!", seufzte Oskar, zündete sich eine Marlboro an, steckte Schachtel und Feuerzeug zurück in die Jackentasche und warf einen Blick auf seine Armbanduhr:

„Zwei Uhr durch! Am besten wird sein, wir fahren gleich zum Sicherheitsunternehmen!"

„Bin gespannt, was sich da abspielt", antwortete Nora.

45

Später am Nachmittag war Nora zu Oskar ins Auto gestiegen. Zehn Minuten später parkten sie auf dem Parkplatz von WDT – Wachdienste & Werttransporte – in der Sülldorfer Landstraße. Der dreigeschossige Flachbau aus den Siebzigern machte nicht viel her. Was allerdings gleich auffiel, waren die vielen Kleinwagen des Unternehmens, die vor dem Bürohaus am Straßenrand parkten und auf ihre Wachmänner und deren Patrouillengänge warteten.

Oskar quetschte seinen BMW in eine freigewordene Lücke. Sie stiegen aus, liefen ein paar Schritte die Sülldorfer Landstraße entlang und stießen die Flügeltür zum Foyer des Bürogebäudes auf.

Durch eine Glasfront fiel Tageslicht in den Vorraum, ließ ihn freundlich erscheinen. Der Empfangstresen aus Nussbaum und mattiertem Edelstahl sah teuer aus. Aber es fehlte an Geschäftigkeit, das Entree war leer.

Die etwa dreißigjährige Frau, die hinter dem Empfang stand, hatte ein rundes, hübsches Gesicht mit slawischen Zügen. Sie trug einen marineblauen Hosenanzug, dazu eine weiße, bis an den Hals zugeknöpfte Bluse, und wischte sich mit einem Papiertaschentuch Tränen aus den Augenwinkeln.

Als Nora und Oskar bei ihr am Tresen standen, hob sie eine Hand vor den Mund, zeigte ihre rot lackierten Fingernägel, räusperte sich und hauchte:

„Was kann ich für Sie tun?"

„Hauptkommissar Oskar Lemmer, und das ist meine Kollegin, Kriminalkommissarin Nora Engel. Wir würden gern mit Herrn Pötter sprechen."

„Kriminalpolizei?" Die junge Frau schluchzte. „Bitte warten Sie einen Moment, ich melde Sie an."

Sie griff zum Telefonhörer, flüsterte Oskars Anliegen hinein, lauschte einen kleinen Moment, legte wieder auf und sagte:

„Herr Pötter kommt gleich, Sie können solange da drüben Platz nehmen."

Nora und Oskar wechselten in die Besucherecke und ließen sich in die schwarzen Ledersessel fallen.

Kurze Zeit später stand Klaus Pötter, der Hamburger Einsatz- und Niederlassungsleiter von WDT, vor ihnen. Sein Gesicht war fahl, seine Miene düster. Unter den Augen hatten sich dicke Tränensäcke gebildet. Die Hornbrille war bis an die Nasenspitze gerutscht, wodurch er wie ein Schulmeister aussah.

„Mein Telefon klingelt den ganzen Tag!", beklagte er sich zur Begrüßung. „Unsere Kunden wollen von mir wissen, was aus ihrem Geld geworden ist."

Dann besann er sich und schlug vor:

„Kommen Sie, ich zeige ihnen unsere Überwachungszentrale, bevor wir in mein Büro gehen!"

Im Überwachungsraum herrschte Stille, nur die Ventilatoren an den Computern sirrten und ab und zu war das Klicken der Tasten auf den Boards hören. Zwei Wachmänner starrten auf ein Dutzend Monitore, die im Minutentakt jede Bewegung der Geldtransporter und über ein Satellitensystem die genauen Standorte der Wagen übermittelten.

„Wie viele Fahrzeuge sind aktuell unterwegs?", fragte Oskar den Einsatzleiter.

„Zwanzig?" Pötter wusste es nicht genau. Fragend sah er seine Mitarbeiter an, die ihre Blicke aber stur an die Bildschirme geheftet ließen.

Nora und Oskar sahen sich um, ließen sich den Einsatzplan erklären und vergewisserten sich, dass die beiden Männer bereits heute Morgen an den Monitoren gesessen hatten. Sie wollten von ihnen wissen, warum der Geldtransporter von der vorgegebenen Route abgewichen war. Die Antwort der beiden Wachmänner bestand aus einem Achselzucken.

„Sie sehen doch, was hier läuft!", stöhnte der ältere der beiden.

„Ich sehe gar nichts!", knurrte Oskar.

„Das System rotiert!", antwortete der Wachmann. „Auf jeweils zwei Monitoren werden die Daten eines Wagens übertragen!"

„Genau, und das geht so", mischte sich der jüngere Mann ein, „der eine Bildschirm meldet uns, ob der Wagen gerade steht oder ob er fährt und der andere zeigt über GPS den Standort in einem Straßenplan an!"

„Und?", bohrte Oskar nach. „Ich versteh's nicht! Wo ist der Haken dabei?"

„Dass bei den zwanzig Wagen", fuhr der ältere Mann fort, „die momentan unterwegs sind, die Daten eines jeden im Wechsel von circa drei bis vier Minuten auf zwei von den Bildschirmen erscheinen!"

„Es sei denn", ergänzte der jüngere die Erläuterungen seines Kollegen, „wir fordern einen der Wagen gezielt durch Tastendruck an; das geht selbstverständlich auch!"

„Aha – ich verstehe!" sagte Oskar und sah Nora an, die mit dem Kopf nickte.

„Demnach gibt es Lücken, in denen die Wagen unbeobachtet sind!", sagte sie.

„Das ist vernachlässigbar!", mischte sich Klaus Pötter ein. „Eins versteh ich allerdings nicht, dass Sie zu zweit nicht bemerkt haben, dass der Geldtransporter von der Route abgewichen ist. Sie müssen mit einer Abmahnung rechnen, wenn nicht sogar mit Ihrer…!"

Pötter sprach seine Drohung nicht zu Ende und Oskar hatte vorerst genug gesehen und gehört.

„Hier ist meine Karte", sagte er und reichte sie Pötter. „Bitte kommen Sie mit ihren Wachmänner morgen Nachmittag zu uns ins Präsidium. Wir müssen ihre Aussagen zu Protokoll nehmen. Sie können mich jederzeit anrufen, falls Ihnen noch was Wichtiges einfällt! – Ach, das hätte ich fast vergessen Ihnen zu sagen: Verlassen Sie Hamburg in den nächsten Tagen nicht, auch nicht, um in Urlaub zu fahren!"

„Bevor wir gehen, sollten wir einen Blick in die Personalakten werfen!", schlug Nora vor.

Pötter explodierte: „Muss das sein? Ich habe keine Zeit mehr! Unsere Zentrale in Frankfurt erwartet einen Rückruf von mir! Verstehen Sie das!? Die kann ich nicht länger warten lassen. Was meinen Sie, was in der Chefetage los ist!? Ich werd noch wahnsinnig!"

„Wenn das ein Problem sein sollte, besorgen wir uns einen Durchsuchungsbeschluss und kommen morgen wieder!", warnte Nora lakonisch.

„Mann, Mann, Mann!", stöhnte Pötter und lief puterrot an.

„Wie viele Angestellte beschäftigen Sie eigentlich?", fragte Oskar in der Hoffnung, dass Pötter sich beruhigen würde.

Der holte tief Luft und antwortete: „Hier in Hamburg sind wir hundertundacht! Sechs arbeiten in den Büros, acht decken den Schichtdienst in der Überwachungszentrale ab und zweiundzwanzig Fahrer und Geldboten hocken auf den Werttransportern. Die anderen Fachkräfte, Frauen und Männer, sind im Wach- und Schließdienst beschäftigt."

„Wie gut kennen Sie Ihre Leute?", meldete Nora sich erneut zu Wort. „Ist einem von ihnen die Tat zuzutrauen?"

„Das geht jetzt aber zu weit!", protestierte Klaus Pötter, kriegte sich wieder ein, und gab klein bei:

„Also gut, gehen wir. Kommen Sie,… bitte!"

Die Personalabteilung mit den hellen Büromöbeln machte einen aufgeräumten Eindruck. In den Regalen reihten sich Leitz-Ordner. Und auf dem Schreibtisch befanden sich ein Computer und Schreibutensilien. Die Kommissare setzten sich an den runden Besprechungstisch, um den vier Stühle mit verchromten Beinen standen.

Die Personalleiterin von WTD war Mitte vierzig. Sie stellte das Telefon zurück in die Basisstation, nahm die Lesebrille ab, die an einem Goldkettchen um ihren Hals hing, und wurde knallrot im Gesicht.

„Wieso landen die Anrufe bei mir und nicht im Sekretariat?". Sie war sichtlich verärgert. „Das war der zehnte! Die sollen mich in Ruhe lassen! Als ob ich was über den Raubüberfall wüsste!"

„Die Presse?", vermutete Pötter und machte eine ausladende Bewegung. „Diese Herrschaften sind von der Kriminalpolizei. Sie wollen unsere Personalakten einsehen!"

„Jetzt!?", stöhnte die Personalleiterin.

„Tut uns leid, aber der kleinste Hinweis könnte für uns hilfreich sein", mischte sich Oskar ein.

Klaus Pötter nutzte die Gelegenheit, empfahl sich fürs erste und überließ seiner Angestellten alles Weitere. Die stöckelte an das Wandregal, zog mehrere Ordner heraus und legte sie auf den Besuchertisch.

Wahllos stöberten Nora und Oskar in den Personalunterlagen. Oskar erwog, die Personalakten mit ins Präsidium zu nehmen, verwarf den Gedanken jedoch wieder. Nora erkundigte sich nach dem Personalstand von heute und sie erfuhren, dass bis auf sieben Angestellte alle ihren Dienst taten. Fünf Krankmeldungen lagen vor und zwei, ein Fahrer und eine Sekretärin, waren diese Woche in Urlaub.

„Unser Liebespaar!", konnte sich die Personalleiterin nicht verkneifen. „Womöglich sind sie zusammen nach Dänemark gefahren."

Oskar suchte Noras Blick, die ihm am Tisch gegenüber saß. Sie hatten sich beide dieselbe Frage gestellt: War Eifersucht im Spiel?

Für heute ließen sie es gut sein, klappten die Ordner zu und verabschiedeten sich von der Personalleiterin.

Sie hatten das Bürogebäude bereits verlassen und waren auf dem Weg zum Auto, als Oskar brummte:

„Wir gehen noch mal rein und bitten Pötter, uns die beiden Urlauber ins Büro zu schicken, sobald sie wieder da sind! Am besten gleich am Montag."

„Ich gehe!", sagte Nora und marschierte los. „Aber bitte warten!"

Oskar verkniff sich ein Grinsen. Irgendwie gefiel sie ihm, das Küken!

Auf dem Heimweg hing jeder seinen Gedanken nach. Erst als Oskar neben Noras Auto stoppte, brachen sie ihr Schweigen.

„Fahren wir morgen ins Krankenhaus?", Nora brannte darauf.

„Sicher!", antwortete Oskar und dachte an sein erstes Bier im „Café Katelbach".

46

Sie trafen sich am nächsten Morgen um zehn Uhr am Haupteingang des zwanzig-geschossigen Glaskastens, erkundigten sich an der Information nach Majewskis Krankenzimmer, gingen zum Aufzug und fuhren in den zwölften Stock.

Miroslaw Majewski lag allein in einem Zweibettzimmer. Er war der wichtigste Zeuge in diesem Fall. Was hatte er gesehen? Hatte er den Wagen erkannt, in dem die Räuber geflohen waren? Wie kam es dazu, dass der Fahrer des Transporters aus seiner Waffe erschossen wurde, wie die Ballistiker inzwischen ermittelt hatten? War es, wie Majewski beteuerte, ein Unfall? Waren Schock und Verwirrung echt oder nur gespielt?

Majewski war neu bei WDT. Die Umschulung zur Fachkraft für Schutz und Sicherheit hatte zwei Jahre gedauert. Zwei Jahre, in denen er wenig Geld bezog. Was hatte ihn dazu bewogen? Wurde die Arbeit im Sicherheitsgewerbe besser bezahlt, als die bei Karstadt, wo er als Verkäufer in der Gourmetabteilung arbeitete? Hoffte er auf eine Karriere im Sicherheitsgewerbe? Hatte er Hobbys, die er sich von seinem Gehalt bei WTD nicht leisten konnte? Waren möglicherweise kostspielige Frauen im Spiel?

„Er ist seit acht Uhr wach!" Die Stationsschwester rang sich ein Lächeln ab. „Hat sein Frühstück bisher nicht angerührt!"

„Dürfen wir jetzt zu ihm? – Gut, dann schauen wir mal rein!"

Oskar drückte die Tür zum Krankenzimmer auf. Er hielt den Atem an, damit Nora nicht merkte, dass er gestern Abend wieder mal im „Café Katelbach" gesessen hatte, um sich in den Schlaf zu trinken, und ließ ihr den Vortritt.

Im Krankenzimmer war es warm und stickig. Es roch nach Kaffee, Reinigungsmittel und etwas nach Urin. Der Fernseher dudelte. Das Kopfteil des Bettes war aufgestellt. Majewskis Gesicht war kreideweiß wie der Verband, den er um den Kopf trug. Er griff nach der Fernbedienung, die neben ihm auf dem Bett lag, und schaltete das Fernsehgerät aus.

„Sie erinnern sich an uns?", fragte Oskar. „Wir sind von der Kriminalpolizei. Das ist meine Kollegin Nora Engel und ich heiße Lemmer, Oskar Lemmer."

„Hab mit Ihnen gerechnet", antwortete Majewski.

Nora begann mit der Befragung: „Wir haben ein paar Fragen zum Tathergang an Sie."

„Als die Polizei am Tatort eintraf saßen Sie neben dem Geldtransporter!", rekapitulierte Oskar.

„Die Waffe, aus der der tödliche Schuss auf ihren Kollegen Eduard Wolf abgefeuert wurde, lag neben Ihnen!", ergänzte Nora. „Das haben die kriminaltechnischen Untersuchungen ergeben!"

„Oh, mein Gott..., er ist tot!", stammelte Majewski und richtete sich im Bett auf. „Das ist nicht wahr!", kreischte er. „Ich habe ihn nicht umgebracht! Ich hab mit der ganzen Sache nichts zu tun!"

Oskar blieb hart: „Gut, wir fangen am besten von vorne an. Was haben Sie vorher gemacht? Ich meine, wo waren Sie angestellt, bevor Sie für WDT arbeiteten?"

Majewski legte sich zurück aufs Kopfkissen und antwortete: „Ich hab Einzelhandelskaufmann gelernt. War bei Karstadt in der Gourmetabteilung. Hatte es leid, jeden Tag Leberpastete und Garnelen zu verkaufen. Also bin ich zum Arbeitsamt und hab mich nach Umschulungsmaßnahmen erkundigt. Zwei Jahre hatte es gedauert, mich zur Fachkraft für Schutz und Sicherheit umschulen zu lassen. Ich habe während der Zeit mein Praktikum bei WDT gemacht!"

„Verstehe!", sagte Oskar.

„Reden Sie bitte weiter!", drängte Nora.

Majewski antwortete: „Bin seit zwei Jahren bei WDT, wurde fest angestellt. War als Wachmann und Pförtner eingesetzt. Das war meine erste Tour auf einem Geldtransporter. Ich bin für den Beifahrer eingesprungen, der auf dieser Tour für den regulären Fahrer am Steuer saß, der Urlaub hat."

Woraufhin Nora fragte: „Und, wie heißt der reguläre Fahrer?"

Majewski antwortete: „Leonard Pichler."

Noras Blicke verfingen sich mit dem von Majewski. Sie zog ein Notizbuch aus der Jackentasche hervor und schrieb den Namen des Stammfahrers hinein. Der Name kam ihr gestern bei WTD schon bekannt vor, sie hatte allerdings keine Idee, in welchem Zusammenhang. Sie nahm sich vor, die Akte noch einmal zu lesen.

Oskar ließ nicht locker: „Versuchen Sie sich den Hergang ins Gedächtnis zu rufen. Stellen Sie sich den Überfall vor Ihrem geistigen Auge vor, die Situation, in der Sie sich befanden."

Majewski sagte daraufhin: „Mir war das Ganze unheimlich, verstehen Sie? Das viele Geld im Nacken! Als Beifahrer ist man auch der Bote, also derjenige, der den Rollkoffer mit den Geldkassetten zur Bank schafft und sie dort in Gegenwart eines Bankangestellten auswechselt."

Nora hakte sofort nach: „Erzählen Sie uns bitte genau alles, was Ihnen einfällt, …von Anfang an!"

„Es war stockfinster", schilderte Majewski, „regnete Bindfäden. Eduard klagte über Bauchschmerzen. Er wollte anhalten. Auf der Flurstraße! Ich beugte mich nach rechts und sah in den Seitenspiegel. Direkt hinter uns befand sich ein HVV-Bus. Wir hielten den ganzen Verkehr auf! Eduard gab Gas und fuhr weiter. Plötzlich bog er rechts ab! Er sagte, dass er es nicht mehr aushält. Wenn er jetzt nicht aussteigt, würde er in den Wagen kotzen. Ich fragte ihn, ob er verrückt geworden sei. Am Ende der Straße, es war eine Sackgasse, hielt er an und sprang aus dem Wagen! Ich rief hinter ihm her, ob ich die Zentrale anrufen soll. „Du hast sie wohl nicht alle!", schnauzte er mich an."

„Und dann, wie ging es weiter?"

„Er hatte die Fahrertür offen gelassen. Im selben Augenblick kletterte ein Mann in den Wagen und rammte mir sein Gewehr in die Rippen. Mir blieb glatt die Luft weg. Er beugte sich über mich, stieß auf meiner Seite die Tür auf und schubste mich auf die Straße!"

„Können Sie ihn beschreiben?", fragte Nora.

„Er hatte eine Maske auf, ich kenn die aus dem Kino, Freddy Krueger, sah echt gruselig aus, ein völlig vernarbtes Gesicht!"

Nora: „Weiter, was passierte dann?"

Majewski: „Ein zweiter Kerl, der hatte auch eine Maske auf, weiß und leblos, nahm mich in Empfang und zielte mit der Pistole auf meinen Kopf. – Ich hatte fürchterliche Schmerzen!"

Majewski tastete seinen Brustkorb ab: „Hier, ein paar Rippen sind gebrochen!"

Oskar: „Und dann, was geschah dann?"

„Die Alarmsirene sprang an. Irre schrill, das sag ich Ihnen! Der mich in Schach hielt, dem fuhr der Schreck in alle Glieder. Er drehte sich irritiert um und sah nach seinem Kumpel, der im Transporter rumhantierte. Das nutzte ich aus, rappelte mich auf und zog meine Pistole."

Oskar: „Ich verstehe, und?"

Majewski: „Er behielt seine Waffe in der Hand, obwohl ich ihn dazu aufgefordert hatte, sie wegzuwerfen. Plötzlich donnerte mir irgendwas gegen den Kopf und mir wurde schwarz vor Augen. Ich kam erst wieder zur Besinnung, als es vor Polizei nur so wimmelte. – Und jetzt lassen Sie mich bitte zufrieden, mir ist schlecht! –

Hätte ich mich bloß nicht auf den Scheißjob eingelassen!"

Majewski war noch bleicher als vor der Befragung. Er starrte zur Decke. Mehr war aus ihm heute nicht herauszuholen. Oskar wusste nicht, was er von Majewskis Geschichte halten sollte.

Er reichte Majewski seine Visitenkarte.

„Rufen Sie mich an, wenn Ihnen noch was einfällt. – Ach, eins noch: Melden sich bei uns, sobald Sie aus dem Krankenhaus entlassen worden sind. Wir müssen Ihre Aussagen schriftlich protokollieren und brauchen dazu Ihre Unterschrift."

Sie verabschiedeten sich, eilten an einem Servierwagen mit leeren Tabletts und einem Wäschewagen vorbei und strebten dem Aufzug zu. Stimmen flüsterten, Schritte schlurften, im Stationsbüro klingelte ein Telefon. Frischluft war im Gebäude Mangelware.

Nora drückte auf das Tableau. Sie waren allein in der Kabine. Ein Luftzug war zu hören, während der Fahrkorb nach unten glitt und sie in der Eingangshalle freiließ.

„Viel ist nicht dabei rausgekommen, oder?", fasste Nora ihre Befragung zusammen.

„Wir wissen nicht einmal genau, wie hoch die Beute ist. Zwei bis drei Millionen!", antwortete Oskar.

„Hältst du ihn für glaubwürdig?", fragte Nora. – „Wenn es nun tatsächlich ein Unglücksfall war!?"

„Wir sollten den Bericht der Spurensicherung abwarten, bevor wir einen Haftbefehl beantragen!", schlug Oskar vor. „Bis jetzt haben wir keinerlei Beweise."

„Aber eine Beschreibung der Masken!", wand Nora ein. „Und die müssen sie irgendwo gekauft haben. Ich google das mal!"

47

Charly schaltete den Motor aus und stieg aus dem Wagen. Der Parkplatz am Fähranleger in Wittenbergen war bis auf einen alten Opel-Corsa leer.

Die Luft war mild und feucht. Nicht der leiseste Hauch war zu spüren. Elbabwärts versank die Sonne wie ein feuerroter Ball im spiegelglatten Strom und die Abenddämmerung setzte ein.

Ein Angler beugte sich am Ende der Schwimmpontons über das Geländer, döste ein wenig und beobachtete den Frachter, der vollbeladen mit Containern die Elbe aufwärts fuhr. Er glitt eng an einem Schaufelbagger vorbei, der Tonne um Tonne Schlick aus der Fahrrinne hob und über ein Eisenrohr in eine Schute rutschen ließ, die längsseits an ihm festgemacht hatte. Wenige Sekunden später brummte er am Fähranleger vorbei.

Charly hielt sich mit einer Hand am Geländer fest, als das Kielwasser des Frachters gegen die Pontons klatschte, sie zum Schwanken brachte und die Duckdalben in ihren stählernen Führungen klapperten. Seine andere Hand war in der Jacke verschwunden. Sie umklammerte die Pistole, die er nach dem Überfall im Kofferraum seines Wagens unter dem Reserverad versteckt hatte.

Charly hüstelte. Der Angler drehte sich zu ihm um.

„Heute Abend beißen sie nicht!", rief er Charly entgegen.

Charly blieb stehen. Er fühlte sich wie ertappt. Sein Gesicht wurde ausdruckslos und die Mundwinkel waren nach unten gezogen.

„Angeln ist nicht dein Ding, oder?", mühte sich der Angler um ein Gespräch.

„Eher nicht!", antwortet Charly und dachte: ‚Ich kann nicht mal einen Mann mit einer Pistole in Schach halten! Hätte ich das gekonnt, wäre sein Kollege noch am Leben!'

Der Angler wendete sich wieder seiner Angelrute zu, während Charly den Moment nutzte, die Pistole aus der Jackentasche zog und aus dem Handgelenk ins Wasser warf. Es platschte, als die Waffe auf der glatten Wasseroberfläche auftraf und immer größer werdende Wellenringe hinterließ, die sich am Ponton brachen.

Der Angler reckte den Hals und lauschte.

„Da ist einer gesprungen!", sagte er in Charlys Richtung.

„Hab nichts gehört", antwortete Charly und verabschiedete sich mit „Petri Heil!"

Er winkte dem Angler zu, zündete sich eine Zigarette an und ging zurück zu seinem Wagen.

48

Rosa, die gute Seele des Teams, stand im Türrahmen und sah wichtig aus.

„Du hast Besuch!"

Oskar sah von seinem Schreibtisch auf.

„Ein Miroslav Majewski will dich sprechen", flötete sie und gab die Tür frei, sodass Oskar sich das übliche „Ist gut, schick ihn rein!" sparen konnte.

Oskar erhob sich aus seinem Drehsessel und kam hinter dem Schreibtisch hervor. Er trat an das Fenster in der Trennwand, die sein Büro von Rosas Arbeitsplatz abschirmte, und öffnete die Jalousie, wodurch der mit Büromöbeln und Polizeiakten vollgestopfte Raum heller wurde.

„Sie können Ihren Mantel dorthin hängen!", sagte er und zeigte in Richtung Kleiderständer. „Nora soll bei der Vernehmung mit dabei sein!", wies er Rosa an.

Diese ging Nora holen und Majewski zupfte Fussel von seinem Jackett. Er sah ziemlich nervös aus.

„Ich bin immer noch krank geschrieben!", erklärte er, stieß einen Seufzer aus und fragte: „Was soll ich hier? Ich hab Ihnen doch schon alles gesagt!"

„Am besten wir gehen rüber", ignorierte Oskar die Frage, „da sind wir ungestört!"

Er klemmte sich einen Schnellhefter unter den Arm und lotste Majewski in den Verhörraum, von dem etwas

Deprimierendes ausging. Ein Tisch, Pressholz, schwarz furniert, und drei helle Holzstühle waren die einzigen Möbel im Raum. Sie hatten sich gerade gesetzt, als Nora den Raum betrat, die Tür hinter sich ins Schloss zog und ihr Smartphone auf den Tisch legte.

„Wir möchten das Gespräch aufzeichnen!", erklärte Oskar, während Nora ein Formular in Majewskis Richtung schob.

„Sie müssten die Einverständniserklärung unterschreiben!", fügte sie hinzu.

„Ich hab mit der Sache nichts zu tun!", versicherte Majewski, griff nach dem Kugelschreiber und unterschrieb.

Für einen Moment blieb es unerträglich still im Raum. Die beiden Kripobeamten musterten Majewski, versuchten ihn einzuschätzen.

‚Er kommt um vor Angst', dachte Oskar, während Nora ihr Smartphone einschaltete und die Vernehmung eröffnete. Sie sprach Miroslav Majewskis Namen, seine Adresse wie auch ihre Namen und Dienstgrade und den Anlass der Befragung ins Smartphone hinein.

„Bitte erzählen Sie uns, was sich am Morgen des Überfalls ereignet hat!", begann Nora.

„Von Anfang an!", fügte Oskar hinzu.

„Ich hab Ihnen doch schon alles erzählt!", wiederholte Majewski.

„Aber eines verstehen wir immer noch nicht", half Oskar ihm auf die Sprünge. „Was hatte Sie dazu veranlasst, von der vorgegebenen Route abzuweichen?"

Majewski holte weit aus. Berichtete, dass Eduard Wolf über starke Leibschmerzen klagte. Erzählte, wie er Wolf davon abhalten wollte, in den Flurkamp einzubiegen, und dass dieser sich aber nicht darum scherte. Erinnerte sich an den Schrecken, den er bekam, als der Räuber mit der Brandnarbenmaske den Geldtransporter enterte und ihn auf die Straße warf, wo ein zweiter ihn in Empfang nahm und mit einer Pistole bedrohte. Dass er die Gelegenheit nutzte, den Spieß umzudrehen, als derjenige, der ihn mit der Pistole in Schach hielt, ihn eine Sekunde lang aus den Augen ließ.

Die Beamten hörten ihm zu, ohne ihn zu unterbrechen. Kam Majewski ins Stocken, ermunterten sie ihn, in seinen Schilderungen fortzufahren. Majewski erzählte weiter, ließ kein Detail aus, bis er an den Punkt kam, an dem irgendetwas Hartes gegen seinen Kopf krachte und er die Besinnung verlor.

„Sie sagten, dass Sie auf dem Supermarkt-Parkplatz einen Wagen, womöglich das Tatfahrzeug, gesehen haben. Beschreiben Sie bitte den Wagen!", machte Oskar weiter.

„Das kann ich nicht!", antwortete Majewski.

„Um welchen Fahrzeugtyp handelte es sich?", mischte Nora sich ein. „War es eine Limousine, ein Kombi oder ein Van?"

„Was soll das?", Majewski brauste auf. „Ich habe nicht auf irgendwelche Fahrzeuge geachtet, hatte genug damit zu tun, mir den Kerl mit der Pistole vom Hals zu halten!"

„Sie erwähnten vorhin, dass ein Täter in Ihren Transporter geklettert war und Sie aus den Wagen stieß und ein anderer Sie mit seiner Waffe bedrohte, als Sie auf der Straße lagen. Gab es noch einen Dritten, den Fahrer des Fluchtfahrzeugs vielleicht?", beharrte Oskar darauf, dass Majewski das Tatfahrzeug gesehen haben musste.

„Ich habe den Wagen nicht gesehen!", stöhnte Majewski. „Außerdem hab ich Kopfschmerzen!"

„Nach Ihren Aussagen handelte es sich um zwei Männer!", lenkte Nora ein. „Bitte beschreiben Sie uns die Täter genauer!"

Viel Neues kam bei Majewskis Täterbeschreibung nicht heraus. Sie trugen dunkle Kleidung, schwarz oder blau, und hatten diese scheußlichen Masken auf. Der, der ihn mit der Pistole bedroht hatte, nachdem der andere ihn aus dem Wagen gestoßen hatte, hustete öfter mal. Der mit der Brandnarben-Maske war um einiges größer, erinnerte sich Majewski, war flink in seinen Bewegungen, schlug genau dahin, wo es am meisten wehtat, und machte einen durchtrainierten Eindruck auf ihn.

Majewski tastete seine gebrochen Rippen ab, die immer noch schmerzten.

Oskar erhob sich und fragte: „War er größer als ich?"

„Einen Kopf vielleicht", Majewski wirkte unsicher und wiegte den Körper hin und her.

„Wolf wurde mit Ihrer Waffe erschossen – eindeutig!" bellte Oskar. „Wie kommt das? – Erklären Sie das! – Was haben Sie mit dem Überfall zu?"

„Haben Sie mitgemacht?", schaltete Nora sich ein. „Auf der Waffe sind Ihre Fingerabdrücke!"

Majewski jammerte: „Mein Gott, ich war es nicht! Glauben Sie mir doch endlich, ich hab mit dem Überfall nichts zu tun!"

„Die Kugel, die Wolf tötete, wurde aus deiner Dienstwaffe abgefeuert!", fuhr Oskar aus der Haut. „Das reicht, um dich für zwanzig Jahre hinter Gitter zu bringen!"

Majewski war schockiert. Lange konnte er keinen klaren Gedanken fassen, um schließlich seine Litanei zu wiederholen:

„Ich habe damit nichts zu tun! Ich weiß davon nichts! Ich schwöre! Hören Sie endlich auf, mir was in die Schuhe zu schieben!"

„Sagen Sie es, haben Sie Eduard Wolf erschossen!?", legte Nora nach.

Majewski schrie: „Ich war es nicht!!"

„Das Opfer hat sicher um Hilfe gerufen!", blaffte Nora zurück.

Majewski schossen Tränen in die Augen: „Ich war es wirklich nicht, kann mich an keinen Schuss erinnern! – Ich kann nicht mehr, …bin völlig fertig!"

Sie schwiegen, ließen ihre Worte wirken. Nur Majewskis Atem war zu hören.

Nora zog den Schnellhefter zu sich rüber, der vor Oskar auf der Tischplatte lag, blätterte in den Seiten und konfrontierte Majewski mit dem Foto.

„Wo haben Sie die Maske gekauft?"

Majewski ließ den Kopf auf die Brust fallen: „Ich habe diese Scheißmaske nicht gekauft, verdammt noch mal!" Er schlug mit der Faust auf den Tisch, hob den Kopf und blickte Nora direkt in die Augen: „Das Schwein, das mir das Gewehr in die Rippen gerammt hatte, hatte sie auf!"

„Freddy Krueger!", erklärte Nora. „Hab ich im Internet gefunden! Jetzt muss ich nur noch herausfinden, wer sie wann und wo gekauft hat! – Ein Kinderspiel, oder…!?"

„Ich will einen Anwalt!", keuchte Majewski.

„Ist ja gut!", antwortete Oskar. „Aber Sie stecken in einer schwierigen Situation!"

„Ich will jemanden, der mir glaubt!", antwortete Majewski. „Ich hab noch nie einen Anwalt gebraucht! Ich kenne keinen und kann mir keinen leisten!"

„Egal, Sie bleiben auf alle Fälle die nächsten vierundzwanzig Stunden hier bei uns, in Untersuchungshaft!", legte Oskar fest. „Ich beantrage inzwischen einen Haftbefehl und Sie bekommen ihren Rechtsbeistand!"

49

Trug er allein die Schuld an Eduard Wolfs Tod, fragte er sich, während der Golf vom Parkplatz auf die Straße rumpelte. Es fiel ihm schwer damit zu leben. Sein Gewissen erwischte ihn nachts, wenn er schweißnass aus dem Schlaf hochschreckte, passte ihn ab, wenn er in der Küche saß und auf Ron wartete, stach zu, wenn er nachmittags im Hamburger Abendblatt las. Das Schuldgefühl fraß sich in sein Herz, das unter Schmerzen verkrampfte, saß überall. Seine Gedanken kreisten wieder und wieder um den einen Punkt! Was war geschehen, was hatte er getan?

Manchmal versuchte er die Schuld kleinzureden. Er hatte es für Ron getan! Und dass Eduard Wolf bei dem Raubüberfall getötet wurde, war Majewskis Schuld und nicht seine! Warum musste der den Helden mimen?!

Von einem zum anderen Moment war alles anders geworden. Er spürte keinen Hunger, konnte nicht schlafen. Ihm war klar, dass sein altes Leben zu Ende war, und glaubte, dass ihm die Mitschuld anzusehen war, als stünde auf seiner Stirn: Schuldig!

Dreiundsechzig Jahre lang führte er ein unbescholtenes Leben, jetzt war aus ihm ein Verbrecher geworden! Die Familie, die Freunde, die Nachbarn, alle würden ihn verachten. Kein Gerichtsurteil würde den Toten wieder zum Leben erwecken! Er sollte sich stellen, dachte er wieder, wie so oft nach dem Raubüberfall. Und gleich danach: Jetzt bloß nicht die Nerven verlieren, erst musste die Nierentransplantation für Ron sichergestellt sein!

Es nieselte, als Charly in den Jochim-Sahling-Weg einbog und in die Tiefgarage fuhr. Die Leuchtstofflampen flackerten auf, auf dem Garagenboden waren Fahrspuren von regennassen Autoreifen zu sehen. Die Einparkhilfe piepte, während Charly den Wagen rückwärts auf seinen Parkplatz neben dem Rolltor bugsierte.

Er öffnete die Wagentür einen Spalt und spürte den kalten Luftzug im Gesicht. Es roch nach Auspuffgasen. Das Rolltor schloss sich. Er strich sich mit den Händen die Haare zurück und unterdrückte einen Hustenanfall. Da war neben Eduard Wolfs Tod noch ein anderes, wenn auch kleineres Problem: Wie brachte er Christina bei, dass er das Geld für Rons Nierentransplantation auf einmal besaß? Er musste mit Lenny sprechen und stellte sich neben das Garagentor. So hatte er einen besseren Empfang. Er suchte Lennys Handy-Nummer raus, der noch mit Loretta in Dänemark war, und wählte.

Charly wollte bereits aufgeben, als Lennys Stimme in seinem Ohr schnarrte: „Was gibt's denn, du Störenfried, Loretta und ich…?!"

Charly glaubte es nicht, in dieser prekären Situation! Christina und er hatten es seit Zeiten nicht mehr getan.

„Was erzähl ich ihr?", raunte er ins Mobiltelefon. „Wo hab ich die hundertfünfzigtausend Euro für Rons Operation her?"

50

Mit schweren Schritten zog Charly sich am Treppengeländer die Stufen hoch, holte noch mal tief Luft und straffte den Rücken, bevor er den Wohnungsschlüssel ins Schloss steckte. Warme Luft schlug ihm entgegen. Charly mochte diesen Geruch, eine Mischung aus Heimeligkeit und Christinas Parfums.

Christina hatte sich auf dem Sofa ausgestreckt, der Fernseher lief.

„Wo steckt Ron?", rief Charly über den Flur, schälte sich aus seiner Jacke und verschwand im Bad, um sich die Hände zu waschen.

„Wo wohl? Bei Nici!", antwortete Christine.

Es tat Ron gut, Nicole zur Freundin zu haben, dachte Charly. Sie hielt zu ihm. Er trocknete sich die Hände ab, starrte einen Moment in den Spiegel und verabscheute den Kerl, der ihm entgegensah.

„Wir müssen reden!", sagte er, während er zum Sofa ging. Christina hatte sich aufgesetzt, ihre Lippen berührten sich flüchtig.

„Ein glücklicher Zufall!", log er, da ihm nichts Glaubwürdigeres eingefallen war als Lennys abstruser Vorschlag.

„Ich hab das Geld!"

Christina verzog die Mundwinkel und runzelte die Stirn. Sie stellte den Fernseher aus. Ihr Blick war voller Erwartung.

„Lenny hat beim Roulette abgeräumt! – Hatte 'ne Serie!" Ihm war, als würden die Worte nicht aus seinem Mund kommen wollen. „Stell dir das mal vor: Er leiht uns das Geld für Rons Niere!"

Christina war sprachlos und skeptisch:

„Woher kommt das Geld, Charly?"

„Sag ich doch! Von Lenny! – Das ist unsere Chance!", sprudelte es aus ihm heraus. „Wir haben keine Zeit mehr! Ich rufe sofort den Organ-Makler an. Endlich kann ich verbindlich mit ihm über Rons Operation sprechen!"

„Sag es mir, Charly, wo hast du das Geld her?! Und wovon willst du es zurückzahlen?!", drängte Christine.

„Das hat Zeit!", wich Charly aus und winkte hastig ab.

„Ich weiß nicht!", zweifelte Christina. „Und wenn du einem Betrüger auf den Leim gehst! Welche Sicherheiten bietet er dir?"

„Er hat einen Ruf zu verlieren!"

„Das ist nichts wert. Du kennst ihn doch gar nicht!"

Sie schwiegen. Charly hatte eine Ahnung davon, was sich in ihrem Kopf abspielte. Sie wünschte sich nichts sehnlicher als einen gesunden Jungen.

Als sie ihn fragte, wie hoch Lennys Gewinn ausgefallen sei, blieb er ihr die Antwort schuldig.

„Niemand, auch nicht Nora, darf von unserem Vorhaben erfahren. – Die OP wird möglicherweise in Pristina sein, und es könnte jederzeit losgehen! – Wir müssen also Gewehr bei Fuß stehen!"

Christina schüttelte ratlos den Kopf. Das kam alles zu plötzlich!

„Ich ruf jetzt in Amerika an!", entschied Charly knapp.

„Ich hoffe, du weißt, was du tust!", resignierte Christina.

51

Klaus Pötter rief Lenny in Dänemark an. Haarklein schilderte er ihm den Überfall auf „seinen Wagen" und sagte, dass es ausreichen würde, wenn sie sich nach ihrem Urlaub bei der Kriminalpolizei meldeten. Lenny hatte mit einem Anruf gerechnet und war darauf vorbereitet, Loretta Kruse dagegen reagierte entsetzt! Pötter bat Lenny, am Montag erst in die Firma zu kommen und die Frühschicht zu fahren, danach gäbe er ihnen frei und sie könnten ins Präsidium gehen.

„Ich kann es nicht ändern", entfuhr es Pötter, „wir leben doch davon, dass wir Geld in der Gegend herumkutschieren. Das müssen die von der Polizei verstehen!"

Jetzt standen sie sich in Oskars Büro gegenüber und Nora staunte nicht schlecht, als sie in Lenny einen guten Freund ihres Vaters wiedererkannte. Hinter Noras Stirn drehten sich die Räder. Sie hatte keinen blassen Schimmer davon gehabt, womit Lenny sein Geld verdiente. Das war es, was sie bei der Durchsicht der Personalordner ins Grübeln gebracht hatte, der Name: Leonard alias Lenny Pichler!

Während Rosa die Personalien der beiden in ihren Computer hackte, raunte Oskar Nora ins Ohr: „Du gehst mit dem Vamp in den Verhörraum und ich befrage den Drahtigen in meinem Büro!"

Nora kam ohne Umschweife zur Sache. Sie bedankte sich bei Loretta dafür, dass sie der Einladung gefolgt war, und begann mit der Befragung. Schulbuchmäßig erkundigte sie sich nach persönlichen Verhältnissen wie Arbeit und Gehalt, ob sie mit Lenny zusammenwohnte und in welchem Verhältnis sie zu ihm stünde. Auch den Grund der Befragung erklärte sie und schilderte den Tathergang. Sie ließ nicht aus, dass der Fahrer, der für Leonard Pichler eingesprungen war, bei dem Überfall erschossen worden war. Loretta wusste das bereits und war immer noch schockiert, schließlich kannte sie den charmanten Eduard Wolf schon lange.

Nora nutzte diesen Moment und fragte Loretta, wo sie sich am Morgen des Überfalls zwischen fünf und acht Uhr aufgehalten hatte.

„Ich lag im Bett!", antwortete Loretta.

„Allein?", hakte Nora nach.

„Ich war mit meinem Freund in Dänemark, das wissen Sie doch!"

„Verstehe, und vorher, was haben Sie am Abend vor dem Überfall gemacht?"

„Ich weiß nicht, was Sie das angeht!", empörte sich Loretta und lief rot an. „Wir hatten Sex und haben etwas getrunken."

„Bis zum frühen Morgen? Sagen Sie, was haben Sie am Montagmorgen zwischen fünf und acht Uhr gemacht?"

„Das sagte ich eben bereits! Ich hab geschlafen!"

„Versuchen Sie sich den Morgen ins Gedächtnis zu rufen!" Nora ließ nicht locker. „Lag Ihr Freund neben Ihnen, als Sie aufwachten?"

„Er saß am Küchentisch!"

„Wie spät war es da?"

„Weiß nicht genau, bin aufs Klo und musste mich übergeben!"

„Haben Sie ihn irgendwann wegfahren hören?"

„Nein, wieso das denn? Wir waren die ganze Zeit zusammen, sonst wären wir nicht in den Urlaub gefahren!"

„Ich möchte Ihnen ein Foto zeigen", Nora kam zum Schluss ihrer Befragung, „hat Ihr Freund so eine Maske?"

„Nie gesehen!", antwortet Loretta.

Während Nora Loretta befragte, fühlte Oskar Lenny auf den Zahn. Da sich ihre Aussagen deckten und sie ein Alibi hatten, auch wenn es ein gegenseitiges war, sie von der Herbstsonne verbrannt waren und erholt wirkten, gab es für die Ermittler vorerst keinen Grund, sie weiter zu befragen, geschweige denn festzuhalten.

„Glaubst du ihr?", fragte Oskar, nachdem sie das Paar zum Aufzug gebracht hatten.

„Sie kann sich eigentlich an nichts erinnern, weil sie abgefüllt war!", antwortete Nora.

„Ein smarter Bursche, der Typ! Ließ sich nicht ins Bockshorn jagen! Ging direkt nach der Bundeswehr zur

Fremdenlegion! Fallschirmjäger- und Einzelkämpferausbildung! War in Afrika unterwegs!"

„Und Majewski?", fragte Nora. „Was ist nun mit dem?"

„Schwere Frage!"

52

„Kennt Ihr den?", fragte Nora die „Zwillinge" und heftete das Foto von Freddy Krueger an die Pinnwand.

„Nur wenn du nach Feierabend ein Bier mit mir trinken gehst!" Paddy konnte es nicht lassen. Er stieg jedem Rock hinterher. „Macho!", Nora verdrehte die Augen. „Und was ist mit dir?"

Claus klapperte mit der Tastatur. „Ich schreib kurz den Satz zu Ende!"

„Eins nur…!", bettelte Paddy und fing sich ein „Lass stecken!" ein.

„Fertig!", unterbrach Claus Paddys Anmache, speicherte den Text, erhob sich vom Stuhl und trat an die Pinnwand.

„Den kenn ich wirklich!"

Noras Miene hellte sich auf, während Paddy seine Hoffnung auf ein Bier mit ihr endgültig schwinden sah.

„Als Star Trek-Fan fahr ich ab und zu in die Grindelallee. Ecke Grindelhof, genau gegenüber von „Blume 2000", gibt es einen Laden, „Andere Welten", da stöber ich gern mal in den Regalen."

„Ist ja gut, das wissen wir jetzt!", ätzte Paddy und gab seinen Senf dazu.

„Und weiter?", bohrte Nora.

„In der Halloweenecke fiel mir eine Pappschachtel mit genau dieser Fratze auf! Ehe ich mich versah, hatte die Verkäuferin die Maske aus der Schachtel gezogen und zu mir gesagt: „Hier fühlen Sie mal, aus Latex, superweich!". – Ich bedankte mich und steckte ihr, dass ich mich eigentlich nur für Star Trek-Romane interessierte."

„Grindelallee, sagtest du?"

Nora hatte das Jagdfieber gepackt!

Zwanzig Minuten später betrat sie den Science Fiction-Laden. Hier gab es Bücher, Masken, Figuren, Roboter, sogar ein zwei Meter großer Godzilla konnte für etwa tausendfünfhundert Euro als Bausatz erworben werden. Um diese Zeit war der Laden gut besucht. ‚AlienWunderland', dachte Nora. Sie konnte allerdings mit der respektablen Auswahl an Figuren, Brettspielen und Kostümen wenig anfangen. Sie schlenderte auf den Verkaufstresen zu. Der Mann, der hinterm Tresen stand, war Mitte sechzig, hatte ein schmales Gesicht mit einem weißen Dreitagebart, kurzes Haar mit Geheimratsecken, trug ein blaukariertes Hemd zur dunklen Hose und hielt eine Star Wars-DVD in der Hand. Er sah freundlich aus, lächelte Nora an, und war, wie sich herausstellte, der Chef des Ladens. Nora legte den Computerausdruck auf den Tresen und zog ihren Dienstausweis aus der Gesäßtasche hervor.

„Können Sie mit dem Foto was anfangen?"

„Freddy Krueger!? Aus hochwertigem Latex! Freddy verkaufe ich einmal im Monat, manchmal sind's auch zwei."

Nora hob die Augenbrauen: „Und wann zuletzt?"

„Ich bin nicht immer im Laden."

„Und ihre Verkäuferin?"

„Versuchen Sie es, vielleicht kann sie Ihnen was sagen!"

Der Mann lugte über seine Lesebrille und winkte seine Angestellte heran.

„Ich bin von der Hamburger Kriminalpolizei", stellte Nora sich der Frau vor. „Wir ermitteln in einer Strafsache. Vielleicht können Sie uns weiterhelfen." Nora drückte der Verkäuferin den Ausdruck mit dem Foto von Freddy Krueger in die Hand.

„Bitte versuchen Sie sich daran zu erinnern, wann Sie diese Maske zuletzt verkauft haben."

Die Verkäuferin blickte zu ihrem Chef, der lächelte: „Nur zu!"

„Also gut, vor ungefähr vier Wochen war ein Mann hier, der nach Halloween-Masken suchte!"

„Wie sah der Mann aus? War er groß oder eher klein? Was hatte er an? Wie alt war er, trug er einen Mantel oder hatte er eine Mütze auf dem Kopf? Können Sie sich an seine Haarfarbe erinnern? Hatte er einen Bart?"

Nora überschüttete die Frau mit Fragen.

„Erzählen Sie! Lassen Sie nichts weg, auch wenn Sie denken, es sei nicht so wichtig."

„Irgendwie sah er müde aus und hustete nach jedem zweiten Satz. Hatte sich einen grauen Schal um den Hals gewickelt."

„Und weiter?"

„Hier kommen täglich zig Kunden rein. Wie soll ich mir da jedes Gesicht merken?"

„Denken Sie bitte nach! Was fällt Ihnen noch zu dem Mann ein!"

– „Ach ja, er hat noch eine zweite Maske gekauft. Ich zeig sie Ihnen."

„Das ist Michael Myers!", mischte sich der Chef ein. „Ist genau so populär wie Freddy Krueger."

Nora holte ein Smartphone aus ihrer Tasche, fotografierte die Maske und notierte sich den Namen der Figur.

Dabei beließ es vorläufig, verabschiedete sich und fuhr zurück ins Polizeipräsidium.

53

Mittlerweile war der Überfall auf den Geldtransporter aus den Schlagzeilen der Tagespresse verschwunden. Charly war ruhiger geworden. Er hatte einige Male mit dem Organmakler aus Los Angeles telefoniert. Die Zeit drängte. Besessen davon, Rons Leben zu retten, trieb er die Verhandlungen voran. Es könnte schnell gehen, versprach der Makler. Charly brauchte das benötigte Geld, jetzt! Er wollte auf alles vorbereitet sein.

Immer stärker zog es ihn in die Bootshalle nach Wedel. Er fuhr allein, da Lenny, wie all die anderen Mitarbeiter von WTD, von der Polizei verhört worden war und sie befürchteten, dass er observiert wurde.

Die Deckenbeleuchtung in der Lagerhalle war ausgeschaltet. Es roch nach Bootslack und Polyesterharz. Leise plärrte ein Radio. Charly spürte das Gerät auf, stellte es ab und horchte in die Halle hinein. Nichts! Weder Stimmen noch Schleifen noch Bohren! Unter der Woche war er nachmittags meistens allein in der Halle.

Er kletterte die Stellleiter zum Schiff hoch. An seiner rechten Hand zog er eine Aktentasche, in der ein Maurerfäustel und ein flacher scharfer Meißel steckten. Er hob die Tasche in die Plicht und kletterte hinterher, zog das Lederband mit dem Messingschlüssel über den

Kopf, entriegelte das Schott und stieg den Niedergang runter. Im Salon war es duster. Charly ertastete die Kabeltrommel und steckte den Stecker der Handlampe in eine Steckdose. Er blinzelte, seine Augen mussten sich an das Licht gewöhnen. Dann stieg er noch mal die Stellleiter hinab, eilte zum Auto und holte einen Rucksack und zwei Bundeswehrseesäcke aus dem Kofferraum hervor.

Zum ersten Mal nach dem Überfall sichtete er die Beute. Er zog die Geldkassetten unter den Sitzen hervor und stapelte sie auf dem Tisch. Insgesamt waren es acht Stück. Eine Kassette war aufgebrochen, die anderen waren verschlossen. Charly hoffte darauf, dass beim Öffnen keine Alarme losgingen, Rauchbomben explodierten oder das Geld rot eingefärbt und somit unbrauchbar werden würde. Er setzte den Meißel an, holte mit dem Fäustel aus und schlug zu! Der Schiffsrumpf bebte und im gleichen Moment sprang der Deckel auf! Kein Rauch, keine Farbe, kein lauter Knall! Das erbeutete Geld lag vor ihm. Er zog es heraus und packte es auf den Salontisch. Ohne zu zögern machte er sich über die nächste Kassette her, holte aus und schlug zu. Auch sie war prall gefüllt mit Euronoten! Die Geldstapel wuchsen. Er traute seinen Augen nicht: Soviel Geld auf einmal hatte er noch nie gesehen! Er nahm sich die Zeit und zählte nach.

Es war mehr, als er erwartet hatte. Auf dem Tisch lagen zweieinhalb Millionen! Mit den Hunderttausend, die Lenny bereits an sich genommen hatte, waren es 2,6 Millionen! 1,3 Millionen Euro für jeden von ihnen!

Schweißperlen standen auf seiner Stirn, als er zweihunderttausend Euro von seinem Anteil in den Rucksack stopfte. Die sollten für die Operation und die Flugkosten reichen, dachte er. Dann griff er nach einem der Seesäcke und steckte die ihm verbleibenden 1,1 Millionen hinein. Danach war Lennys Seesack dran und er stopfte das auf dem Tisch verbliebene Geld hinein. Da Lenny seinen Anteil an der Beute erst haben wollte, nachdem er die Flucht vorbereitet hatte, verstaute Charly die Säcke in der Bugkammer, im Schapp unter der Matratze. Er sah sich um. Die demolierten Geldkassetten waren unter den Sitzbänken verschwunden, Hammer und Meißel lagen wieder in seiner Aktentasche. Er lud sich den Rucksack auf die Schultern, zog den Stecker aus der Kabeltrommel, stieg den Niedergang hoch und horchte in die Halle hinein. Noch immer war kein Laut war zu hören! Er hoffte, dass seine Aktion niemandem aufgefallen war, schloss das Schott, hängte sich das Band mit dem Schlüssel um den Hals, kletterte vom Schiff und schlüpfte durch die Eisentür neben dem Segmenttor ins Freie.

Vom Kraftwerkgelände wehte das dumpfe Schlagen einer Dampframme herüber. Er kramte eine Zigarettenschachtel aus der Windjacke hervor, nestelte eine Stuyvesant heraus und zündete sie an. Gierig saugte er den Rauch in seine Lungen, um prompt von einem Hustenanfall geschüttelt zu werden. Er warf den Kippen in den Kies, zermalmte ihn mit der Schuhsohle und trottete zu seinem Wagen.

Kaum in der Wohnung angekommen, schüttete Christina ihren angestauten Groll über ihn aus.

„Wo bist du nur gewesen?!", schrie sie ihn an. „Wie kannst du ihn nur so lange alleine lassen!? Was, wenn ihm was passiert wäre!?"

Sie brach in Tränen aus.

„Ich habe das Geld!", sagte Charly.

54

Die Turmglocke der Auferstehungskirche schlug achtmal. Um diese Zeit war es kein Problem, vor der rot getünchten „Chianti-Bar", die unscheinbar an einem verwohnten Mietshaus klebte, einen freien Parkplatz zu finden.

Nikotingetränkte Gardinen machten einen Blick in die Bar unmöglich. Wie jeden Tag bereiteten sich die Croupiers im Hinterzimmer auf die Spielsüchtigen und Gelegenheitszocker vor.

Im Souterrain, hinter einer Stahltür, befand sich ein Büro. Die Einrichtung entsprach ihrem Zweck und war schnörkellos. Sie bestand aus zwei Sesseln und einem Ledersofa. Es gab einen bestens gefüllten Barschrank, eine Messingstehlampe aus den Fünfzigern, einen Tresor, der noch älter als die Lampe war, und einen Schreibtisch im Kolonialstil.

Russen-Igors Gefolgsmann – der mit dem plattgehauenen Boxergesicht – kam hinter dem Tresen hervor und bugsierte Lenny die Kellertreppe zum Büro runter. Igors Schläger glotzte in die Kamera, die oberhalb der Tür an die Wand geschraubt worden war, ballte die Hand zur Faust und schlug gegen die Stahltür, dass es nur so schepperte.

Es dauerte, ehe der Türöffner schnarrte. Das Boxergesicht schob Lenny in den Raum. Eine Mischung aus Zigarrenqualm und Sünde schlug ihnen entgegen. Auf dem Ledersofa rekelte sich ein blondes Luder, das halb so alt wie Russen-Igor war. Blondie zog den Minirock über die rasierte Scham, was wenig Sinn machte, da der Rock sofort wieder Richtung Taille rutschte. Sie schlug die Beine übereinander, langte nach dem Sektglas, das auf der Schreibtischunterlage einen feuchten Ring hinterließ, grinste Lenny frech ins Gesicht und prostete ihm zu.

„Setz dich!" knurrte Igor und an Boxergesicht gerichtet: „Hast du die Rosenschere dabei?"

Igor wieherte vor Lachen. Er war fünfzig, seine Geschäfte liefen bestens und er sah einigermaßen zufrieden aus. Er hatte das muskulöse Kreuz eines Preisringers. Sein pockennarbenübersätes, teigiges Antlitz wurde von einer Ry-Ban-Sonnenbrille dominiert, hinter der sich ein braunes und ein Glasauge verbargen. Er trug einen dunklen Anzug zum schwarzen Hemd und hatte sich einen weißen Wollschal um den Hals geschlungen.

Igor fuhr gewöhnlich einen silbergrauen Jaguar, lebte von seinem Spielclub und einigen blutjungen osteuropäischen Bräuten, die für ihn anschaffen gingen. Igor zu unterschätzen, wäre ein Fehler gewesen. Er sah friedlicher aus, als er in Wirklichkeit war. Wer sich ihm in den Weg stellte oder die Spielschulden säumig blieb, dem jagte er ohne Gnade seine Schläger auf den Hals.

„Los!", blaffte er barsch. „Setzt dich hin, ich schau nicht gern von unten nach oben!"

Lenny ließ sich in den Sessel fallen, der dicht am Schreibtisch stand. Er griff in seine Jackentasche, zog ein braunes Kuvert heraus, beugte sich über die Schreibtischplatte und presste zwischen den Zähnen hervor: „Hier, dein Geld!"

Igor hob die Augenbrauen, Blondie steckte Lippenstift und Schminkspiegel zurück in die Handtasche und Boxergesicht, der mit dem Rücken an der Kellertür lehnte, trat einen Schritt vor und reckte den Hals. – Damit hatten sie nicht gerechnet!

„Woher hast du die Kohle?", Igor staunte nicht schlecht.

„Genau hundert Riesen!", wich Lenny der Frage aus.

„Was wird aus seinen Fingern?", mischte Boxergesicht sich ungefragt ein.

„Du gehst am besten mal raus!", herrschte Igor seinen Hiwi an. „Und du", er zeigte auf Blondie, „gehst gleich mit und ziehst dich anständig an. Und nicht vergessen: Dein Umsatz hängt diese Woche!" – „Also, wo ist die Kohle her?"

„Geerbt!"

Lennys Augen blickten stahlhart und undurchdringlich. Ihm war klar, dass Igor nicht locker lassen würde, bis er wusste, wo die Hunderttausend herkamen. Also machte er auf cool, obwohl er Puls hatte.

„Spinn nicht rum, das Märchen kannst du deiner Großmutter erzählen!"

„Doch…, mein Onkel in Übersee ist gestorben!"

Lenny sah Russen-Igor an der Nasenspitze an, dass er ihm die Geschichte mit dem Erbonkel nicht abkaufte. Mehr noch, er glaubte auch zu sehen, dass Igor ein Geschäft witterte. Er musste cool bleiben!

„Spuck es aus oder soll ich Kneifer wieder reinholen!?" Igor zeigte Lenny die Schere, indem er demonstrativ mit Mittel- und Zeigefinger klapperte und so tat, als würde er sich den kleinen Finger abschneiden. „Du bist doch Fahrer in dem Geldtransport-Laden! Also hast du den Transporter geknackt?!"

Lenny stemmte sich aus dem Sessel: „Wir sind erstmal quitt!"

„Pass auf!", Igor beugte sich so weit vor, dass Lenny seinen Atem riechen konnte. „Wo willst du denn hin mit dem Geld? Auf dein Girokonto einzahlen? Da lach ich aber! Ich kenn da 'nen Banker, der geht gern mal mit einem meiner Mädchen aus. Den frag ich mal, was man da machen kann. Alles klar?"

Lenny zog ein entrüstetes Gesicht.

„Glaubst du, ich wär noch hier, wenn ich es gewesen wäre? Hab so schon Ärger genug, muss andauernd bei der Polizei antanzen und irgendwelche Protokolle unterschreiben! Für wie blöd hältst du mich?"

„Fifty-fifty!", grunzte Igor. „Meine Mühe muss belohnt werden!"

„Ich muss los!"

Ohne ein weiteres Wort drehte Lenny sich um und ging zur Tür.

„Ich hab ein Auge auf dich!", rief Igor ihm hinterher und zeigte mit zwei Fingern auf seine Sonnenbrille.

‚Ein Auge wird nicht reichen!', dachte Lenny. Aber egal, und da war er sich sicher, sein Geld würde in der Zwischenzeit außer Landes sein!

55

Charly überlegte, was mit dem erbeutetem Geld passieren sollte, das nach Rons Operation verbleiben würde. Lennys Vorschlag, eine andere, zweite Identität anzunehmen, um Deutschland zu verlassen, kam für ihn nicht in Frage. Er sah sich nicht durch eine Tür gehen, hinter der ein Fälscher saß, die Hand aufhielt, Pässe, Führerscheine und falls notwendig notariell beglaubigte Urkunden anfertigen würde. Selbst ein Schließfach bei seiner Hausbank zu mieten, bereitete ihm in der aktuellen Situation Unbehagen.

Lenny dagegen plante, Deutschland mit Loretta zu verlassen. Er war im Internet auf einen Finanzberater mit Sitz in London und Delaware/USA gestoßen, der maßgerechte Lösungen für Vermögen im Offshore-Geschäft anbot. Mit dessen Hilfe wollte er seinen Teil der Beute von London über Gibraltar und den britischen Jungferninseln auf die Cayman-Inseln transferieren. Das Geld würde in diversen Trusts, Stiftungen und sonstigen Briefkastenfirmen verschwinden.

„Der Berater sucht eine Bank", erklärte Lenny sein Vorhaben, „in der keine Fragen gestellt und das Geld bar eingezahlt werden kann. Diese Bank könnte in Holland oder in der Schweiz sitzen und würde die Transaktion anschieben. Letztlich hätte er Konten auf den Cayman-Inseln, könnte jederzeit bequem per Onlinebanking agieren und wäre im Besitz von mehreren Kreditkarten."

Eines Abends klingelte bei Charly zu Hause das Telefon. Er ging ran und hob ab. Lenny war in der Leitung.

„Können wir uns sehen?", fragte Lenny. „Ich will nach Holland!"

„Verstehe!", antwortete Charly, sein Puls sprang in die Höhe. „In einer Stunde?"

Nur wenige Minuten, nachdem Charly den Hörer zurück in die Station gestellt hatte, saß er in seinem Wagen und setzte sich Richtung Bootshalle in Bewegung, um Lennys Seesack aus dem Versteck zu holen.

Christinas fragenden Blick hatte er mit „Ich treff mich auf ein Bier mit Lenny!" beantwortet.

Mit dem Geld im Kofferraum traf er vor Lenny am vereinbarten Treffpunkt ein. Der Volkspark in Altona war in diesem Jahr hundert Jahre alt geworden. Das hatte die städtischen Behörden veranlasst, den mit Löchern übersäten Parkplatz, der hinter der Bahrenfelder Trabrennbahn von der Luruper Chaussee abzweigte, zu planieren und die Zufahrt mit Kopfsteinen zu pflastern.

Charlys Golf fuhr die Auffahrt hoch und stoppte vor dem aus Vierkanteisenstangen gefertigten Zaun, der den Parkplatz in Knöchelhöhe umrahmte. Er schaltete Scheinwerfer und Motor aus und öffnete das Seitenfenster. Es roch nach verfaultem Laub. Um diese Zeit war der Parkplatz oft leer. Jogger hatten ihre Runden gedreht und Spaziergänger ihre vierbeinigen Lieblinge längst in die Autos verfrachtet, um nach Haus zu fahren. Charlys Sucht gierte nach einer Zigarette. Wieder mal verfluchte er, dass er sie nicht in den Griff bekam, denn er hustete ausgiebig nach dem ersten Lungenzug. Er hatte noch nicht zu Ende geraucht, als ihn ein Scheinwerferpaar blendete, das zu Lennys KIA gehörte. Charly stieg aus dem Wagen und murmelte zur Begrüßung: „Du bist spät!"

Lenny, der seinen Geländewagen direkt neben Charlys Golf geparkt hatte, quetschte sich zwischen den Autos hindurch. „Hast du das Geld?"

„Traust du denen über den Weg?", fragte Charly und öffnete die Heckklappe seines Autos.

„Da, nimm, für ein Menschenleben!", fügte er deprimiert hinzu.

„Keiner von uns hat das gewollt, es war ein Unglücksfall!"

„An dem wir die Schuld tragen!", antwortete Charly.

Plötzlich und entnervend näherte sich der schrille Ton eines Martinshorns. Blaulicht erhellte spukhaft die Nacht.

„Verfluchte Scheiße! Jetzt haben sie uns am Arsch!", keuchte Charly.

„Krieg dich wieder ein!", dämpfe Lenny Charlys Gefühlsausbruch. „Sie fahren vorbei!"

„Willst du nicht doch mit nach Martinique kommen?", fragte Lenny. „Ich werd dich, unser „Rugen-Eck" und die Rennbahn vermissen!"

„Ron braucht mich, ich muss mich um seine OP kümmern!"

Charly spürte Lennys Hand auf seiner Schulter.

„Ich hätte gern einen Vater wie dich gehabt, einen besseren kann sich ein Sohn nicht wünschen."

„Jetzt nimm dein Geld und verschwinde!"

56

Während Lenny jubelte, seine kleinen Finger gerettet zu haben, und mit Volldampf seine Flucht in die Karibik vorbereitete, stopfte Charly zwanzigtausend Euro in einen Businesskoffer, tankte den Golf randvoll und machte sich auf den Weg nach Berlin. Endlich! Endlich passierte was! Er wollte sich im Hotel Albrechtshof mit dem Organ-Makler aus Amerika und einem Klinikbeauftragten aus Pristina treffen.

Er atmete auf, als er sich quer durch die Stadt gekämpft und den Horner Kreisel erreicht hatte. Gewöhnlich fuhr er gern nach Berlin, was in der Vergangenheit meist aus beruflichen Gründen geschah.

Heute dagegen war der Grund nach Berlin zu fahren ein ganz anderer. Heute kreisten seine Gedanken ausschließlich um ein Thema, und das hieß: Ron! Und dessen hoffentlich zustande kommende Nierentransplantation. Charly machte sich keine Gedanken wegen juristischer Probleme. Dafür saß er bereits viel zu tief im Dreck, da er sich das Geld für die Operation gewaltsam beschafft hatte. Er hatte schließlich alles Mögliche getan, Banken, Verwandte und Bekannte aufgesucht und um Geld für eine Niere für Ron gebettelt. *Nada!* Sollte er Ron weiterhin zur Dialyse gehen lassen und mit ihm hoffen, dass er irgendwann noch rechtzeitig an die

Reihe käme? Die Warteliste der Hilfebedürftigen war ellenlang. Die Hälfte von ihnen starb, während sie auf einen Nierenspender warteten. Sollte er darauf warten, dass Rons Leben schon zu Ende ging, bevor es richtig angefangen hatte?! Ihm war es egal, wo die Spenderniere herkam, es interessierte ihn nicht! Nun raste er nach Berlin, um den Makler zu treffen, der einen Spender für Ron aufgetrieben hatte!

Gegen achtzehn Uhr hatte Charly den Berliner Ring erreicht. Bis zum Hotel „Albrechtshof", mitten in Berlin und am Spreeufer gelegen, brauchte er weitere zwanzig Minuten. Nur wenige Schritte vom Hotel entfernt wurde eine Parklücke frei. Er trat sofort auf die Bremse, stoppte und rangierte seinen Golf rückwärts hinein.

Eine Gedenktafel am Hotel wies auf seinen berühmtesten Gast, Dr. Martin Luther King, hin, der es am 13. September 1964 besuchte, als es noch „Hospiz am Bahnhof Friedrichstraße" hieß.

Charly checkte ein, nahm den Schlüssel entgegen und stieg in den ersten Stock hinauf.

Sein Zimmer war einfach eingerichtet, andererseits strahlten die rostbraunen Übergardinen, der tiefblaue Teppichbelag und der einladende Fernsehsessel Wärme und Gemütlichkeit aus.

Charly hatte bis zu dem Treffen noch eine Stunde Zeit. Er telefonierte kurz mit Christina, duschte, zog ein frisches Hemd über und schaltete den Fernseher ein. Längst war der dreiste Raubüberfall auf einen Geldtransporter in Hamburgs Westen aus den Nachrichten verschwunden.

In der Hotelbar tat sich nicht viel. Charly bestellte einen Kaffee und zog sich in die hinterste Ecke des Raums an einen Vierertisch zurück.

Der Mann, der zehn Minuten später die Bar betrat, war Mitte sechzig, sah ein wenig nervös aus, trug eine Buddy-Holly-Brille und einen weißen Dreitagebart. Sein Bauch hing über die Gürtelschnalle. Er trug keine Krawatte und wirkte schlecht gekleidet, obwohl sein Anzug einiges gekostet hatte. Er nickte dem Barkeeper zu und da außer Charly nur noch ein junges Paar im Raum war, das am Tresen hing und turtelte, steuerte er direkt auf ihn zu.

„Mister Engel?"

Charly erkannte den Makler an seiner sonoren Stimme, wunderte sich allerdings darüber, dass der Mann deutsch mit ihm sprach.

„Meine Mutter stammte aus Viernheim in Hessen", klärte er Charly auf. „Soldatenbraut!" Er deutete ein Lächeln an: „Als mein Vater nach Amerika versetzt wurde, ist sie mit rüber."

„Möchten Sie…?", fragte Charly.

„Einen Kaffee vielleicht", willigte der Makler ein.

„Sind Sie länger in Berlin?", versuchte Charly das Gespräch fortzusetzen.

„Ich fliege morgen", antwortete sein Gegenüber und strich sich die weißen Strähnen aus der Stirn.

„Frau Tschechowa kommt gegen neun. Sie wird Ihnen alles erklären!"

„Ist was nicht in Ordnung?" Charly rutschte auf dem Stuhl hin und her, eine gehörige Portion Unsicherheit schwang in seiner Stimme mit.

„Dann wäre ich nicht hier!"

Der Makler nahm die Brille ab und putzte die Gläser mit einem zerknüllten Taschentuch.

„Haben Sie das Honorar dabei? – Das sollten wir erledigen, bevor Frau Tschechowa sich zu uns setzt."

Charly zögerte einen Moment und ihm wurde heiß. Konnte er dem Amerikaner mit deutschen Wurzeln über den Weg trauen? – Diese Frage stand von Anfang an im Raum und alle, die eingeweiht waren, hatten sie ihm gestellt. War er womöglich einem Betrüger auf den Leim gegangen sein? Und wo blieb Frau Tschechowa? Verdammt! Es war zwanzig nach neun! Charly suchte den Blick des Vermittlers, der ihn anlächelte, zog das Kuvert, das er auf dem Zimmer vorbereitet hatte, aus dem Jackett und legte es auf den Tisch.

„Fünfzehntausend Euro, wie am Telefon vereinbart, inklusive Ihrer Flugkosten, Hotel und Spesen!"

„Eine Quittung werde ich Ihnen nicht geben", erwiderte der Makler, öffnete das Kuvert, zählte nach, sah zufrieden aus, knickte den Umschlag in der Mitte und steckte ihn in seine Hosentasche.

„Das ist sie!", sagte der Makler plötzlich. Er stemmte sich aus dem Lehnstuhl und schritt der Frau entgegen. Ihr bäuerliches Gesicht hellte sich auf, als sie den Makler wiedererkannte. Sie reichte ihm die Hand. Die

Frau war Mitte fünfzig, sah geschäftstüchtig aus, hatte eine große Nase, braune Augen und lächelte charmant. Charly war zur Begrüßung ebenfalls aufgestanden und streckte der etwas breithüftigen Frau, die sich als Magda Tschechowa vorstellte, die Hand entgegen.

„Setzen Sie sich!", bat der Makler. „Das ist Herr Engel. Ihm soll geholfen werden!" Und zu Charly: „Frau Tschechowa ist Ärztin, Nephrologin. Sie arbeitet an der Klinik Pristina und spricht deutsch, was die Sache erleichtert. Sie wird Ihnen jetzt den Ablauf erklären."

„Es geht um meinen Sohn Ron!", sagt Charly.

„Ich weiß!", lächelte die Ärztin. „Ich habe die Unterlagen Ihres Sohnes gelesen."

Charly sah zum Makler, der zustimmend die Wimpern senkte. Er schien professioneller und verlässlicher zu sein, als Charly gedacht hatte.

„Die meisten unserer Chirurgen sind in den USA ausgebildet worden", fuhr die Ärztin fort. „Sie nutzen die neuesten Geräte, Operationsverfahren und Medikamente."

„Wo kommt die Niere her?", fragte Charly:

„Das ist Angelegenheit der Klinik", mischte sich der Makler ein. „Sie haben großes Glück, dass Frau Tschechowa so schnell einen Spender gefunden hat, der zu Ihrem Sohn passt!"

Charly schob einen Schnellhefter über den Tisch und sagte: „Hier sind die gesammelten Krankenunterlagen von Ron und eine aktuelle Blutuntersuchung."

Im Gegenzug erhielt Charly von der Ärztin einen Umschlag, in dem sämtliche Daten wie Namen und Anschrift der Klinik, der Name des Arztes, an den er sich wenden sollte, sobald er in Pristina war, diverse Telefonnummern und eine E-Mail-Adresse steckten.

„Meine Frau wird meinen Sohn begleiten", sagte Charly.

„Das ist sehr gut!", antwortete die Ärztin und nippte an ihrem Tee. „Machen Sie sich keine Sorgen, wir kümmern uns um alles. Sie wird von uns am Flughafen abgeholt und rund um die Uhr betreut."

„Und wie geht es weiter?", fragte Charly.

„Wir nehmen in den nächsten drei Tagen Kontakt mit Ihnen auf. Entweder wir rufen Sie an oder wir schicken Ihnen eine E-Mail zu, in der wir Ihnen einen festen Termin mitteilen."

„Alles klar bis hier?", warf der Makler ein. – Charly nickte.

„Sie bestätigen uns den Termin, am besten per E-Mail, und teilen uns Ihre Flugankunftsdaten mit. Ein Fahrer holt Ihre Frau und Ihren Sohn ab. Achten Sie auf ein Schild mit Ihrem Namen", fuhr die Ärztin fort. „Sollte etwas schiefgehen, ruft Ihre Frau uns unter der rot gekennzeichneten Telefonnummer an und wartet auf uns am Flughafen. Wir sind spätestens nach zwanzig Minuten bei ihr und Ron. – Sechs bis acht Tage nach ihrer Ankunft ist die Operation!"

„Eins sollten Sie nicht vergessen!", warf der Makler geschäftstüchtig ein. „Erst das Geld, dann die Niere!"

„Hundertdreißigtausend Euro, in bar!", überspielte die Ärztin den geschmacklosen Fehltritt des Maklers. „Für das Implantat, Operationen und Medikamente. – Selbstverständlich sind ab Airport Pristina sämtliche Reise- und Krankenhauskosten mit abgedeckt!"

„Bargeld!?" – Charly war verwirrt. „Man darf höchstens zehntausend Euro mitnehmen!"

„Keine Sorge, wir helfen Ihnen!", beruhigte Frau Tschechowa. „Es ist alles geregelt! In der E-Mail, die Sie von uns erhalten, finden Sie unter dem Stichwort Zahlung eine Mobilnummer. Die rufen Sie an, sobald Sie Ihre Frau ins Flugzeug gesetzt haben. Sie verabreden sich mit dem Vertrauten von uns und treffen sich mit ihm in Hamburg an einem Ort Ihrer Wahl. Ihm händigen Sie die vereinbarte Summe in bar aus. Er gibt uns grünes Licht und wir kümmern uns um alles Weitere." Schweigen! In Charlys Kopf arbeitete es. War er einem Ganovenduo auf den Leim gegangen? Ihm blieb keine Wahl!

„Der Preis beinhaltet auch Reise und Unterkunft für Ihre Frau und die Begleitung und Unterstützung während des ganzen Transplantationsprozesses", unterbrach der Makler die Stille, ohne gefragt worden zu sein ein.

„Haben Sie alles verstanden?", fragte Frau Tschechowa. Ja, Charly hatte bis hierher alles verstanden. Er war erschöpft, musste dringend für eine Zigarette vor die Tür, wollte allein sein.

Er bat um Verständnis und verabschiedete sich von den beiden: „Lassen Sie uns nicht im Stich, Frau Tschechowa!"

„Sie hören von uns!", versprach die Nephrologin aus Pristina.

57

Charly hatte die Nacht über kein Auge zugetan. Er floh aus dem Bett, duschte und war der Erste am Frühstücksbuffet. Er hatte keinen Appetit, ignorierte Rührei mit Speck, Lachs und Käse und schenkte sich aus einer chromblanken Thermoskanne Kaffee ein.

Da Frau Tschechowa bereits gestern Abend geflogen war und der Organmakler noch in Morpheus Armen lag, wartete Charly nicht länger. Er holte seinen Businesskoffer vom Zimmer, gab den Schlüssel an der Rezeption ab und beglich die Rechnung. Er rauchte vor dem Hotel noch eine Zigarette und machte sich anschließend auf den Heimweg.

Die Sonne hatte sich hinter den Wolken verkrochen, als er um die Mittagszeit in den Jochim-Sahling-Weg einbog. Er ließ den Wagen die Einfahrt zur Tiefgarage hinunterrollen und parkte rückwärts ein. Der Motor verstummte.

Charly blieb im Wagen sitzen. Das Garagenlicht ging aus. Er besann sich einen Moment und legte sich Worte zurecht, mit denen er Christina überzeugen wollte, dass sie mit Ron nach Pristina fliegen müsse. Er war todunglücklich, nur noch ein Wrack, haderte er mit sich, nicht einmal in der Lage, jetzt, wo es drauf ankam, an der Seite seines kranken Sohnes sein zu können.

Charlys Bronchien pfiffen, als er mit dem Koffer in der Hand die Stufen in den ersten Stock hochstieg. Er öffnete die Tür. Ein vertrauter Mix aus exotischem Duschgel und Kaffeeduft empfing ihn.

Christina hatte Charly kommen hören. Es war ihr freier Tag. Sie hatte die Hausarbeit erledigt und war unter die Dusche gegangen. Sie trat in den Flur, trug einen Bademantel und hatte sich ein Handtuch wie ein Turban um ihr nasses Haar geschlungen.

„Ach, Charly!" Zwei dicke Tränen kullerten die Wangen runter. „Nimm mich mal in den Arm!"

Christina schmiegte sich an ihn, so dass er die Wärme spürte, die von ihr ausging. Er liebte sie, es zerriss ihn geradezu.

„Wie ist es gelaufen?", fragte sie.

„Gleich!", sagte er.

Charly drängte sich an ihr vorbei ins Bad, entleerte die Blase, wusch sich die Hände und verschwand anschließend auf den Balkon, um eine Zigarette zu rauchen.

‚Hoffentlich fragt sie nicht wieder, wo das Geld herkommt', dachte er und hustete. Er könnte sie nicht länger belügen. Aber Christina wollte es gar nicht mehr wissen. Sie befand sich in einem Zustand, wo ihr jedes Mittel recht war.

„Wann kommt Ron aus der Schule?", begann er, nachdem er sich zu Christina an den Küchentisch gesetzt hatte. Sie schob ihm einen Becher hin und schenkte Kaffee ein.

„Erzähl doch endlich!", bat sie und rückte mit dem Stuhl näher an den Tisch ran.

„Der Makler traf als erster ein. Ich hab ihm sein Honorar für die Vermittlung gegeben. Kurz darauf kam die Frau."

„Eine Frau?"

„Ja, eine Ärztin. Sie ist Nephrologin und arbeitet für die Klinik in Pristina, in der Ron operiert werden soll."

„Im Kosovo? Funktioniert das…?"

„Sie wirkte kompetent und sie war freundlich. Was bleibt uns anderes übrig? Worauf sollen wir warten? Die Zeit rennt uns davon! – Ich fand sie vertrauenswürdig!"

„Und wann? Wann soll es losgehen?", Christina war drauf und dran, die Kontrolle über sich zu verlieren.

„Bald!", beruhigte Charly sie. „Die Klinik wird sich innerhalb der nächsten drei Tage bei uns melden. Wir bekommen einen Termin, an dem wir in Pristina sein sollen. Dann buchen wir die Flüge und teilen unsere Ankunft mit. Ein Mitarbeiter der Klinik holt uns am Flughafen ab. Sechs bis acht Tage später wird die Transplantation stattfinden. Ron wird noch mal gründlich untersucht und der Lebendspender wird eingeflogen."

„Der arme Mensch!", seufzte Christina. „Verkauft seine Niere!"

„Er hilft uns und wir helfen ihm!"

Christina senkte betroffen den Kopf.

„Es wird für alles gesorgt", berichtete Charly weiter, „die Klinik kümmert sich um eine Unterkunft für dich und ihr werdet die ganze Zeit über rundum betreut. Nach der Operation bleibt Ron noch ein bis zwei Wochen im Krankenhaus. Ist so üblich, reine Routine. Ihr hängt einfach noch ein paar Tage ran, bevor ihr wieder nach Hause fliegt."

„Ihr?", Christina horchte auf. „Wieso ihr?!"

„Ich möchte, dass du fährst!"

„Das geht nicht! Ich kann vor Weihnachten keinen Urlaub nehmen! Das ist meiner Chefin gegenüber nicht fair! Das sind mindestens sechs Wochen! So viel Urlaub hab ich nicht! Und überhaupt, was soll ich sagen? Soll ich ihr sagen, dass ich nach Pristina fliege, um dort eine Niere für Ron zu kaufen? Das ist doch illegal!"

Christina kreuzte die Arme vor ihrer Brust.

„Niemand darf davon erfahren, deine Chefin nicht, unsere Freunde nicht", wobei Charly an Lenny dachte, „nicht mal Nora sollten wir davon erzählen! Ich hab mir auf der Fahrt hierher überlegt, dass wir sagen könnten, dass ihr zu einem Spezialisten in die USA fliegt."

Christina schüttelte den Kopf.

„Das schaff ich nicht allein!", widersetzte sie sich.

Charly hob die Stimme, dass Christina zusammenzuckte: „Willst du, dass er stirbt! Ich huste mir die Seele aus dem Leib. Es wird immer schlimmer, ich trau mir das Fliegen einfach nicht zu. Es ist besser, wenn ich hierbleibe. Die kümmern sich doch um dich, sprechen deutsch, und außerdem weißt du doch viel besser Bescheid als ich!"

Christinas Schultern bebten. Sie brach in Tränen aus.

„Es gibt Telefon!", versuchte Charly sie zu trösten.

Sie schluchzte: „Und wer sagt es Ron?"

„Wir sprechen mit ihm, sobald die Koffer gepackt sind. Am besten unmittelbar vor der Abreise!"

„Und was ist mit der Schule?"

„Noch sagen wir gar nichts! Wenn es soweit ist, werden seine Lehrer informiert. Sie werden Verständnis dafür haben, dass du mit ihm nach Amerika fliegst."

58

Ein Redakteur einer Hamburger Tageszeitung hatte vor zwei Wochen den Auftrag erhalten, den dreisten Raubüberfall auf den Geldtransporter in Osdorf noch einmal aufzurollen. Von den Tätern fehlte noch immer jede Spur. Mit ihnen waren rund drei Millionen Euro wie vom Erdboden verschwunden. Der Redakteur übte in einem Artikel Kritik gegen die Polizeibehörde und warf den ermittelnden Beamten Untätigkeit vor. Das konnte und wollte der Innensenator nicht auf sich sitzen lassen.

Die Abendsonne sandte einen Lichtstrahl durch ein Loch der dichten Wolkendecke in das unpersönlich eingerichtete Büro im Westflügel des Polizeipräsidiums. Außer einem Bildschirm, einem Kugelschreiber und einer Schreibunterlage war der Schreibtisch leer. Ein Privileg, das voraussetzte, Leiter des Morddezernats zu sein.

Olberding saß mit dem Rücken zur Wand. Sein stämmiger Körper verdeckte die Luftbildaufnahme, die den Hamburger Michel und die Elbe zeigte. Sein Gesicht war rot angelaufen. Wutentbrannt knallte er den Hörer auf die Zentraleinheit, um ihn im nächsten Augenblick wieder an sein Ohr zu reißen:

„Ihr kommt sofort in mein Büro!", brüllte er.

So hatte der als Choleriker verschriene Olberding Nora noch nie angepfiffen. Sie schnellte vom Schreibtisch hoch und versenkte ihr i-Phone in der Jackentasche. Oskars Bürotür stand offen. Er telefonierte gerade. Nora steckte ihren rotblonden Lockenkopf in den Raum und rief:

„Wir soll'n hochkommen!"

Plötzlich verspürte sie Heißhunger auf eine saure Gurke – oder doch lieber ein Stück Schwarzwälder Kirschtorte? – Sie hatte sich in Kevin Jäger verknallt und traf sich mit ihm, so oft es ihre Dienstpläne zuließen. Ihr Alltag spielte sich zwischen dem Polizeipräsidium, den „Eppendorfer Grillstuben", dem „Big Easy" und Noras Schlafzimmer ab, was nicht ohne Folgen geblieben war. Wenn das Rudolf Olberding wüsste, würde er sie in den Innendienst verbannen. Das ging gar nicht! Nora stand zu ihrem Job, sprühte vor Ehrgeiz und hatte sich auf die Fahnen geschrieben, den Raubüberfall aufzuklären und die Räuber dingfest zu machen.

Ihnen flog die Zeit davon, und lange würde sie ihren Umstand nicht mehr verbergen können. Eine schwangere Kommissarin und ein versoffener Hauptkommissar auf Verbrecherjagd, die, außer dass sie ein paar vage Vermutungen hatten, in ihren Ermittlungen noch keinen Schritt vorangekommen waren!

„Was hat er schon wieder?" Oskar legte auf und bequemte sich hinter seinem Schreibtisch hervor. Schweigend stiegen sie ein Stockwerk höher. Sie standen noch im Türrahmen, als Olberding ihnen entgegenbellte:

„Ihr lest keine Zeitungen!?" Olberding knallte das „Hamburger Abendblatt" auf den Tisch. „Hier steht es: Die Mordkommission ist unfähig und arbeitet unprofessionell! Der Innensenator war gerade am Telefon! Er droht mir mit Konsequenzen!"

Oskar war immun gegen Olberdings Wutanfälle. Er konterte:

„Es gibt einen Hauptverdächtigen! Miroslav Majewski, der war der Beifahrer des Wagens."

„Und?", schnauzte Olberding. „Hat er die Tat gestanden?" „Das nun gerade nicht. Aber der tödliche Schuss stammte aus seiner Pistole, die neben ihm auf dem Asphalt lag, als die Streife am Tatort eintraf!"

Olberding sprang auf. Er stützte sich mit den Händen auf der Tischkante ab und starrte Oskar wütend in die Augen.

„Du weißt doch genau, was ich meine! Mir fehlt das Motiv! Hat er kostspielige Laster, die er sich nicht leisten kann? Haut er sein Geld im Puff auf den Kopf? Was wir brauchen, sind hieb- und stichfeste Beweise!"

„Ich habe noch einen anderen Verdacht!", mischte Nora sich ein, obwohl ihr klar war, dass sie Oskar damit in den Rücken fiel. „Pichler, der Stammfahrer des Wagens, könnte ein Motiv haben. Ein Zocker, der sein ganzes Geld am Spieltisch und auf der Trabrennbahn auf den Kopf haut!"

Oskar schüttelte energisch den Kopf: „Das passt aber nicht, denn Pichler lag zur Tatzeit neben seiner Tussi im Bett – und zwar in Dänemark!"

Doch so schnell gab Nora nicht auf:

„Wir haben Majewski bereits mehrere Male verhört. Er hatte einen Blackout, als sich der Schuss aus seiner Waffe löste!" – „Der kann viel erzählen! Er steckt mit den Räubern unter einer Decke, da bin ich sicher!", hielt Oskar dagegen. „Er hat Wolf erschossen!"

„Dafür fehlen uns eindeutige Beweise!", beharrte Nora auf ihren Standpunkt. „Hätten wir welche, dann wäre er bestimmt nicht mehr auf freiem Fuß. Ich denke, dass sich aus Majewskis Waffe unbeabsichtigt ein Schuss löste, der Wolf unglücklicherweise traf!"

„Es reicht!", Rudolf Olberding schnitt ihnen das Wort ab. „Werdet euch erstmal selber einig! Ich will Ergebnisse, und zwar schleunigst! Lasst euch etwas einfallen! Dreht noch mal jeden Stein um! – Wer könnte noch Hinweise geben? Fragt auch noch mal bei den Kollegen im Umland nach! Oder habt ihr das schon getan? – Vielleicht haben die etwas, was uns weiterhelfen kann!

59

Das Geld hatte er. Eine zweite Identität auch. Wieder war es Georg, der ihm geholfen und den Kontakt zu einem Fälscher hergestellt hatte.

Der Reisepass mit Lennys Foto war noch fünf Jahre gültig. Er war auf einen gewissen Walter Schmidt ausgestellt, wohnhaft in Hamburg-Altona. Geburtsurkunde und Führerschein waren von echten Dokumenten nicht zu unterscheiden.

Um einige tausend Euro leichter fuhr Lenny nach Holland. In Amsterdam traf er sich in einem namhaften Bankhaus mit dem Banker, dessen Namen sein Finanzberater ihm am Telefon mitgeteilt hatte. Lenny hoffte, dass er keinen Fehler gemacht hatte, als er den Koffer mit dem Geld aus der Hand gab.

Aber er hatte sich umsonst gesorgt. Schneller als gedacht, war sein Geld auf den Cayman-Inseln gelandet. Jetzt warteten ein Schließfach, Bankkonten und Kreditkarten darauf, dass er, alias Walter Schmidt aus Hamburg-Altona, erschien und die notwendigen Unterschriften tätigte.

Dieser Umstand und die Angst davor, doch noch hinter Gittern zu landen, spornten Lenny an. Heimlich bereitete er die Flucht vor. Es sollte wie ein Wochenendtrip nach Ostende aussehen, wo ein Kumpel von ihm wohnte. Von dort aus wollte er über London nach Antigua fliegen. In „Nelson's Dockyard" wartete eine Motoryacht, auf der er zwei Kojen gechartert hatte. Mit der Yacht sollte es nach Nordwesten auf die Jungferninseln gehen. Er wollte in St. John an Land gehen, um von dort aus einen Abstecher auf die Cayman-Inseln zu machen, wo er seine Unterschriften leisten und die Kreditkarten abholen wollte. Lennys Traum aber war Afrika! Das Geld müsste reichen, um sich dort eine neue Existenz aufzubauen.

Noch ahnte Loretta nichts. Weder wusste sie, dass es seine Idee war, den WTD-Geldtransporter auszurauben, noch, dass er seinen Anteil an der Beute auf den Cayman-Inseln geparkt hatte. Für sie war die Sache klar: Lenny war am Morgen des Raubüberfalls in Dänemark gewesen, hatte neben ihr im Bett gelegen und seinen Rausch ausgeschlafen. Daran hatte sie nie gezweifelt.

Es wurde Zeit, dass er sie in seine Pläne einweihte.

Die Tür zur Loggia stand weit offen. Tabakschwaden flatterten durchs Wohnzimmer. Verstreut lagen Kleidungsstücke auf den Polstersesseln. Die Musiktruhe mit eingebautem Radio und Plattenwechsler war von vorgestern. Die Nadel kratzte über das Vinyl, der Plattenteller eierte. Barbara Streisand sang mit Barry Gibb im Duett *What Kind Of Fool*.

Lenny trug einen Dreitagebart. Er wirkte entspannt und die etwas klein geratenen Ohren glühten. Er hatte sich ein Badelaken um die Hüften geschlungen, drehte einen Joint und war wieder mal angetan von dem, was Loretta beim Sex so drauf hatte.

War es leichtfertig von ihm zu glauben, ungeschoren davon zu kommen? Eduard Wolf war tot, das war nicht mehr rückgängig zu machen war. War es seine Schuld? Er verdrängte den Gedanken aus seinem Kopf. Er war ein harter Hund, der es verstand, seine echten Gefühle hinter einer liebenswürdigen Fassade zu verbergen. Jetzt gab es Wichtigeres zu tun, jetzt galt es abzuhauen, und das so schnell wie möglich!

Sie lümmelten sich auf dem Sofa und zogen abwechselnd an der Tüte. Loretta himmelte Lenny an, sie kannte keinen zweiten Mann, der so standhaft war wie er. Loretta trug Lennys Pyjamajacke, die viel zu groß für sie war. Die Knopfleiste stand weit offen, so dass er ihre Brüste sehen konnte. Das kastanienbraune Haar war zerwühlt, es fiel ihr bis über die Schultern, und die grünbraunen Augen hatten diesen exotischen, katzenhaften Ausdruck angenommen, dem sich kaum ein Mann entziehen konnte.

Lenny befreite sich aus ihrem Arm, schlurfte in die Küche und langte in den Kühlschrank. Er zog eine Flasche Rotkäppchen-Sekt hervor, ließ den Korken knallen und tapste zurück ins Wohnzimmer. Loretta, halbnackt, bekifft und selig zugleich, zog ein Lausbubengesicht und hielt ihm ihr Glas entgegen. Der Sekt perlte.

„Ich hau ab!", sagte Lenny unvermittelt und stürzte sein Glas in einem Zug runter.

„Was heißt das nun wieder?", fragte Loretta irritiert.

„Ich hab die Nase gestrichen voll, verstehst du? Tag für Tag das Geld fremder Leute hin und her zu kutschieren, das kotzt mich an, und außerdem, es ist mir alles zu eng hier! – Ich will nach Afrika!"

„Spinnst du? Und was wird aus mir?", Loretta rückte ein Stück von Lenny ab.

„Nun mal im Ernst!", sagte Lenny. „Könntest du dir vorstellen, mit mir nach Afrika zu gehen? Afrika war schon immer mein Traum! Als ich aus der Legion entlassen wurde, habe ich eine Abfindung erhalten. Von dem Geld hab ich mir in Namibia ein Stück Land gekauft. Ich hab das nie rumerzählt, wollte nicht als Kindskopf dastehen."

„Du willst mich los sein! Dann sag das doch!"

„Nein! Ich muss weg aus Deutschland! Raus aus dem Trott! Stell dir vor, wir lebten in Afrika! Was Eigenes aufbauen. Ich zimmere für uns ein Haus, wir vermieten Hütten an Touristen, veranstalten Fotosafaris und Wüstentouren. Wir wären keine Lohnsklaven mehr! – Und…wir könnten heiraten und Kinder haben!"

„Das können wir hier auch! - Und überhaupt, wovon willst du in Afrika leben?"

„Ich hab etwas Kohle auf der hohen Kante!"

„Hast wohl den Geldtransporter überfallen!?" Loretta kriegte sich nicht mehr ein vor Lachen, was eindeutig am Marihuana lag. Lenny zog sie an sich heran. So musste er ihr nicht direkt in die Augen sehen.

„Es reicht für uns beide. Ich hab beim Kartenspiel gewonnen. Allerdings gibt's ein Problem!", log er. „Russen-Igor sitzt mir im Genick! Er hat seine Schläger auf mich gehetzt!"

„Das ist doch nicht sein Geld, oder?"

„Ich hab Schulden bei ihm!"

„Dann bezahl sie doch!"

„Das sehe ich nicht ein. Er hat mich gelinkt!"

Lenny verstrickte sich immer tiefer in seine Lügengeschichte.

„Das ist kein Grund abzuhauen! Na los, gib ihm die Kohle!"

Loretta entspannte sich. Zumindest war keine andere Frau im Spiel! Sie zog die Knie unters Kinn und umschloss die Beine mit den Armen. Sie grübelte, sah sich umringt von Ordnern bei WDT im Büro hocken und Rechnungen buchen. Und das an fünf Tagen die Woche, jahrein, jahraus! Auf einer Farm zu leben, das hatte schon seinen Reiz. Es wäre eine Möglichkeit sich zu entfalten. In Afrika lebten viele Tiere und sie liebte Tiere.

„Und wann…?", fragte sie.

Lenny fiel ihr ins Wort: „Jetzt! – Am Wochenende!"

Loretta riss die Augen auf und hielt eine Hand vor den Mund.

„Bist du verrückt geworden? Was wird aus meiner Wohnung, meinen Sachen? Ich kann doch nicht alles liegen lassen!" Sie zeigte ihm einen Vogel. „Du spinnst wohl!"

„Deine Mutter könnte die Wohnung auflösen. In Afrika kaufen wir dir alles neu, was du dir wünschst!"

„Meine Mutter!?", Loretta war aufgesprungen. „Die kriegt 'nen Herzinfarkt, wenn ich einfach so abhaue!"

„Sie kann uns doch jederzeit besuchen kommen und bleiben, solange sie will! Sie wird ihre eigene Wohnung haben!"

„Und was ist mit meinem Arbeitsplatz? Der ist dann auch futsch! Ich kann doch nicht einfach so verschwinden!"

„In Afrika bist du wer! Du hast Hilfe im Haus, kannst dich um die Vermietung der Hütten kümmern und um die Pferde!"

Loretta zündete sich eine Zigarette an und zog den Rauch in ihre Lungen: „Ich glaub das einfach nicht!"

„Loretta, ich liebe dich! Das hab ich noch nie zu einer Frau gesagt! Unsere Flugtickets liegen auf dem Vertiko. Bevor wir nach Afrika gehen, gönnen wir uns ein paar Tage in der Karibik. Hab drüben noch einiges zu erledigen, Bankangelegenheiten und so. Mir bleibt keine Wahl! Ich fahre, mit dir oder ohne dich! Ich bitte nur einmal: Komm mit!" Lennys Gesicht war plötzlich hart wie Granit. Sein Entschluss war felsenfest.

„So schnell geht das alles nicht!", seufzte Loretta.

„Es muss!", antwortete Lenny. „Was hast du zu verlieren?"

60

Während Oskar mutmaßte, dass Miroslav Majewski Mittäter war und seinen Kollegen Wolf vorsätzlich erschossen hatte, ging Nora von einer fatalen Verkettung der Umstände aus. Sie beschäftigte die Frage, warum der Stammfahrer des Wagens, Leonard Pichler, der kurioserweise ein Freund ihres Vaters war, am Tag des Überfalls mit seiner Liebsten in Dänemark auf Urlaub war. War das Zufall oder steckte mehr dahinter?

Die Distanz von Rinkenæs, wo das Ferienhaus stand, bis zum Tatort betrug hundertachtzig Kilometer, die in drei Stunden zu bewältigen waren. Pichler hätte sich nachts auf den Weg nach Hamburg machen können, während Loretta schlief. Doch die sagte aus, dass Lenny die ganze Nacht neben ihr im Bett geschnarcht und das Haus nicht verlassen hatte. Aber stimmte das? Und Lenny, den Nora flüchtig kannte, was war das überhaupt für einer? Während ihrer Befragungen gab er sich eher sachlich und cool. Um mehr über ihn zu erfahren, wollte sie ihren Vater anzapfen.

Am darauffolgenden Montag hatte Nora Olberdings Anpfiff längst verdaut und tauchte unangemeldet am Vormittag bei ihren Eltern auf. Charly war nach Wedel gefahren, um an seinem Boot zu werkeln. So kam es, dass Nora mit ihrer Stiefmutter Christina allein am Küchentisch saß. Nora goss Milch in ihren Kaffee und rührte ihn genüsslich um, bis sich die Wolke aufgelöst hatte. Sie erkundigte sich nach ihrem Stiefbruder, der seit acht Uhr in der Schule war. Erzählte von ihrem ersten großen Fall, bei dem ihr Chef und sie noch völlig im Dunkeln tappten, und sie ließ durchblicken, dass sie sich schwer in Kevin Jäger, einen Kollegen, verknallt hatte. Christina lächelte verständnisvoll.

„Du kochst den Besten", blinzelte Nora über den Becherrand hinweg, um ihre Stiefmutter im nächsten Moment zu fragen: „Sag mal, wie lange kennt Charly Lenny eigentlich?"

„Seitdem wir hier wohnen, glaub ich. Sie haben sich auf der Rennbahn kennengelernt!"

‚Glücksritter!' dachte Nora mit bitterem Beigeschmack. ‚Auf der Trabrennbahn gewinnt nur der Totalisator!' Sie erinnerte sich noch gut daran, dass Charly sie – meist sonntags – mit auf die Rennbahn genommen hatte und jedesmal mit leerem Portemonnaie nach Hause fuhr.

„Was hat Lenny eigentlich gemacht, bevor er Geldtransporter-Fahrer war?" Nora stellte den leergetrunkenen Becher auf den Tisch und kreuzte die Arme vor der Brust.

Christina runzelte die Stirn.

„Der war Feldwebel bei der Bundeswehr, glaub ich. – Aber eigentlich kenn ich ihn gar nicht!"

„Ist er solide?"

„Warum fragst du das?" Christina schien sich zu wundern. „Er ist Charlys bester Freund! – Der Einzige!"

„Ach, nur so!", verharmloste Nora ihre Fragen.

„Stell dir mal vor, er hat Charly Geld geliehen!", platzte es aus Christina raus. „Davon kann ich mit Ron nach…", sie biss sich auf die Lippe, fast wäre ihr Pristina herausgerutscht, „…in die USA fliegen, wo er noch einmal untersucht werden soll!"

„Verdient er so gut?", hakte Nora überrascht nach. „Wo hat er das Geld her?"

„Gewonnen! Im Spielcasino!" Christinas Augen füllten sich mit Tränen, so schwer fiel ihr das Lügen.

„Ach so!", murmelte Nora und versuchte, ihr Misstrauen zu verbergen.

In diesem Moment fing ihr Smartphone an zu schnurren. Ein kurzer Blick auf das Display ließ sie strahlen.

„Kevin!", womit alles gesagt war. „Tut mir leid, aber ich muss los. Wir treffen uns in zwanzig Minuten in den „Eppendorfer Grillstuben"!"

Nora umarmte Christina und küsste sie auf beide Wangen. „Danke für den Kaffee!", sagte sie und sprang die Treppe hinunter. „Viel Spaß!", rief Christina ihr hinterher, doch der „Wirbelwind" hörte es nicht mehr.

Dann öffnete sie den Barschrank und goss sich gegen ihre sonstigen Gewohnheiten einen Cognac ein. Sie beschlich ein mulmiges Gefühl. Warum hatte sie nicht den Mund gehalten, wie Charly ihr eingeschärft hatte? Nora wirkte wie elektrisch geladen, als sie von dem Geld erzählte. Sicher hatte Christina von dem Überfall auf den Transporter gehört, das war ja in der Tagesschau breitgetreten worden und stand in allen Zeitungen. Doch dass Nora in dem Fall ermittelte, war neu für sie. Und was steckte hinter ihrer Fragerei wegen Lenny. ‚Wer weiß‘, brütete Christina, ‚wo Lenny das viele Geld wirklich her hat!?‘

Sie würde nochmal mit Charly darüber reden.

61

„Ich bin wieder da!", rief Charly über den Flur, entledigte sich seiner Jacke und hängte sie über den Garderobenhaken. Die Schlafzimmertür stand offen. Charly schlüpfte hindurch, ging an den Kleiderschrank, zog die unterste Schublade hervor und steckte die Karstadt-Tüte mit dem Geld zwischen die Socken. Geld und Plastiktüte knisterten. Zweihunderttausend! Das sollte für die Operation und den anschließenden Urlaub reichen. Er unterdrückte einen Hustenanfall, zwang sich zu einem Lächeln und ging ins Wohnzimmer. Der blumige Duft von Noras Parfum hing immer noch im Raum.

„Du bist spät dran!" Christina langte nach der Fernbedienung, die neben ihr auf dem Sofa lag und schaltete den Fernseher aus. „Nora war hier! Sie wollte wohl eigentlich zu dir!"

Charly beugte sich zu Christina runter und hauchte ihr einen Kuss auf die Lippen, bevor er sich auf das andere Sofa setzte. ‚Sie hat was getrunken', dachte er und fragte: „Und was wollte sie?"

„Sie hat sich verliebt. Ihr Neuer ist Scharfschütze beim MEK."

„Und um mir das zu sagen, ist sie hergekommen?"

„Naja, nicht nur, glaub ich. Ich hab uns einen Kaffee gekocht und sie hat von ihrer Arbeit erzählt. Stell dir vor, sie ist hinter den Typen her, die den Geldtransporter überfallen haben!"

„Was!?" Charly riss die Augen auf.

„Und dann ist mir was Blödes passiert!", Christina senkte den Blick, um gleich darauf Charly fest in die Augen zu schauen. „Ich hab mich verplappert und Nora von dem Geld erzählt!"

„Bist du verrückt geworden!?" Charly war entsetzt. „Niemand sollte davon erfahren! Auch Nora nicht!"

„Es war nicht mit Absicht!", wehrte sich Christina. – „Sie ist doch deine Tochter!"

Charly fuhr der Schreck in die Glieder. Er hatte Angst, dass sein Herz jeden Augenblick stehenbleiben würde. Bisher wähnte er sich halbwegs sicher, da auf Lenny Verlass war. Der ließ sich nicht so leicht von den Bullen ausquetschen. Und der Einzige, der außer ihm noch von ihrem Plan wusste, lebte nicht mehr.

„Wo hat Lenny das Geld her, Charly?"

„Das hab ich doch gesagt: Vom Spieltisch!"

Christina wiegte den Kopf langsam hin und her: „Und wenn das nicht stimmt!! – Er ist in dieser Geldtransportfirma beschäftigt! Hat er vielleicht mit dem Überfall zu tun?! – Um Himmelswillen! Charly!!"

„So ein Quatsch!", wurde Charly laut. „Wenn er sagt, dass er das Geld gewonnen hat, dann ist es eben so! Quäl mich nicht mit deinen Zweifeln! Sei froh, dass wir das Geld für die Nierentransplantation haben! Willst du, dass er stirbt?"

„Nein!", das wollte sie natürlich nicht!

„Ich werde ihm helfen!" Charlys Stimme zitterte, so aufgewühlt war er in diesem Moment.

62

Charlys Geduld wurde auf eine harte Probe gestellt. Immerhin tauchte drei Tage nach dem Treffen in Berlin wie versprochen eine E-Mail auf seinem Bildschirm auf, in der Frau Tschechowa, untröstlich darüber war, dass Charly noch warten müsse.

Doch dann war es endlich soweit! Er hatte die ersehnte Nachricht ausgedruckt und vor sich auf den Küchentisch gelegt. Außer dem Termin, an dem Ron in Pristina sein sollte, waren die Adresse der Klinik, der Name des persönlichen Betreuers, der sie vom Flughafen abholen würde, und die Mobilrufnummer des Kontaktmannes in Hamburg, dem Charly das Geld für die OP übergeben sollte, auf der Mail vermerkt.

Charly war mehr als erleichtert gewesen, als sich Christina dazu bereiterklärt hatte, mit Ron nach Pristina zu fliegen. Er wäre dazu nicht in der Lage gewesen! Die Batterie war leer und der elende Husten brannte in seiner Brust.

Er klappte sein Notebook auf und buchte die Flüge bei Turkish Airlines. Die Rückflüge wollte er erst dann bestellen, wenn mit der Transplantation alles in Ordnung gegangen war und Christina und Ron sich noch ein paar Tage in einem Kur-Hotel von den Strapazen erholt hatten.

„Sie haben sich gemeldet!" empfing Charly Christina, die den Griff der Wohnungstür noch in der Hand gehalten hatte. „Ich hab für euch die Tickets besorgt, Montagmittag fliegt ihr!"

Er nahm Christina den Einkaufsbeutel aus der Hand, trug ihn in die Küche und stellte ihn auf dem Küchentisch ab. Christina schälte sich aus ihrer Steppjacke und hängte sie an die Garderobe. Irgendwie war die Botschaft noch nicht bei ihr angekommen.

„Wo steckt er überhaupt?"

„Bei Nicole!"

Später, am Abend. Ron war gleich nach dem Abendessen auf sein Zimmer gegangen, hatte sich aufs Bett gelegt und war in seine Träume eingetaucht, ohne zu ahnen, was ihm bevorstand.

Christina saß vornübergebeugt am Couchtisch und tippte die Telefonnummern, die aus Pristina gekommen waren, in ihr Smartphone ein, während Charly zum x-ten Mal Ronaldos Labor- und Untersuchungsbefunde sortiert und einen Stapel Banknoten auf den Tisch gelegt hatte. Er hielt die Faust vor den Mund und räusperte sich.

„Das sind zehntausend Euro! Falls das nicht reicht, hast du ja deine Kreditkarte dabei!", sagte er und legte einen Computer-Ausdruck neben die Geldscheine. „Hier, der Buchungscode für eure Flüge! Ihr müsst in Istanbul die Maschine wechseln. Habt drei Stunden Aufenthalt. Ich maile Frau Tschechowa zu, wann ihr ankommen werdet. Und eins noch, du solltest das wissen: Sobald ihr im Flieger sitzt, rufe ich diese Nummer hier an", Charly zeigte auf eine fett geschriebene Mobilnummer, „um mich zu verabreden und das Geld für die Operation an die Kontaktperson zu übergeben. Frau Tschechowa erhält dann grünes Licht und uns sollte nichts mehr im Wege stehen!"

„Ich schaff das nicht!", Christina rang nach Luft, streckte den Rücken und legte das Smartphone neben sich aufs Sofa. Sie schüttelte den Kopf und sah Charly aus tränenverhangenen Augen an. „Und Ron in seinem Zustand erst recht nicht!"

„Doch, ihr schafft das!", hielt Charly dagegen. „Jetzt müssen wir uns auf das Wesentliche konzentrieren! Du packst eure Koffer und ich kümmere mich um die Dialyse-Termine!"

Frau Tschechowa hatte Charly geraten, vor der Reise dreimal in der Woche mit Ron zur Dialyse zu gehen. Dadurch würde eine Besserung des Allgemeinzustands eintreten und er wäre reisefertig.

„Du musst es ihm sagen!", drängte Christina und legte ihre Hand auf Charlys Unterarm.

„Noch nicht! Vielleicht Sonntagabend! Tut mir leid, aber nur so können wir sicher sein, dass er nichts von unserem Vorhaben erzählt. Wenn ihr fort seid, gehe ich zur Schule und melde ihn krank! Die Lehrer kennen das ja schon!"

Christina war vom Sofa aufgestanden und Charly ebenfalls.

„Und Nora, weihen wir sie ein?"

Charly schlang seine Arme um Christina und hielt sie eine Weile, bis seine Bronchien rebellierten. Er hustete sich frei, bevor er sagte: „Kein Wort zu Nora!"

63

Wegen des milden Herbsttages stand die Eingangstür des Schönheitssalons offen und dem geneigten Kunden strömte ein Duft aus Haarspray und Shampoo entgegen. Der Laden brummte, so kurz vorm Wochenende.

Während Beatrix, die Inhaberin des Salons – Anfang fünfzig, hübsches Gesicht, Bobfrisur, enge Jeans und weiße Bluse – einer Kundin die Locken nach allen Regeln der Zunft föhnte, was einen Höllenlärm machte, färbte Christina einer anderen Frau blonde Strähnen ins Haar und wickelte diese in Alufolien.

„Bedrückt Sie was?", fragte Christinas Kundin. „Sie sind so still heute!"

„Ist nicht mein Tag!", antwortete Christina und wischte sich mit dem Handrücken eine Träne von der Wange.

„So, und jetzt geht's unter die Haube!" Christina streifte die Handschuhe ab, griff zur Wärmehaube, die an der Wand an einem Teleskoparm hing, und zog sie ihrer Kundin über den Kopf.

„Ich verschwinde mal kurz", entschuldigte sie sich, „geh mal für kleine Engelchen!"

Beatrix, der kein Getuschel im Laden entging, sah Christina hinterher und lächelte der Kundin zu: „Das gibt sich wieder!"

Vierzehn Uhr. Endlich war Feierabend! Die letzten Kundinnen, eine Dauerwelle und eine Loki-Schmidt-Frisur, waren gegangen und Beatrix hatte die Eingangstür abgeschlossen.

„Ich würde dich gern sprechen, wenn wir hier mit allem fertig sind!", bat Christina, wich Beatrix' Blick aus und griff zum Besen. Sie fegte flink, ohne eine Ecke auszulassen, während Beatrix die Tageskasse abrechnete und Christinas Trinkgeld in einen Briefumschlag steckte. Fast gleichzeitig waren sie fertig.

„Das war's mal wieder für diese Woche!", sagte Beatrix und schob den Umschlag mit dem Trinkgeld über den Tresen. „Was hast du denn auf dem Herzen?"

Christina brach in Tränen aus. Das Lügen fiel ihr schwer, da Beatrix eine gute Chefin und fast wie eine Freundin war, immer fair und großzügig, wenn sie von jetzt auf sofort frei haben musste, um mit Ron zum Arzt zu fahren, was in der letzten Zeit immer häufiger vorkam.

„Ron geht es so schlecht", berichtete Christina, „doch es gibt unter Umständen eine Möglichkeit. Auf Anraten des Arztes im Altonaer Krankenhaus haben wir uns an einen Spezialisten in Amerika gewandt, der uns vielleicht helfen könnte. Ich fliege am Montag mit Ron hin! Es kann allerdings zwei oder drei Wochen dauern!"

„So plötzlich!?", reagierte Beatrix erstaunt.

„Du musst mir helfen!" Christina brach der Schweiß aus allen Poren. „Ich nehm den Rest meines Jahresurlaubs, das sind noch zwei Wochen, vielleicht muss ich ein oder zwei Tage unbezahlten Urlaub dran hängen!"

Christina wäre am liebsten im Erdboden versunken, so sehr schämte sie sich ihrer Lügen. Denn die Wahrheit war, dass sie mindestens vier bis sechs Wochen ausfallen würde.

„Warum hast du mir das nicht früher gesagt? Statt jetzt, so kurz vor Weihnachten!?"

„Es kam alles so schnell! Eigentlich wollte Charly fliegen, aber dem geht es im Moment gar nicht gut!"

„Es tut mit sehr leid! Aber ich versteh dich! Wenn das Rons Rettung sein kann, musst du es natürlich tun!"

Christina schluchzte, dass es Beatrix das Herz zerriss: „Ich hab solche Angst!"

Beatrix umarmte Christina und streichelte ihr über das Haar.

„Ich frag Sonja, ob sie, solange du fort bist, voll arbeiten kann!"

„Danke, dass du so viel Verständnis für mich hast!"

„Du schaffst das schon!", tröstete Beatrix die völlig aufgelöste Christina und reichte ihr ein Papiertaschentuch. „Ich wünsche euch alles, alles Gute!"

„Dankeschön!", Christina küsste Beatrix zum Abschied auf die Wange, packte ihr Werkzeug und einen schwarzen Umhang und stopfte alles zusammen in eine Tragetasche.

„Das werde ich dir nie vergessen!"

64

Immer noch hing der Essensgeruch über dem Tisch. Teller und Schüsseln waren leergegessen, so dass Christina, die dezent Makeup aufgetragen und ihr Haar mit zwei Kämmen hinter den Ohren festgesteckt hatte, sich daranmachte, das Geschirr abzuräumen.

„Lüftest du bitte mal!", bat sie Ron, der wie selbstverständlich vom Stuhl aufstand und die Balkontür öffnete. Er trug ein braunes FC St. Pauli-RETTER-T-Shirt, eine Marketingidee des Vereins, die in die deutsche Fußball-Geschichte eingegangen war.

„Komm mal zu uns aufs Sofa!", sagte Charly zu Ron. „Mama und ich müssen mit dir was bereden."

Ron hob die Augenbrauen. Christina zog noch den Tischläufer glatt und setzte sich zu ihnen.

„Jetzt pass mal auf, mein Sohn!", begann Charly auf seine umständliche Art das Gespräch. „Du weißt doch am besten, wie es um dich steht. Ich meine deinen Gesundheitszustand, der in den letzten Monaten immer schlechter geworden ist..." „...und", kam Christina Charly zur Hilfe, „dass dir deshalb nur eine Spenderniere wirklich helfen kann! Das weißt du doch!"

„Hast du mitgekriegt", fuhr Charly fort, „dass ich in der letzten Zeit öfter mal weg war?"

„Papa hat ein Krankenhaus gefunden, die haben eine Niere für dich!", hakte Christina ein.

Ron kräuselte die Stirn und sah erst seinen Vater und dann seine Mutter aus großen Augen an.

„Das heißt, dass du jetzt operiert werden kannst!"

Kaum hatte Charly den Satz ausgesprochen, da sprudelten Christina die Worte aus dem Mund: „Und morgen fliegen wir beide dahin!"

Jetzt war es raus und Charly wie Christina waren erleichtert.

Ron riss die Augen weit auf.

„Ich hab doch Schule! Wir schreiben morgen eine Physikarbeit, dann hätte ich völlig umsonst gelernt!"

„Papa kümmert sich darum!" Christina hatte einen Kloß im Hals. „Er bringt uns zuerst zum Flughafen und fährt gleich im Anschluss daran zur Schule, um dich bei deinen Lehrern zu entschuldigen. Wir müssen jedenfalls morgen fliegen!"

„Mit einem Hubschrauber?", fragt Ron interessiert.

„Das wäre viel zu weit!" lächelte Charly.

„Wir fliegen nach Pristina!", erklärte Christina.

„Was??", damit hatte Ron nicht gerechnet. „Wo ist das denn?"

„Das ist die Hauptstadt vom Kosovo! Da bekommen wir eine neue Niere für dich!"

„So schlau bin ich auch!" Ron war irritiert und eingeschnappt zugleich. „Weshalb schicken die denn meine Niere nicht nach Hamburg? Ich kann doch genauso gut hier operieren werden!"

„Das geht leider nicht, *chico*, das haben die Ärzte zu uns gesagt!", nannte Christina Ron bei seinem Kosenamen.

„Und deshalb müsst ihr dahin!", bestimmte Charly.

„Und warum sagt ihr mir das erst jetzt?", fragte Ronaldo und schien enttäuschst darüber zu sein, dass seine Eltern ihn nicht früher eingeweiht hatten.

„Wir wissen es selbst erst seit heute morgen!", log Charly. Ein Hustenanfall erschwerte ihm das Sprechen.

„Wenn du die Operation überstanden hast", glättete Christina den Unmut ihres Sohnes, „hängen wir einfach noch ein paar Tage Urlaub dran. Sobald du gesund bist, kannst du bestimmt auch wieder Fußball spielen!"

Rons Gesicht hellte sich auf. „Und Kapitän oder Helmtaucher werden!". Das waren gute Aussichten. Er sah Charly an und fragte: „Warum kommst du nicht mit, du hast doch mehr Zeit als Mama?"

„Schau mich doch an!", bedauerte Charly, der tatsächlich gern mit ihm nach Pristina geflogen wäre. „Ich huste von morgens bis abends! Das ist bestimmt nicht gut für dich, wenn du frisch operiert worden bist."

„Mein Koffer ist bereits gepackt!", lenkte Christina ein. „Was ist mit dir, nimmst du deinen Lieblingsschlafanzug mit?"

„Ich schreib schnell 'ne SMS an Nici!"

„Das lass man lieber!", bremste Charly Rons Aktivismus. „Bitte behalt es für dich. Deine Schwester weiß auch nichts davon", sagte Christina. „Nur wir drei! Es ist unser Geheimnis!"

„Am besten, du gibst mir dein Smartphone", forderte Christina Ron auf.

„Was soll das denn jetzt wieder?" Ron war zutiefst gekränkt. „Traust du mir etwa nicht?"

„Bitte, versteh uns doch!" Christina zog das Smartphone zu sich rüber, das Ron wieder auf den Couchtisch gelegt hatte. „Papa ruft Nora und Nicole an, sobald wir im Flugzeug sitzen."

Sie fuhren gleich nach dem Frühstück los. Charly schleppte die Koffer in die Tiefgarage und verstaute sie im Kofferraum. Er klemmte sich hinter das Lenkrad, startete den Motor und der Wagen rollte los. Charly streckte den Arm aus dem Seitenfenster und zog am Seilschalter vom Garagentor. Vorsichtig lenkte er den Golf die enge Auffahrt hoch. An der Straße warteten bereits Christina und Ron auf ihn und stiegen zu.

Sie quälten sich durch den morgendlichen Verkehr. Bis zum Flughafen brauchten sie geschlagene fünfzig Minuten. Charly bugsierte den Golf ins Parkhaus, das nah am Terminal 1 lag, und besorgte einen Gepäckwagen. Schweigend packten sie die Koffer auf den Wagen, legten Rons Umhängetasche mit seinem Tagebuch und Mecki, seinem Talisman, obenauf und schoben los Richtung Check-In.

Die Abfertigungshalle hatte etwas Futuristisches. Hoch über den Schalterreihen wölbte sich ein Blechdach, das durch eine aufwendige Brückenkonstruktion aus Rohren gehalten wurde.

Reisende wieselten von hier nach da, schoben Gepäckwagen oder zogen ihre Koffer hinter sich her. Ständig ertönten Warnhinweise oder Aufrufe aus der Lautsprecheranlage. Die Menschenschlange vor dem Turkish Airlines-Schalter war lang, aber es ging voran.

Charly sah nervöser aus als sonst, er hatte dunkle Ringe unter den Augen, sah sich dauernd um und hustete auffallend oft in seine Ellenbeuge. Christina hingegen blickte stur geradeaus und hatte nur den einen Wunsch, dass alles gut werden möge. Und Ron wusste nicht so recht, was er von der ganzen Sache halten sollte. Einerseits hatte er Angst vor der Operation, andererseits war ihm klar, dass er ohne eine neue Niere nicht mehr lange leben würde.

Er griff nach Charlys Hand, der die Aufregung seines Sohns spürte.

„Pass gut auf deine Mutter auf, mein Sohn!", lächelte Charly Ronaldo an.

„Das mach ich, ist doch Ehrensache!", antwortete Ronaldo und kämpfte gegen die Tränen an.

„Du schaffst das schon!", sprach Charly Christina Mut zu.

„Ach, Charly, ich hab solche Angst!", beklagte Christina die ganze Situation.

„Das brauchst du nicht, wenn es mir hinterher doch besser geht!", tröstete Ron seine Mutter.

„Wir haben diesen Moment so herbeigesehnt!", sagte Charly, legte seine Arme um die beiden und drückte sie fest an seine Brust. „Ich liebe euch so sehr! Ihr werdet sehen, alles wird gut!"

Nachdem sie ihre Koffer am Check-In-Schalter aufgegeben hatten und die Bordkarten in den Händen hielten, gingen sie in den Handgepäck-Check-In-Bereich. Hier war für Charly Schluss, weiter kam er ohne gültige Bordkarte nicht. Sie fielen sich noch einmal in die Arme, küssten sich und wischten sich die Tränen aus den Augen.

Nach der Sicherheitskontrolle winkten sie Charly ein allerletztes Mal zu, bevor sie zwischen den anderen Reisenden verschwanden.

Ohne Interesse passierten sie den Duty-Free-Bereich und gingen direkt zu ihrem Gate.

Der Airbus 380, mit dem sie nach Istanbul fliegen würden, war bereits am Rüssel der Gangway angedockt und wurde über einen Hubwagen mit Containern beladen.

„Komm, wir setzen uns ans Fenster, da sind noch zwei Stühle frei!", sagte Ron und freute sich darüber, das er von dort aus die Flugzeuge beim Starten und Landen beobachten konnte.

„Sag mal, Mama?", fragte Ron nach einer Weile. „Wie wird die Operation eigentlich gemacht?"

„Wir sprechen vorher noch mal mit dem Arzt, der wird uns alles genau erklären!", antwortet Christine.

„Wie lange sind wir weg?"

„Das entscheiden die Ärzte, vielleicht zwei bis drei Wochen." „Tut es sehr weh?"

„Du brauchst keine Angst zu haben, mein Kleiner, du wirst schlafen gelegt!"

Wieder ertönte die Lautsprecheranlage. Es war ihr Aufruf. Eine Frauenstimme verkündete, dass ihre Maschine zum Einsteigen bereit sei.

„Und wann krieg ich mein Smartphone wieder?", fragte Ron. „Gleich nach der Operation!", antwortet Christina.

„Versprochen?"
„Ja, *chico*, das ist versprochen!"

65

„Klick!" – Christinas Smartphone kündigte den Eingang einer WhatsApp an. Wie Ronaldo war sie vom Schlaf übermannt worden. Von dem Geräusch geweckt, schlug sie die Augen auf, sah rüber zu Ron, der sich unbeeindruckt von einer Seite auf die andere drehte, und griff nach dem Smartphone, das in einem Netz steckte, das an der Rückenlehne des Vordersitzes angebracht war. Die Nachricht war von Charly. Er hatte sich mit dem Verbindungsmann der Klinik getroffen und schrieb ihr, dass soweit alles klar sei.

„*Madre mia!*", stammelte sie und bekreuzigte sich. „Wo bin ich bloß hineingeraten!?" Während Ronaldo noch immer im Halbschlaf vor sich hindöste und davon träumte, dass er den A 380 fliegen würde. Folglich traf es ihn wie ein Stromschlag, als eine der Stewardessen die Fluggäste auf Albanisch und Englisch über die Bordlautsprecher aufforderte, die Tische wieder hochzuklappen, die Rückenlehnen aufrecht zu stellen und sämtliche elektronischen Geräte auszuschalten.

„Wo sind wir?", fragte er verschlafen.

„Wir landen gleich!", antwortete Christina. „Du musst dich jetzt anschnallen, *chico!*"

Ron drückte seine Nase ans Kabinenfenster und beobachtete den Autoverkehr auf den hell erleuchteten Straßen unter sich. Das war also Pristina!

Der Airbus 380 landete butterweich. Ron hätte es in seinem Traum nicht besser gekonnt. Die Bremsen schrien auf, und je langsamer der A 380 wurde, desto mehr legte sich die Anspannung unter den Fluggästen.

Die Maschine steuerte auf das Abfertigungsgebäude zu, das aus der Ferne betrachtet wie eine geöffnete Muschel aussah, in der ein riesiger Goldschatz funkelte.

Dramatisch drückten pechschwarze Wolken auf das gewölbte Dach des Gebäudes.

In der Ankunftshalle war der Zauber verflogen. Das blauweiße Licht der Leuchtstofflampen flackerte kalt. Menschen strebten mit müden Gesichtern den Ausgängen zu.

Über all dem hektischen Treiben hing eine Kuppel aus Lärm und Stimmengwirr, ständig unterbrochen von scheppernden Lautsprecherdurchsagen.

Vor den Schaltern an der Passkontrolle hatte sich eine lange Schlange gebildet. Als sie endlich an die Reihe kamen, zeigte Christina ihre Reisepässe vor und nannte wahrheitsgemäß – wie Frau Tschechowa Charly am Telefon geraten hatte – den Namen der Klinik in Pristina als ihr Reiseziel. Freundlich und ohne weiter nachzufragen winkte der Grenzbeamte sie durch.

Zügig gingen sie an der stinkenden Raucherarea vorbei auf das ratternde Gepäckband zu.

Viel schneller als erwartet entdeckten sie einen jungen Mann in Jeans und Parka, der ein Schild mit ihrem Namen, FAMILIE ENGEL, hochhielt. Er stellte sich vor, half ihnen, das Gepäck zum Wagen zu schaffen, und fuhr sie direkt in die Klinik.

Alles war bestens organisiert worden. Für Christina stand im Schwesternheim der Klinik ein Raum zur Verfügung und auf Ron wartete ein Krankenzimmer, das komfortabel und modern eingerichtet war. Außer dem himmelblau und weiß bezogenen Krankenbett standen ein Ecksofa, das hygienisch-pflegeleicht mit PVC überzogenen war, ein Tisch mit Stühlen, ein abschließbarer Schrank und ein Nachttisch mit Schubladen im Raum. Eine Versorgungsleiste mit indirekter Beleuchtung, Notrufschalter, diversen Geräteanschlussdosen und ein Fernseher, der gegenüber an die Wand geschraubt worden war, vervollständigten die Ausstattung des Zimmers.

Und dennoch, trotz des Komforts, roch es nach Krankenhaus, knitschten Gummisohlen über Linoleum, klapperte Geschirr, raunten Stimmen und klingelte das Stationstelefon.

Vor der eigentlichen Nierentransplantation wurde bei Ron noch mal ein körperlicher Check-up durchgeführt inklusive Blutgruppenbestimmung, Blutstatus, Magenspiegelung, Darmspiegelung, Röntgenaufnahmen der Thoraxorgane, Ultraschalluntersuchung des Bauches, Typisierung des Anti-Körperstatus, außerdem gab es Vorstellungen beim Neurologen, Kardiologen und Pulmologen.

Endlich war es soweit: Der Organspender war zwei Tage vor der Operation im Transplantationszentrum eingetroffen. Die Ärzte überprüften den allgemeinen Gesundheitszustand und führten nochmals eine Kreuzprobe durch. Als Empfänger des Organs nahm Ron die ersten Immunsuppressiva ein. Und da sich keine Hindernisse für den Eingriff ergeben hatten, fand die Transplantation wie geplant statt.

Die Operation wurden „überlappend" durchgeführt. Zunächst kam der Spender in den Operationssaal, wo sogleich mit der Entnahme der Niere begonnen wurde. Zwei Stunden später – noch vor dem Ende der Organentnahme – begannen die Chirurgen mit dem Eingriff bei Ron.

Der Nierenspender wurde schon einige Tage nach der Operation aus der Klinik entlassen und konnte wieder nach Hause zurückkehren.

Ron musste noch etwas länger beobachtet und betreut werden. Es musste überwacht werden, ob das neue Organ seine Arbeit gut aufnahm. Weiterhin musste, um eine Abstoßungsreaktion zu vermeiden, eine optimale Dosis für die Einnahme von Immunsuppressiva gefunden werden.

66

„Moin zusammen!", knurrte Oskar.

Er hatte den Mantelkragen hochgeschlagen, war übernächtigt und sah verkatert und durchgefroren aus. Er schlich an Rosas Schreibtisch vorbei und steuerte den Wasserspender an, der neben der Tür zu seinem Büro stand.

„Wieso ist da immer noch kein Wasser drin?", murmelte er in seinen Bart.

„Guten Morgen!", wünschte Rosa und stellte eine Gießkanne neben den Ficus benjamina, der an ihrem Schreibtisch stand.

„Möchte der Herr Hauptkommissar vielleicht einen Kaffee?"

„Wenn einer da ist!", brummte Oskar.

Rosa zog einen Schmollmund: Es war immer Kaffee da, dafür sorgte sie schon! Sie straffte den Busen, zog die gestärkte Bluse glatt und verschwand in der Teeküche. Ohne sie würde der Laden hier eines Tages zusammenbrechen, befürchtete sie. Rosa war mit ihrem Job verheiratet, war morgens immer die Erste im Büro und ging meist als Letzte. Niemand im Team um Hauptkommissar Oskar Lemmer stellte in Frage, dass sie der Dreh- und Angelpunkt der Abteilung war.

Bei Rosa war eine Mail von der Verkehrspolizei eingegangen, die für Oskar von einiger Bedeutung sein konnte. Sie hatte die Mail ausgedruckt, da sie von Oskars gestörtem Verhältnis zu seinem Computer wusste, und auf seinen Schreibtisch gelegt.

Während sie noch in der Pantry hantierte und Kaffee in einen Becher goss, ließ Oskar sich in seinen Stuhl fallen.

Er hatte gerade nach der Email gegriffen, als Rosa den Raum betrat. Sie stellte den aromatisch duftenden Kaffeebecher auf seinen Schreibtisch.

„Hier Chef, der weckt Tote auf!"

„Was soll das hier?" Oskar fächelte sich mit dem Bericht der Verkehrspolizei Luft zu.

Rosa hob pikiert die Augenbrauen und schürzte die Lippen.

„Dachte, das würde Sie interessieren! Kam heute Morgen rein. Die Kollegen von der Verkehrspolizei haben an der Rissener Landstraße eine Geschwindigkeitsüberschreitung von über hundert km/h gemessen. Haben Sie mal aufs Datum geguckt, Chef?"

Sie drehte sich um, schwang die Hüften und stöckelte aus dem Raum. Oskar blickte ihr hinterher. Da war doch noch was, dachte er und fühlte sich in diesem Moment ziemlich einsam. Das ständige Rumhängen im „Café Katelbach" half ihm auf Dauer auch nicht weiter. Sein Blick wanderte über die Mail, suchte nach möglichen Hinweisen und las den Bericht zum zweiten Mal. Dann fiel bei ihm der Groschen!

„Also doch!", fluchte er, schnellte aus dem Stuhl, steckte den Kopf durch die Türöffnung und donnerte in den Raum: „Nora!"

Nora saß hinter dem Schreibtisch und tippte ab und an auf die Tastatur, als suchte sie nach etwas. Sie hatte ihre rotblonden Locken zu einem Pferdeschwanz zusammengebunden, trug über der obligatorischen Bluse eine kurze Weste, die offen stand, und steckte in engen Bluejeans. Sie lächelte Oskar entwaffnend entgegen, der aus seinem Kabuff gestürzt war, ein Blatt Papier hochhielt und zu ihr an den Schreibtisch eilte.

„Was hältst du hiervon?", fragte er und drückte ihr den Computerausdruck in die Hand.

Nora hielt das Blatt vor ihre Nase. Ein Farbfoto zeigte einen dunkelblauen KIA Sportage, in dem zwei gruselig maskierte Personen saßen.

„Meinen Glückwunsch!", kommentierte Oskar den Bericht. „Ich lag mit Majewski daneben. Du hattest völlig recht, der Wagen da", Oskar ging um den Schreibtisch herum, beugte sich über Noras Schulter und stupste mit dem Zeigefinger auf das Blatt, „ist auf einen gewissen Leonard Pichler zugelassen!"

„Ich wusste es, von Anfang an!" Nora strahlte. „Majewski hatte einfach nicht das Zeug für einen Überfall!"

„Ist ja schon gut!", knurrte Oskar. „Kannst stolz auf dich sein! Das Pärchen hat uns nach Strich und Faden verscheißert!"

Angelockt von den neuen Erkenntnissen, bequemten sich die „Zwillinge" hinter ihren Schreibtischen hervor und mischten sich in die Diskussion ein.

„Ein cooler Typ, dieser Pichler, war bei der Fremdenlegion!" Paddy verzog anerkennend den Mund und riss plötzlich, als wäre ihm kalt geworden, den Reißverschluss seiner Angelo-Litrico-Sweatjacke bis zum Hals hoch.

„Wenn Pichler der Fahrer ist, wer ist dann der andere? Wer steckt hinter Michael Myers?", warf Claus ein, der sich in der Horrorfilm-Reihe *Halloween* und der Geschichte von Michael Myers auskannte, der als Sechsjähriger seine siebzehnjährige Schwester ermordete und nach fünfzehn Jahren am Vorabend von *Halloween* aus einer psychiatrischen Klinik ausbrach, drei Teenager umbrachte und schließlich – scheinbar – getötet wurde.

Nora zog das Foto wieder zu sich rüber. Sie starrte darauf, als wollte sie es mit ihrem Blick verbrennen. Der Beifahrer schien unter seiner Maske zu schwitzen. Er lupfte sie am Hals genau in dem Moment, in dem die Fotoaufnahme gemacht wurde, und ließ Luft an seine Haut.

Nora lief ein kalter Schauer über den Rücken. Den außergewöhnlichen, breiten Ring aus Stahl mit Gold, den der Maskierte auf dem Beifahrersitz trug, kannte sie. Ihr Vater trug solch einen Ring! Sie verlor fast den Boden unter den Füßen. Ihr Puls raste. ‚Reiß dich zusammen!', ermahnte sie sich. Jetzt sich bloß nichts anmerken lassen! Sie zwang sich zur Ruhe, atmete ein und langsam wieder aus. Es war kein Gewinn im Spielcasino von Lenny! Und, verdammt noch mal, sie steckten alle unter einer Decke! Sie wollte es einfach nicht glauben: Ihr Vater beging einen Raubüberfall! Das durfte nicht wahr sein! Aber der auffällige Ring konnte der Ehering von ihrem Vater sein!

„Was ist mit dir, du siehst mit einem Mal so blass aus!", erkundigte sich Oskar bei ihr.

„Mir wird schlecht!!", stöhnte Nora.

Bisher wusste niemand von ihrer Schwangerschaft, weder Christina noch Kevin und schon gar nicht Oskar.

Nora stand auf und wankte in den Flur, um tief durchzuatmen.

„Was hat sie denn?", fragte Rosa, die im Türrahmen stand und die ganze Zeit mitgehört hatte.

„Ich glaub, die ist schwanger!", unkte Oskar und ahnte nicht, wie recht er hatte.

67

Nora hielt sich mit beiden Händen am Waschbeckenrand fest und atmete tief ein und aus. Sie war angeschlagen, und es kostete sie einiges an Überwindung, wieder zurück ins Büro zu gehen.

Sie spürte Rosas besorgte Blicke im Rücken, als sie sich an ihrem Schreibtisch vorbeidrückte, an der alle vorbei mussten, um an ihre Arbeitsplätze zu kommen. Die Luft in den Büros war abgestanden, roch nach Kaffee und Achselschweiß. Durch die geschlossenen Fenster drang das Tatütata eines Martinshorn.

Oskar wartete neben Noras Schreibtisch auf sie. Er zwängte sich gerade in seine kugelsichere Weste, als sie hereinkam, und rief ihr entgegen:

„Geht es wieder?"

Nora schielte an ihm vorbei zum Bußgeldbescheid, der auf dem Besuchertisch lag und so viel Unheilvolles barg. Allein der Anblick des Blatt Papiers löste in ihrem Magen eine Revolte aus. Sie riss sich zusammen und wehrte den aufkeimenden Übelkeitsschub ab.

„Es geht schon!"

Welch eine fatale Situation! Der Vater krank, hustete sich die Lunge aus dem Leib, der Stiefbruder lebte nicht mehr lange, wenn er nicht bald eine neue Niere bekäme, die Stiefmutter schrammte an einer Depression vorbei, und was war mit ihr? War sie bereits am Ende ihrer Karriere angekommen, bevor sie überhaupt begonnen hatte, weil sie schwanger war?

In Nora keimte eine leise Hoffnung auf, dass vielleicht doch jemand anderes als ihr Vater neben Lenny Pichler gesessen hatte. Ihr Inneres befahl ihr, die Familie und allem voran ihren Stiefbruder in Schutz zu nehmen! Sie musste umgehend mit ihrem Vater sprechen! Wollte von ihm hören, dass er mit dem Raubüberfall auf den Geldtransporter nichts zu tun hatte! Und deshalb schwieg sie und sagte nicht, dass ihr Vater und Lenny Pichler beste Freunde waren.

Während ihre Gedanken rotierten, hatte Oskar das Jagdfieber gepackt. Er streckte den Arm aus, zeigte mit dem Zeigefinger auf Paddy und wies an:

„Du löst die Fahndung aus!"

Paddy griff zum Telefon.

Oskars Zeigefinger wanderte von Paddy zu Claus:

„Und du setzt sofort das MEK in Trab! Die sollen sich bereit halten. Höchste Alarmstufe, die Kerle sind bis unter die Zähne bewaffnet!"

Claus tat, was ihm befohlen war. Dann warteten die Kollegen und Nora auf Reaktionen, bis sich Paddys Telefon nach zehn Minuten meldete. Paddy riss den Hörer ans Ohr und lauschte. „Bleib kurz dran!", forderte er und deckte die Sprechmuschel mit der Hand ab.

„Der Wagen steht vor Pichlers Haustür und in der Wohnung brennt Licht!", wiederholte Paddy die eingegangene Meldung.

„Die sind auf Zack!", lobte Oskar die Streifenwagenbesatzung, die zur Polizeiwache am Bloomkamp gehörte. „Die Streife soll die Umgebung sichern! Niemand darf das Haus betreten oder verlassen. Die Gegend dort ist eng bebaut. Sollten um diese Zeit noch Kinder auf dem Spielplatz sein, was ich nicht glaube, oder Jugendliche im Park rumhängen, sind sie in Sicherheit zu bringen! Und jetzt seht zu, dass ihr in Gange kommt!"

Die „Zwillinge" griffen nach ihren kugelsicheren Westen, die neben der Tür zum Flur im Schrank hingen, zogen sie routiniert über ihre Schultern und eilten zum Aufzug.

„Ich geh schnell zu Olberding!", sagte Oskar zu Nora. „Der soll sich um den Papierkram kümmern!"

„Und du!", Oskar zögerte und forschte in Noras kalkweißem Gesicht nach ihrem Gemütszustand. „Du holst schon mal den Wagen!" – Nora hatte keine Wahl.

Sie rasten quer durch die Stadt und bahnten sich mit Blaulicht und Sirene eine Schneise durch den abendlichen Berufsverkehr.

Als sie fünfundzwanzig Minuten später an der Wohnung von Lenny Pichler ankamen, hatten das MEK und die „Zwillinge" ihre Positionen bereits bezogen.

Oskar kannte den untersetzten fünfzigjährigen und wortkargen MEK-Einsatzleiter Fritz Richter, der trotz seiner mürrischen Art kompetent und sympathisch rüberkam.

Richter hockte hinter einem schwarzen 7er BMW und flüsterte konzentriert in ein Sprechfunkgerät. Seine Blicke bohrten sich in die Gardinen der Erdgeschosswohnung. Er war ein erfahrener Polizist, der den richtigen Augenblick für einen Zugriff nicht verpassen wollte.

Während Nora auf Oskars Anweisung hinter dem Wagen der „Zwillinge" in Deckung gegangen war, wagte Oskar sich weiter vor und hockte sich neben den Einsatzleiter. Sie schüttelten sich die Hände und der MEK-Einsatzleiter informierte Oskar im Telegrammstil über die Lage. Oskar wiegte mit dem Kopf; er hatte verstanden.

„Ihr wartet noch!", wies er den Einsatzleiter an und winkte Nora zu, die hinter ihrer Deckung hervorkam.

68

Zur selben Zeit, als der Zufall in Form einer Email auf Oskars Schreibtisch landete, schlurfte Charly mit gesenktem Kopf an der Hundewiese vorbei, um sich von Lenny zu verabschieden. Vom Husten geschüttelt, hatte er den Mantelkragen aufgestellt und fröstelte im Abendwind.

Charly hatte sämtliche Freude am Leben verloren. Selbst die kleinste Anstrengung machte ihm zu schaffen. Ihm war längst klar geworden und nicht zu überhören: Eines Tages würde der Husten ihn umbringen.

Aber vor allen Dingen ließ ihn der Tod Eduard Wolfs nicht los. Er fühlte sich schuldig, während Lenny, der als Fremdenlegionär schon einige Tote am Straßenrand hatte liegen gesehen, den tragischen Unfall leichter hinnahm. Nur der Gedanke daran, dass Ron die Nierentransplantation überstanden hatte und der Eingriff problemlos verlaufen war, sowie die Aussicht, ihn bald wieder zu sehen, half ihm, sich auf den Beinen zu halten.

Charlys Finger zitterten, als sie auf den Klingelknopf zu Lennys Wohnung drückten. Prompt schnarrte der Türöffner und Charly stemmte sich mit der Schulter gegen die Eingangstür. Lenny stand mit einer Flasche Astra Pils in der Hand im Treppenflur und begrüßte ihn:

„Nimmst du auch eins!?"

Charly nahm die Bierflasche und trat in den kleinen Flur. Er stolperte gegen zwei prall gefüllte Koffer, die gegenüber der Wohnungstür abgestellt waren. Daneben lehnte ein Rucksack mit Handgepäck an der Wand. Lennys olivgrüne Safariweste lag wie achtlos hingeworfen über den Gepäckstücken. Im Fernseher lief *Rosenheim-Cops* und auf dem Couchtisch drängten sich ein voller Aschenbecher, Reiseführer, Pässe und Flugtickets aneinander.

„Wo ist Loretta?", fragte Charly. „Weiß sie Bescheid?"

„Spinnst du? Was denkst du von mir? – Sie ist zu ihrer Mutter gefahren, um sich von ihr zu verabschieden!"

„Ist ja schon gut!", sagte Charly. Er wirkte abwesend und niedergeschlagen. „Ich dachte nur, wir wollten es für uns…!" – „Mensch, Charly, das versteht sich doch von selbst! Von dem Geld weiß Loretta absolut nichts! Hab gesagt, dass ich was auf der hohen Kante habe. Und ihre Mutter lässt sie in dem Glauben, dass wir in Urlaub fahren", unterbrach Lenny ihn und als Charly daraufhin schwieg, „übrigens, Loretta hat das Taxi zu um sechs morgen früh bestellt."

Charly trank einen Schluck Bier aus der Flasche und sah sich in Lennys Wohnzimmer um. Lenny würde sein altes Leben, den Job bei WDT, sein Auto, den neuen HD-Fernseher, eben alles hinter sich lassen! Lenny, dem nicht entgangen war, dass Charlys Blick über seine Möbel wanderte, dachte sich seinen Teil und kommentierte theatralisch:

„Das hier bedeutet mir nichts! Ich will weg, nach Afrika!"

„Was wird aus der Wohnung?"

„Lorettas Mutter hat einen Schlüssel, sieht nach dem rechten und leert den Briefkasten. Ich verfasse eine Vollmacht, sobald wir in Afrika sind, und bitte sie, die Wohnung zu kündigen und den Hausstand aufzulösen."

„Geht das!?", fragte Charly.

„Später holen wir sie nach, das musste ich versprechen!", fuhr Lenny fort, ohne sich von Charlys Zweifel beirren zu lassen. „Willst du noch ein Bier?"

„Ich geh erst eine rauchen!", antwortet Charly und verzog sich auf den Balkon, während Lenny in die Küche ging, den Kühlschrank öffnete und zwei Bierflaschen herauszog.

„Kommt ihr uns in Afrika besuchen?", fragte Lenny, nachdem Charly wieder im Sessel hockte. Er war aufgekratzt und griff nach dem Flaschenöffner. „Ich richte euch auf meiner Ranch ein Zimmer ein", schwärmte er. „Vielleicht sollten Loretta und ich auch ein Kind haben und du wirst Patenonkel!"

„Ich kotz gleich!", wurde Charly laut. „Du kennst keine Skrupel! Wir haben einen umgebracht!"

„Was willst du eigentlich von mir?", verteidigte Lenny seinen Lebenstraum. „Meinst du, dass ich das wollte, dass Eduard auf der Strecke geblieben ist?!"

Charly schwieg. Er war am Ende. Sein Kinn war ihm auf die Brust gefallen, und während er wieder einmal daran dachte, sich zu stellen und seinen Teil an der Beute zurückzugeben, zerschnitt der Dreifach-Tür-Gong an Lennys Wohnungstür die Stille.

69

"Hier ist die Polizei! Machen Sie die Tür auf!"

Lennys Finger zuckte zurück, wodurch der Lautsprecher am elektrischen Türöffner wie ein Blechfrosch knackte.

„Verdammt, die Bullen stehen vorm Haus!", fluchte er und drückte die Wohnungstür zu, die er bereits einen Spalt breit geöffnet hatte.

„Und ich dachte, es sei Loretta…!"

Wieder schlug der Gong! Und gleich darauf noch einmal! Dann war es still!

Als sich nach dem dritten Klingeln nichts tat, liefen Oskar und Nora zurück zum MEK-Einsatzleiter, der hinter seinem Wagen auf sie wartete.

„Sie machen nicht auf!", sagte Oskar. „Jetzt bist du an der Reihe!"

Der vierschrötige Mann war auf diesen Moment vorbereitet.

„Ihr bleibt hier, bis ich euch ein Zeichen gebe!"

Richter raunte einen Befehl ins Sprechfunkgerät, und hinter einem VW-Touran kamen vier vermummte Polizisten hervor. Einer von ihnen schleppte eine Ramme, während die anderen ihm mit ihren Schnellfeuerpistolen Deckung gaben.

Lenny lauschte an der Tür. Das kannte er! Das war die Ruhe vor dem Sturm! Er lief ins Schlafzimmer und blickte durch die Gardinen auf die Straße.

„Eine Armada!", fauchte er, als er die Einsatzfahrzeuge der Polizei auf der Straße sah. Er dachte nicht eine Sekunde daran, die Tür zu öffnen. Stattdessen stieß er Charly beiseite, der ihm bis an die Schlafzimmertür gefolgt war, und stemmte sich mit seinem ganzen Gewicht gegen die Eichenkommode, die im Flur stand.

„Los Mensch, schieb! So leicht mach ich es denen nicht!" Nachdem sie die Wohnungstür verrammelt hatten, sprang Lenny vom Flur ins Wohnzimmer, riss eine der Schubladen in der Schrankwand auf, langte rein und kramte zwischen Fotos und Papieren eine Pistole hervor.

„Hier!", rief er und warf Charly die Luger 08 zu. „Entsichern!" Er griff wieder in die Lade, nahm eine Colt Automatik Kaliber 45 heraus und zog den Schlitten der Waffe durch.

Charly starrte die Pistole in seinen Händen an und sackte aufs Sofa. Im Zeitlupentempo, so als überlegte er noch, legte er die Pistole auf den Couchtisch.

„Geh allein! Ich will nicht mehr…ich stelle mich!"

Lenny, der aus seiner militärischen Vergangenheit brenzlige Situationen gewohnt war, zog Charly am Arm.

„Bist du völlig bescheuert!?", fuhr er ihn an. „Ich lass mir von denen nicht meinen Lebenstraum kaputt machen!"

Charlys Bronchien pfiffen: „Es ist aus… sieh mich doch an, ich kann nicht mehr!"

„Los!", blaffte Lenny ohne Rücksicht auf Charlys Gesundheitszustand. „Raus hier!"

Der Schlag mit der Ramme saß! Die Hauseingangstür flog auf und schlug mit dem Griff gegen die Wand. Putz bröckelte zu Boden. Die Polizisten huschten ein paar Steinstufen hoch und gingen vor Lennys Wohnungstür in Position. Der Einsatzleiter folgte seinen Männern auf den Fersen. Er hob den Zeigefinger vor den Mund, sah von einem zum anderen und lauschte an der Wohnungstür. Nicht ein Laut war zu hören!

„Jetzt!", befahl er.

Der Polizist mit der Handramme holte aus und schlug hart zu.

Lennys Reflexe arbeiteten auf Hochtouren. In dem Moment, als die Polizisten unten die Eingangstür knackten, riss er die Besenkammer auf, öffnete den Verteilerkasten und schaltete die Sicherungen aus. Auf einen Schlag war es dunkel in der Wohnung! Er griff Charlys Arm, duckte sich, was Charly ihm instinktiv nachmachte, und zerrte ihn hinter sich her bis auf den Balkon.

Im Hans-Christian-Andersen-Park, wenige Meter vom Balkon entfernt, spendete eine einsame Laterne nur schwaches Licht.

„Unten bleiben!", zischte Lenny in Charlys Ohr und lauschte. „Los, mir nach!" Er rollte sich über die Balkonbrüstung, riss einen Blumenkasten mit, stürzte auf den Rasen, rappelte sich hoch und verschwand im nahen Gestrüpp.

Genau in diesem Augenblick splitterte Lennys Wohnungstür und brach aus Schloss und Angeln. Die Scharfschützen schoben die Tür samt der Kommode in den Flur und enterten die Wohnung.

„Sicher!", meldete einer aus der Küche.

„Sicher!", rief ein anderer aus dem Wohnzimmer.

Die Wohnung war leer!

Charly war längst nicht so wendig wie Lenny. Er japste und stöhnte, als er ein Bein über die Brüstung schwang und sich plötzlich und völlig grundlos aufrichtete. Mehrere Lichtkegel aus Stablampen erfassten ihn. Er fuchtelte mit der Waffe in der Luft herum und schoss!

Die Kugel zischte am Kopf eines Polizisten vorbei und schlug auf der anderen Seite des Parks in einen Baum ein. Sofort erwiderten die MEK-Schützen das Feuer. Charly ließ die Pistole fallen. Sein Körper sackte nach vorn. Erst langsam, dann, mitgerissen vom eigenen Gewicht, stürzte er vom Balkon und fiel mit einem dumpfen Schlag auf den Rasen.

„Charly!", brüllte Lenny und kroch aus dem Gebüsch. Er legte sich flach auf den Rasen, krallte die Finger in den Boden und zog sich vorwärts, bis ihn ein kaltweißer Lichtstrahl erfasste. Lenny sah rot und schoss in die Richtung der Lichtquelle.

„Verdammt, sie haben uns am Arsch!", keuchte er und griff nach dem Fuß des Freundes. „Halt durch!"

In dem Moment schlug eine Kugel in Lennys Oberschenkel ein! Er brüllte vor Schmerz, ließ die Colt Automatik fallen und wälzte sich am Boden.

Blitzschnell stürzten die MEK-Schützen aus dem Gestrüpp, hinter dem sie sich versteckt hatten, sammelten die Waffen ein und fesselten Lenny die Hände mit einem Kabelbinder, während Charly röchelte und sich nichts sehnlicher wünschte, als dass es Ron gut ginge.

Aus war der Traum von einem Leben in Afrika! Und aus war der Traum von einem Ruheständler, der mit seiner „Möwe" die Weltmeere befuhr! Ein simples Foto, aufgenommen von einer Radarfalle in einer Gewitternacht, hatte sie verraten!

Nora hörte von ihrem Posten aus die Schusswechsel. Dann war es totenstill. Oskar nickte ihr zu. Sie kamen hinter dem Wagen des MEK-Leiters hervor und liefen über die Straße ins Treppenhaus.

Der Einsatzleiter kam ihnen an der Wohnungstür entgegen. Er zündete sich eine Zigarette an und inhalierte den Rauch tief in die Lungen.

„Neben Pichler", berichtete er, „befand sich noch eine weitere, bisher noch unbekannte männliche Person in der Wohnung. Sie wollten sich über den Balkon in den Park absetzen. Sind uns quasi direkt in die Arme gelaufen. Der eine hatte sich im Gestrüpp verkrochen, während der ältere das Feuer eröffnete und um sich schoss. Der Notarzt ist unterwegs, aber es steht ziemlich schlecht um ihn!"

Wieder zog der Einsatzleiter an seiner Zigarette. Er sah grau und müde aus, und vielleicht verfluchte er seinen Job in diesem Augenblick.

„Wer hat schon gern ein Menschenleben auf dem Gewissen!", knurrte er und zeigte mit dem Daumen über seine Schulter. „Ihr könnt reingehen!"

Nora rannte los! Auf das Schlimmste gefasst, stürzte sie in Lennys Wohnung und drängte sich an den Männern vom Mobilen Einsatzkommando vorbei, die im Flur standen und auf Anweisungen des Einsatzleiters warteten.

Oskar dagegen blieb ganz ruhig und marschierte hinter ihr her!

Ohne Zögern lief Nora ins Wohnzimmer. Die Balkontür stand offen. Sie trat nach draußen. Ein Blumenkasten war aus den Halterungen gerissen worden. Angsterfüllt stellte sie sich an die Stelle, wo die vertrockneten Geranien fehlten, und beugte sich über das Balkongitter.

Das Bild, das sich ihr bot, übertraf all ihre Befürchtungen!

„Papa, was hast du gemacht!?", schrie sie.

Nora flankte über die Brüstung, knickte ein und landete direkt neben Charly. Sie drehte sich um und rutschte auf den Knien so nah an ihn heran, dass sie ihm trotz der Dunkelheit in die Augen schauen konnte.

„Ihr könnt mich jetzt allein mit ihm lassen!", schickte sie die beiden Polizisten weg, die ihre Waffen auf

Charly gerichtet hatten. Leise, als erschreckte sie ihre vorgetäuschte Kaltschnäuzigkeit, fügte sie hinzu:

„Der tut niemandem mehr was!"

Oskar, der nach einem Blick vom Balkon entschieden hatte, dass er mittlerweile für so einen Sprung zu alt sei, drehte sich um und lief zum Treppenhaus, wo er mit Rudolf Olberding zusammenstieß. Olberding fragte nach dem Stand der Dinge.

Während Oskar noch dabei war, die Lage zu schildern, strich Nora ihrem Vater die Haare aus der Stirn und stammelte:

„Was hast du gemacht!?"

Ihr Magen rebellierte, Tränen strömten über ihre Wangen.

Charly schlug die Augen auf.

„Ein…Unfall!", keuchte er.

„Verdammt…es…tut…so…weh!"

Nora beruhigte ihn, obwohl sie wusste, dass er keine Chance hatte:

„Der Notarzt ist auf dem Weg!"

„…nicht…absichtlich…erschossen…!", röchelte Charly.

Er zerrte an dem braunen Lederband, das um seinen Hals hing.

„Nimm…das Geld, fahr…raus, …es…ist…in der „Möwe"!"

Nora half ihm, dass Lederband mit dem Bootsschlüssel über seinen Kopf zu ziehen.

„…keinen…anderen…Ausweg…mehr…gesehen!", ächzte Charly. „…Ron…soll…leben!"

Nora hatte ihre Steppjacke ausgezogen und unter Charlys Kopf gelegt.

„Du darfst die Beute…nicht preisgeben! – Sonst war alles umsonst!" –

„Hilf…ihnen…ein neues Leben…anzufangen!"

Nora starrte auf den Schlüssel in ihrer Hand. Voller Zweifel, jetzt das Richtige zu tun, stopfte sie ihn in ihre Gesäßtasche. Gerade noch rechtzeitig, da in diesem Moment Oskar und Olberding um die Hausecke bogen.

Charly suchte nach ihrer Hand und hielt sie, so fest er konnte.

„Du…musst…es…mir…versprechen!", hauchte er mit letzter Kraft. „Ich…habe…es…für Ron…getan!".

„Ich verspreche es!", erwiderte Nora automatisch und schluchzte. – Was hätte sie auch sonst sagen sollen?! –

Charly schloss die Augen.

70

Nach der Transplantation wurde Ron auf die Intensivstation verlegt. Wie in den meisten Fällen, hatte die Niere bereits im OP-Saal ihre Funktion aufgenommen. Stationsschwestern versorgten ihn mit ausreichend Flüssigkeit und zahlreichen Medikamenten. Seine Blutwerte, Urin und Flüssigkeitszufuhr wurden ständig kontrolliert. Auch wurde in den ersten Tagen zur Kontrolle täglich eine Ultraschalluntersuchung der Nieren durchgeführt. Ron fühlte sich von Tag zu Tag etwas besser und konnte wieder leichter essen und trinken.

Frau Tschechowa war mit Rons Genesungsverlauf zufrieden. Sie ordnete am dritten Tag nach der Operation eine Lockerung der Überwachungen an und ließ Ron wieder auf die Station verlegen.

Ron saß aufrecht im Bett. Er hatte die elektrische Kopfstütze senkrecht gestellt, das Kopfkissen hinter seinen Rücken geschoben und sich angelehnt.

„Du musst trinken, *chico!*", mahnte Christina, sah kurz auf, um gleich darauf wieder an ihrem Smartphone herumzufingern. „Er hat noch nicht geantwortet!"

Ron zog den Nachtschrank zu sich heran, goss aus einer Karaffe Wasser in sein Glas und trank einen Schluck.

„Recht so!", lobte Frau Tschechowa, die soeben das Zimmer betrat. „Wenn du weiterhin so gute Fortschritte machst, darfst du in zwei Wochen nach Hause gehen!"

„Das muss ich sofort Nici schreiben", freute Ron sich, „die macht sich bestimmt schon Sorgen um mich! Wo ist mein Smartphone überhaupt? Du hast versprochen, dass ich es gleich nach der Operation wiederbekomme!"

Vorwurfsvoll sah er seine Mutter an.

„Ich hol's dir gleich", besänftigte Christina Ron. „Das hab ich doch glatt vergessen!"

„Versprochen ist versprochen!", mischte Frau Tschechowa sich ein und lächelte von Ron zu Christina. „Doch jetzt, schau mal, was ich dir mitgebracht habe!"

„Ein Schulheft, was soll ich mit einem Schulheft?" Ron verzog das Gesicht.

„Oh nein, das ist kein Schulheft!", erwiderte Frau Tschechowa und wurde sachlich. „Das ist dein Nierentagebuch! Ich zeige dir, wie du es führen musst. Hier, in diese Tabelle, trägst du jeden Tag Morgen- und Abendgewicht, Temperatur, Blutdruck, Urinausscheidung und die Gesamttrinkmenge über vierundzwanzig Stunden ein. Und das hier ist eine Liste mit den wichtigsten Medikamenten, die du einnehmen musst. Zum Beispiel deine Immunsuppressiva und Blutdruckmedikamente. Nach jeder Einnahme der Medikamente wird ein Häkchen gesetzt! Das hilft dir die, Medikamente korrekt einzunehmen."

Die Ärztin machte eine kurze Pause. Sie klappte das Nierentagebuch zu und legte es auf Rons Nachttisch. Dann wandte sie sich Christina zu und sagte:

„Die Schwestern werden Ihnen und Ihrem Sohn zeigen, wie eine Niere abgetastet wird, um mögliche Zeichen einer Abstoßung zu erkennen. Keine Sorge, das ist…"

In diesem Moment meldete sich Christinas Smartphone. Sie schaute aufs Display: Charly!

„Mein Mann ist dran! Ich warte schon die ganze Zeit auf seinen Anruf!"

Christina schnellte vom Stuhl, lief in den Korridor und drückte aufgekratzt auf die Empfangstaste, wo es doch so viel Gutes zu berichten gab!

„Frau Engel?"

Das war nicht Charlys Stimme!

„Spreche ich mit Frau Christina Rodriguez Engel?"

„Wo ist Charly?"

„Ich bin von der Polizei, Hauptkommissar Oskar Lemmer!"

Christina schlug das Herz bis zum Hals.

„Was wollen Sie? Ich will mit meinem Mann sprechen! Ist was passiert?"

Oskar hasste seinen Beruf in solchen Momenten, zumal Nora ihm gegenüber auf dem Sofa saß.

„Ich habe keine guten Nachrichten für Sie!"

Herzlichen Dank an Bernd Schmidt, langjähriger Freund, der mich vom ersten Wort an bei der Arbeit an diesem Roman unterstützte; Dr. Christian Auerswald für Hinweise und fachkompetente Beratung; Michael Jalowczarz, meinen Bruder, der den Buchumschlag gestaltete, und meine Frau Petra Maria Jalowczarz für ihre Geduld, die Kommentare und kreativen Vorschläge, die beim Schreiben von großer Hilfe waren.

**Reinhard Jalowczarz
KORRUPT**
auf Gedeih und Verderb

Bestechung, Bestechlichkeit, moralischer Verfall...
Der Elektroingenieur Richard Gotha kehrt nach mehrjähriger beruflicher Tätigkeit im Iran mit seiner Familie nach Hamburg zurück. Hier wartet ein neues Aufgabengebiet im Verkaufsbüro einer Firma für Anlagenbau auf ihn. Er gerät in ein Netz aus Intrigen und Bestechung, aus dem er sich erst befreien kann, nachdem es Tote gegeben hat.

„Zwanzigtausend Mark in bar!", flüstert Richard. „Keine Quittung oder so! In einem unauffälligen Briefumschlag! Nur du und ich!"
„Was muss ich dafür tun?"

Dieser Roman ist über den Buchhandel erhältlich oder im Internet über www.amazon.de sowie in weiteren Online-Shops.
ISBN: 978-3-8448-7172-2
E-Book: ISBN 9783848286218

Reinhard Jalowczarz
Wo ist Uwe?
Geschichten (nicht nur) aus Altona

Die Kurzgeschichten sind ein Hommage des Autors an die Freunde aus alten Zeiten. Diese können sich in den Schilderungen über wilde Partys, durchzechte Kneipennächte und Romanzen wiederentdecken, auch wenn ihre Namen geändert wurden. Sie sind eine Liebeserklärung an seinen Geburtsort Hamburg-Altona, der sich mit Beginn der Siebziger zu einem quirligen multi-kulturellen Stadtteil entwickelte, und erzählen darüber hinaus vom bewegten Leben auf der Walz und einer Tochter Mannheims, die dort – zufällig zwischen zwei Baustelleneinsätzen – geboren wurde.

Doch vor allem wird die Frage: **„Wo ist Uwe?"** beantwortet.

Auch diese Geschichten sind über den Buchhandel erhältlich oder im Internet über www.amazon.de sowie weiteren Online-Shops.
ISBN: 978-3-7322-8494-8
E-Book: ISBN 9783732264254

Biografie

Reinhard Jalowczarz kam 1947 in Hamburg-Altona zur Welt. Sein Spielplatz war das Trümmergelände auf der gegenüberliegenden Straßenseite. Der Vater arbeitete im Hamburger Hafen und die Mutter in einer Dosenfabrik.

1953 wurde er eingeschult und war für die Lehrer ein hoffnungsloser Fall, ein unbequemer Schüler mit wenig Interesse am Schulunterricht. Er wäre gern zur See gefahren, was seine Eltern aber strikt verboten. Stattdessen quälte er sich durch eine Lehre zum Starkstromelektriker, bestand die Abschlussprüfung und arbeitete von da an als Beleuchter am Schauspielhaus Hamburg.

Nach dem Wehrdienst holte er notwendige Schulabschlüsse nach, schrieb sich an der Fachhochschule Hamburg ein und studierte Allgemeine Elektrotechnik. Oft in Geldnöten, betätigte er sich nebenher als Elektriker, fuhr LKW oder schob Schichten im Hamburger Hafen. 1977 schloss er sein Studium mit der Diplomarbeit ab.

Diverse Jobs in Ingenieurbüros schlossen sich an. Er zog mit seiner Frau nach Mannheim, um eine Stelle als Bauleiter im Kraftwerksbau eines internationalen Elektrokonzerns anzutreten. Dort wurde auch seine Tochter geboren. Auslandseinsätze folgten. Unter anderem verbrachte er mit seiner Familie mehrere Jahre im Iran, wo er als Senior-Engineer auf einer Kraftwerksbaustelle tätig war.

Mitte der Achtzigerjahre landete er im Verkaufsbüro eines Industriebetriebes in Hamburg. Er traf auf Kollegen, deren Erfolgsgier sie zu Geschäftsgebaren trieb, die am Rande der Legalität operierten. Das brachte ihn schon damals auf die Idee, einen Roman über Korruption zu schreiben. Zehn Jahre später wechselte er noch einmal den Arbeitgeber, leitete eine Niederlassung für Klima- und Lüftungstechnik und wurde von der Geschäftsleitung des Unternehmens zum Prokuristen berufen.

Mit sechzig Jahren begann er zu schreiben:

2011 erschien sein erster Roman „KORRUPT auf Gedeih und Verderb",

2013 „Wo ist Uwe?", Geschichten nicht nur aus Altona.